Erika Maier
Die Braut sagt nein
UTOPIA 1990

VERLAG 35

D1620080

Erika Maier

Die Braut sagt nein

UTOPIA 1990

MV Taschenbuch

Das Buch ist eine Utopie, die Handlung fiktiv. Sie beruht auf den Ereignissen des Jahres 1990, sodass Fiktion und Wirklichkeit sich miteinander verflechten.

Die im Buch handelnden Personen, mit Ausnahme der Figuren der Zeitgeschichte, sind erfunden. Soweit die Personen der Zeitgeschichte denken oder handeln, ist auch das Fiktion und hat so nicht stattgefunden. Lediglich für den Botschafter, den Kombinatsdirektor, den Oberst, den Prorektor gibt es Vorbilder. Eventuelle Ähnlichkeiten mit anderen lebenden Personen wären zufällig und sind nicht beabsichtigt.

Die Utopie konzentriert sich auf das Jahr 1990.

Die Geschichte ist nicht zu Ende - jeder kann selbst darüber nachdenken, wie sie weitergegangen wäre.

© Erika Maier, Rostock/Bargeshagen 2011
Titelgrafik: Armin Münch
Texterfassung/Vertrieb: BS-Verlag-Rostock Angelika Bruhn
Herstellung: Buchfabrik Halle

ISBN 978-3-86785-177-0

DANKE unseren Freunden und Bekannten für die kritische Durchsicht des Textes und viele wertvolle Anregungen. Sie haben mir Mut gemacht, dieses Buch zu schreiben.

DANKE an Wilfried.
Diese Utopie war unsere gemeinsame Idee – und gemeinsam haben wir ihr Gestalt gegeben.

Paris, im Juli 2019

Die Maschine aus Berlin-Schönefeld war die letzte, die am 12. Juli 2019 kurz vor Mitternacht auf dem Flughafen Charles de Gaulle landete. Die Passagiere zogen eilig ihre Koffer vom Gepäckband, fast alle waren schon durch die großen Automatiktüren der Empfangshalle verschwunden.

Allmählich wurde Johanna klar, dass etwas schief gelaufen war. Sie hatte am Vormittag beim Komitee angerufen und ihre Ankunftszeit durchgesagt, aber hier wartete offensichtlich niemand auf die Professorin der Berliner Humboldt-Universität. Und das ausgerechnet in Paris! In London, in Moskau, in Stockholm hätte sie sich in der Landessprache verständigen können, aber französisch beherrschte sie nicht viel mehr als Bitte und Danke, Guten Tag und Auf Wiedersehen.

Inzwischen hatte auch die Besatzung der INTER-FLUG-Maschine mit ihren blauen Wägelchen die Halle verlassen. Die Rollos des Informationsschalters waren geschlossen. Eine Putzkolonne begann, mit brummenden Maschinen den Fußboden zu reinigen.

Sie musste etwas unternehmen, aber was?

Normalerweise hätte sie Maxi, ihre Jüngste, angerufen, die in der Bibliothek der Pariser Universität arbeitet und im Wohnheim in Les Défense ein kleines Appartement hat. Aber Maxi konnte ihr nicht helfen, sie war Anfang vergangener Woche zum Sprachkurs nach Finnland geflogen. Beim Komitee meldete sich niemand und zu Hause Martin anrufen, würde ihr im Moment auch nichts nützen.

Einen Moment lang kam sich Johanna hilflos vor, ein Gefühl, das sie, die Aktive, die Praktische, die selbst da, wo nichts mehr ging, immer noch eine Lösung fand, nicht kannte. Trotz der warmen Sommernacht war ihr kalt, als sie aus dem Terminal auf den Vorplatz trat.

Zum Glück hatte sie gestern alle Pariser Nummern in ihr Handy eingegeben. Sie wählte die Nummer der Botschaft, und tatsächlich meldete sich nach wenigen Klingeltönen eine dunkle Frauenstimme.

„Botschaft der Deutschen Demokratischen Republik, am Apparat Kerstin Krüger."

„Johanna Ritter aus Berlin – ich brauche Ihre Hilfe."

„Selbstverständlich Frau Ritter. Aber muss das sofort sein, oder hat es Zeit bis morgen?"

„Leider nein. Das Organisationskomitee 14. Juli hat mich eingeladen. Ich sollte am Flughafen abgeholt werden, aber hier ist niemand."

„Einen Moment – das haben wir gleich", und nach kurzer Pause „Herr Heyl, unser Botschaftsmitarbeiter sollte Sie abholen. Er hat am Zentral-Terminal eine Stunde gewartet und ist vor 30 Minuten zum Hotel gefahren. Tut mir leid für Sie, Frau Ritter!"

Kerstin Krüger war eine erfahrene Frau und wusste die Lösung: sie simste Johanna Adresse und Telefonnummer des Hotels, die Fahrtroute und alles sonst, was sie wissen musste, um den Weg zum Hotel zu finden.

„Und wenn Sie Probleme haben, rufen Sie mich an."

Zwanzig Minuten später saß Johanna in der S-Bahn und fuhr durch das nächtliche Paris.

Die Franzosen hatten ihre Stadt schön gemacht. Auf den Plätzen und in den großen Alleen wehten Fahnen der europäischen Staaten. Bunte Laserstrahlen schrieben Freiheit, Gleichheit, Brüderlichkeit in Französisch, Deutsch, Englisch, Spanisch und Russisch an den dunklen Nachthimmel. Und immer wieder das Datum 14. Juli 2019. Die Bahnstationen waren mit Blumen geschmückt und auf jedem Bahnhof präsentierte sich ein anderes europäisches Land.

Je näher der Zug dem Zentrum kam, umso voller wurde er. Lärmende junge Leute, kleine Reisegruppen, aber auch Familien mit Kindern drängten in das Abteil.

Beim Umsteigen in die METRO hatte Johanna Mühe, sich zum Ausgang durchzukämpfen.

Als Johanna an der Metrostation Grand Boulevards ausstieg, sah sie schon die Leuchtreklame des Hotels La Sorbonne. Johanna erkannte es sofort. Hier fanden seit Monaten die Verhandlungen zwischen der Bundesrepublik Deutschland und der DDR statt und so verging fast kein Tag, an dem nicht das schöne alte Gebäude mit seiner viktorianischen Fassade in den Abendnachrichten zu sehen war. Vor zehn Tagen waren die Gespräche zwischen beiden deutschen Staaten – wie es hieß – erfolgreich abgeschlossen worden und die Verhandlungspartner abgereist.

Ab heute wohnten nun die offiziellen deutschen Politiker und die Ehrengäste, die am Sonntag an der Gründung der Vereinigten Staaten von Europa teilnehmen werden, im Hotel La Sorbonne.

Und noch immer war eine Frage offen: werden die Bundesrepublik Deutschland und die Deutsche Demokratische Republik 30 Jahre nach der friedlichen Wende in der DDR endlich die Gräben überwinden und als einheitlicher deutscher Staat den Vereinigten Staaten von Europa beitreten? Oder aber wird es zwei deutsche Unterschriften unter dem Vertrag geben und zwei deutsche Staaten in der neuen großen europäischen Gemeinschaft fortbestehen?

Als sich die gläserne Eingangstür des Hotels automatisch vor Johanna öffnete, stürzte ein junger Mann auf sie zu, der hinter der Sicherheitsschranke gewartet hatte.

„Frau Ritter, Gott sei Dank, dass Sie da sind! Wie kann ich das nur wieder gut machen?"

Er nahm Johannas Reisetasche, drückte ihr eine dünne Ledermappe und den Zimmerschlüssel in die Hand und während sie zum Fahrstuhl gingen, erklärte er im Stenogrammstil, dass alle Formalitäten schon erledigt sind, Christoph Cramer vor einer halben Stunde angekommen ist und Berit Bengtson bereits am Vormittag aus dem Hotel der Schwedischen Delegation angerufen hat. Morgen früh um zehn erwartet sie die DDR-Botschafterin zum Vorgespräch in der Lounge und nun wünscht er ihr erst einmal eine gute Nacht.

Drei Minuten später stand Johanna in ihrem Zimmer in der dritten Etage am Fenster und sah auf die menschenleere Straße.

War der Mann mit dem Aktenkoffer und dem roten Schal, den sie beim Schließen der Fahrstuhltür für einen kurzen Moment gesehen hatte, Christoph? Der rote Schal würde zu ihm passen – er liebte schon immer den großen Auftritt. Aber sonst? Die grauen, fast weißen Haare? Der runde Rücken? Johanna rechnete nach: Christoph könnte inzwischen 65 sein, vielleicht sogar bald 70. Martin wird im nächsten Jahr auch 65 – kein Vergleich zu dem Mann im Foyer.

Seit Christoph vor 20 Jahren die Staatsbürgerschaft der DDR abgegeben hat und in die Bundesrepublik zurückgegangen ist, hatten sie sich nicht mehr gesehen. Vor zwei Monaten hatte sie ihm ihr Buch über die Ereignisse des Jahres 1990 geschickt, aber er hatte nicht geantwortet. Johanna war bis heute unsicher, ob Christoph die Einladung nach Paris annehmen wird.

Offensichtlich hatte er sie angenommen und weiß sicher inzwischen auch, dass sie hier ist.

Trotz der kurzen Nacht war Johanna schon halb acht munter. Den Wecker hatte sie auf acht Uhr gestellt, nun suchte sie nach dem Schalter, um ihn abzustellen.

Als das Telefon klingelte, zögerte sie einen Moment, unsicher, wie sie reagieren sollte, falls Christoph am Apparat wäre. Es war Martin, der wissen wollte, ob sie gut angekommen ist und wie es ihr geht. Martin lag offensichtlich noch im Bett, schließlich war heute Samstag und niemand außer ihm zu Hause. Johanna hörte nur mit halbem Ohr zu, als er erzählte, dass er am Flughafen den früheren Direktor des Schuhkombinats Schwarzenfels getroffen hat und grüßen soll, was es zum Abendbrot gab, dass er nun gleich in den Garten unter die kalte Dusche gehen wird. Und, ach ja – die Aufzeichnung der Sendungen aus Paris hat er gestern Abend noch am DVD-Recorder programmiert.

Als Martin nach drei Minuten auflegte, hatte Johanna ein fades Gefühl. Einen Moment lang überlegte sie, ob sie zurückrufen sollte. Aber sie musste sich beeilen, denn nach einem Blick in den Spiegel hatte sie sich entschieden, nun doch noch ihre Haare zu waschen.

Als Johanna kurz vor zehn im Foyer aus dem Fahrstuhl stieg, kam – fast wie verabredet – Berit durch die Eingangstür. Großes Hallo, Umarmungen, Küsse rechts und links und gegenseitiges „Gut siehst du aus!"

Die beiden Frauen gaben ein ungleiches Paar.

Johanna, die Wissenschaftlerin, die Nachdenkliche, im korrekten hellgrünen Kostüm, farblich passend zu den kurzen mit Henna nachgetönten rötlichblonden Haaren, und schwarz-grün gestreifter Seidenbluse. Nicht mehr jung, aber auch nicht alt. 1,65 groß – mit Absatzschuhen.

Berit, etwa im gleichen Alter, für eine Schwedin ungewöhnlich dunkelhaarig, im weiten Hängerkleid, groß, wie immer in flachen Schuhen. In den letzten Jahren war sie etwas fülliger geworden, aber ihr sprühendes Temperament war unverkennbar.

Das Wiedersehen mit Christoph, der in der Lounge auf die beiden Frauen wartete, verlief überraschend unkompliziert. Ein kräftiger Händedruck, nach kurzem Zögern dann doch eine Umarmung, und „Schön, euch zu sehen, ist lange her".

Weil die Pressekonferenz kurzfristig auf 10 Uhr vorverlegt worden war, mussten sie sofort nach oben in den Konferenzsaal im fünften Stock fahren. So blieb keine Zeit für verlegene Gespräche.

Alle Stühle im Saal waren besetzt, in den offenen Türen standen junge Leute, vor den Mikrofonen viele Kameras. Juliane Jensen, die Botschafterin der DDR in Frankreich, bat Johanna, neben ihr im Podium Platz zu nehmen. Johanna war Juliane Jensen bei offiziellen Anlässen schon einige Male begegnet. Persönlich kannte sie sie nicht, wusste aber, dass die junge blonde Frau von der Insel Rügen kam und in Greifswald studiert hat.

Nach der Eröffnung durch die Pressesprecherin nahm die Botschafterin das Mikrofon.

„Meine Damen und Herren, im Namen der Regierung der Deutschen Demokratischen Republik darf ich Sie in Kenntnis setzen, dass die Volkskammer der DDR beschlossen hat, den Vertrag über die Gründung der Vereinigten Staaten von Europa zu unterzeichnen. Damit werden morgen, am 230. Jahrestag der Französischen Revolution, ausnahmslos alle europäischen Länder einschließlich Russland, Weißrussland und der Schweiz Mitglieder eines neuen Staatenbundes, der sich den humanistischen Grundsätzen von Freiheit, Gleichheit und Brüderlichkeit verpflichtet sieht."

Ein Raunen ging durch den Saal, die Kameras klickten. Die meisten Radio- und Fernsehsender waren live zugeschaltet, nur einige Journalisten griffen zum Telefon, um die Nachricht durchzusagen. Nach zwei Minuten trat wieder Ruhe ein und Juliane Jensen konnte weitersprechen.

„Die Idee der Vereinigten Staaten von Europa reicht, wie Sie sicher wissen, weit zurück. Sie wurde von einem großen Franzosen, dem Dichter und Publizisten Victor Hugo begründet."

Victor Hugo? Johanna staunte, dass die Vision vom geeinten Europa von einem Dichter und dazu von einem Franzosen stammte. Bisher hatte sie geglaubt, der englische Premier Winston Churchill vor allem war es, der nach den Schrecken des zweiten Weltkrieges in seiner berühmten Züricher Rede die Neuschöpfung der europäischen Völkerfamilie in einer Art Vereinigte Staaten von Europa vorschlug. Stattdessen folgte der Kalte Krieg, dessen Grenzlinie quer durch Europa und vor allem mitten durch Deutschland verlief. Fast 75 Jahre hatte es noch einmal gedauert, bis die europäischen Völker nun diesen historischen Schritt zu einem vereinten Europa wagen.

Johanna war Juliane Jensen dankbar, dass sie angesichts der fragenden Gesichter der Journalisten einige Zeilen aus der Rede von Victor Hugo auf dem Pariser Friedenskongress 1849 vorlas:

„Ein Tag wird kommen, wo die Waffen euch aus den Händen fallen werden!
Ein Tag wird kommen, wo ein Krieg zwischen Paris und London, zwischen Petersburg und Berlin, zwischen Wien und Turin absurd erscheint.
Ein Tag wird kommen, wo Ihr, Frankreich, Russland, Italien, England, Deutschland, all ihr Nationen des Kontinents, euch eng zu einer höheren Gemeinschaft zusammenschließen und die große europäische Bruderschaft begründen werdet. "

Wie viel Hoffnung in die Vernunft der Menschheit sprach aus diesen Worten! Unwillkürlich musste sie an Martin Luther King denken, der ähnlich wie Victor Hugo versucht hatte, 1964 vor dem Capitol in Washington mit den beschwörenden Worten „Ich habe einen Traum", die Menschen aufzurütteln.

Und Juliane Jensen sprach weiter: „Die Entscheidung zur Unterschrift über das Gründungsdokument war für die DDR, wie sicher für andere Staaten auch, nicht leicht. Noch bestehen Unterschiede zwischen den europäischen Staaten, politische, wirtschaftliche, soziale, kulturelle.

Vor zehn Jahren hätte sich die DDR diesem europäischen Staatenbund verweigert. Aber nach den erschütternden Ereignissen des vergangenen Jahrzehnts, dem atomaren Supergau in Japan, dem politischen Aufbruch Nordafrikas und vor allem der verheerenden Finanz- und Wirtschaftskrise, die am Ende auch den Euro hinwegfegte, hat in den europäischen Staaten ein Umdenken und Umlenken eingesetzt. Europa hat sich verändert. Heute entscheiden wieder Parlamente über die Geschicke der Menschen und nicht, wie in den Jahren davor, die Banken und Konzerne.

Es liegt jetzt in unseren Händen, diese Verschmelzung der Staaten zu einer Europäischen Völkerfamilie verantwortungsvoll zum Erfolg zu führen. Regierung und Bevölkerung der DDR werden ihr Bestes dafür tun.

Ich danke Ihnen für Ihre Aufmerksamkeit!"

Die Reaktionen der Journalisten auf das Statement der Botschafterin waren meist sachlich, nachfragend. Nur der Vertreter des italienischen Fernsehens provozierte mit der Frage, wie die DDR diese Entscheidung mit „ihrem" Lenin vereinbaren könne, der die Vereinigten Staaten von Europa als eine falsche Losung bezeichnet hatte.

Juliane Jensen schien genau auf diese Frage gewartet zu haben und reagierte brillant: „Erstens, wieso ‚unser' Lenin? Wenn Sie schon die Frage so stellen, müssten Sie sich bitte an die russische Delegation wenden. Zweitens ist seit Lenins Schrift ein Jahrhundert vergangen. Lenin hatte recht, dass demokratische Sozialisten einem Abkommen niemals zustimmen dürfen, nach dem die Vereinigten Staaten von Europa, wie er erwarten musste, eine Organisation der Kapitalisten Europas würde. Ein solches Europa, meinte er, wäre entweder unmöglich oder reaktionär.

Inzwischen hat sich Europa aber verändert. Und vielleicht haben Sie es überhört: Noch vor zehn Jahren hätte sich die DDR nicht an den Vereinigten Staaten beteiligt."

Auf der großen Leinwand an der Kopfseite des Konferenzsaales erschien in leuchtender roter Schrift ein kurzer Satz mit einem überdimensionalen Fragezeichen

DDR und BRD

– jetzt gemeinsam oder weiter getrennt?

Natürlich wusste Juliane Jensen, dass sich das Interesse der Journalisten genau auf diese Frage konzentrierte, aber sie ließ sich nicht verführen und informierte zunächst über die Veranstaltungen in Berlin und hier in Paris, die Fernsehkanäle, über die sie zu empfangen seien und über die Empfehlungen der Pressestelle.

Am heutigen Abend wird sich entscheiden, ob Deutschland als einheitlicher Bundesstaat den Vereinigten Staaten von Europa beitritt oder aber die Bundesrepublik und die DDR in der europäischen Völkergemeinschaft als zwei selbstständige Staaten fortbestehen. Punkt 19 Uhr findet zeitgleich in der DDR und in der Bundesrepublik die elektronische Abstimmung der Bürgerinnen und Bürger statt und um 20 Uhr werden die Parlamentspräsidenten das Ergebnis der Volksabstimmung bekannt geben.

Johanna war beeindruckt, wie geschickt die junge Botschafterin noch einmal die historischen Hintergründe der deutschen Teilung skizzierte: Deutschland als Verantwortlicher für den zweiten Weltkrieg mit mehr als 50 Millionen Toten, Aufteilung in vier Besatzungszonen, separate Gründung der Bundesrepublik – ein halbes Jahr später Gründung der DDR, Bundeskanzler Adenauers Spruch „Lieber ein halbes Deutschland ganz als ein ganzes Deutschland halb", die deutsch-deutsche Grenze als Nahtstelle im Kalten Krieg, 1989/90 Aufbruch im Osten – aber die Bundesrepublik lehnte eine Konföderation ab.

An dieser Stelle unterbrach Juliana Jensen ihren Geschichtsexkurs.

„Die Zeit des Aufbruchs liegt inzwischen 30 Jahre zurück. Ich habe sie nicht bewusst miterlebt und viele von Ihnen auch nicht. Deshalb haben wir heute Zeitzeugen eingeladen. Ich möchte Ihnen Johanna Ritter, Professorin der Berliner Humboldt-Universität vorstellen. Johanna Ritter gehörte gemeinsam mit Berit Bengtson aus Schweden, Helen Haller, die leider inzwischen verstorben ist, und Christoph Cramer – beide aus der Bundesrepublik – zu jener Gruppe Menschen, die vor 30 Jahren den über-

15

stürzten Beitritt der DDR zur Bundesrepublik aufgehalten haben. Dass die DDR niemals zur NATO gehört hat und es gelungen ist, in unserem Land etwas auszuprobieren, was es so noch nicht gegeben hat, ist vor allem Menschen wie ihnen zu verdanken. Nach der offiziellen Pressekonferenz haben Sie Gelegenheit, Johanna Ritter in unserem Clubgespräch zuzuhören und unsere Gäste zu befragen. Ich lade Sie herzlich dazu ein."

Johanna gab Berit und Christoph, die in der ersten Reihe saßen, ein Zeichen aufzustehen. An der Reaktion im Saal spürte Johanna, dass man sie interessiert, aber auch skeptisch betrachtete. Ritter, Haller, Bengtson, Cramer? Die Namen hatten sie noch nie gehört. Konnte es sein, dass diese unbekannten Menschen tatsächlich den Geschichtsverlauf beeinflusst haben?

Die Botschafterin hatte inzwischen wieder zu ihrem vorbereiten Manuskript gegriffen. Über den Ausgang der Volksbefragung möchte sie nicht spekulieren. Nach jüngsten Umfragen gab es in beiden deutschen Staaten eine knappe Mehrheit für den Zusammenschluss unter dem Namen DRD, Demokratische Republik Deutschland. Sie selbst hoffe auf ein positives Ergebnis.

1990 sei es der Wunsch vieler Menschen in Ost und West gewesen, die deutsche Einheit im Prozess der europäischen Vereinigung zu vollenden. In der Präambel der Verfassung der DDR aus dem Jahr 1990 heißt es deshalb, dass sich die DDR am Einigungsprozess Europas beteiligt und in dessen Verlauf auch das deutsche Volk seine staatliche Einheit schaffen wird. Es gibt also keinen besseren Zeitpunkt für die Wiederherstellung der deutschen Einheit als den 14. Juli 2019, an dem die Europäische Einigung Wirklichkeit wird.

Die Botschafterin hatte den Beamer eingeschaltet. Johanna hörte nur noch mit halbem Ohr zu. Sie blätterte in ihren Notizen, strich hier und dort etwas an und legte Zettelchen zwischen die Seiten. Ihre Gedanken flogen Jahre zurück in den Frühling 1990.

1990

Informationen über
die historischen Ereignisse
des Jahres 1990
und ihre Hintergründe finden
INTERESSIERTE und NACHDENKLICHE
am Ende dieses Buches

I

Wie unter Zwang wird die Einheit
Deutschlands herbeigeredet,
nur noch der überstürzte Vollzug fehlt.

Günter Grass, 10. Februar 1990

9. März, Berlin-Buch

Wie lange sie schon am Fenster stand und in den Park
hinaussah, wusste Johanna nicht mehr. Das Abschlussgespräch mit der Ärztin sollte um neun stattfinden, inzwischen war es weit nach zehn. Alles um sie herum kam ihr
unwirklich vor, diese Stille, die menschenleeren Wege
zwischen den hohen Kiefern, die alten Klinkerbauten,
verstreut im weitläufigen Parkgelände, dazwischen das
neue Institutsgebäude des Herzzentrums mit seiner glänzenden Glasfassade. Nur ab und zu lief ein junger Soldat
im ausgewaschenen Kampfanzug über den Weg.

Vor einer Woche hätte sie sich diese Ruhe, diese
Langsamkeit nicht vorstellen können. Seit Anfang Februar hatte sie keine Atempause gehabt, war von einem
Termin zum anderen gehetzt und kaum zum Schlafen
gekommen. Martin hatte Kinder und Haushalt fast vollständig übernommen, aber die innere Unruhe, ob alles
gut läuft, ließ sie nicht los.

Als sie Montagvormittag am Haupteingang der Universität Unter den Linden auf Christoph wartete, spürte sie plötzlich heftige Stiche in der Brust und dann
begannen die Häuser sich in rasendem Tempo um sie
zu drehen.

Mit Blaulicht hatten sie sie nach Buch gebracht. Der
Verdacht auf Herzinfarkt bestätigte sich Gott sei Dank
nicht und auch sonst war bei dem Herzkatheter, der noch

am gleichen Nachmittag gemacht wurde, nichts Ungewöhnliches festgestellt worden.

Seither war die Zeit stehen geblieben. Es gab kein Fernsehen, keine Zeitungen, nur am Abend durfte sie kurz mit Martin und den Kindern telefonieren. Nach dem monatelangen Stress kam es ihr vor, als hätte man sie auf eine Insel katapultiert.

Die meisten Häuser hier im Herzzentrum waren alt, erbaut um die Jahrhundertwende, als Berlin alles Lästige — die Kranken, Siechen außerhalb der Stadt unterbrachte und auch die städtischen Abwässer dort entsorgte. Als Sascha vor dreizehn Jahren wegen einer Ernährungsstörung in der Kinderklinik in Buch lag, roch man bei Westwind noch die Ausdünstungen der ehemaligen Rieselfelder.

Johanna kannte diese alten Krankenhäuser. Mehrmals hatte sie einen Kollegen aus ihrem Lehrstuhl auf der Alkohol-Entzugsstation im Griesinger-Krankenhaus besucht. Das Wilhelm-Griesinger-Krankenhaus, wie das Klinikum in Buch eine Ansammlung ziegelroter Backsteinhäuser inmitten einer Parklandschaft, war in den 1890er Jahren weit hinter dem damaligen östlichen Rand der Stadt im Wuhletal erbaut worden und diente Berlin als Anstalt für Epileptiker und psychisch Kranke. Kurz darauf entstand nach dem gleichen Muster der Krankenhauskomplex hier in Buch.

Man sah den Häusern ihr Alter an. In den letzten Jahrzehnten war versucht worden, durch Zwischenwände, etwas Farbe und Bilder die strenge architektonische Struktur der Gebäude aufzulockern. Trotzdem hatte Johanna auf den langen Fluren und in den großen, hohen Zimmern mit den grell-weißen Neonröhren immer das Gefühl zu frieren. Vielleicht kam es auch durch die Stille im Haus, sogar den leisen Tritt ihrer Hausschuhe konnte sie hören.

Sie lag allein im Zimmer, die anderen drei Betten waren leer. Anfangs hatte sie das überrascht, denn ihre

Nachbarin wartete seit Wochen auf ein freies Bett in Buch. Schon am Morgen nach ihrer Einlieferung wurde ihr klar, dass es dem Krankenhaus nicht an Patienten mangelte, sondern an Ärzten, Schwestern, Laborkräften und Küchenhilfen. Die Stationsschwester, die früh zum Temperaturmessen kam, erzählte Johanna, dass viele Ärzte und Schwestern in den ersten Wochen nach der Maueröffnung verschwunden sind und jetzt in den Krankenhäusern in Kreuzberg, Wedding oder Schöneberg arbeiten.

Trotzdem war Johanna überrascht, als ein junger Soldat im weißen Kittel das Frühstück brachte und eine Stunde später eine dreiköpfige Putzkolonne ins Zimmer stürmte. An dem Tempo, in dem sie Waschbecken, Fensterbrett, Nachttische putzten und den Fußboden auswischten, merkte Johanna, dass die drei schon Routine in dieser für Soldaten ungewohnten Tätigkeit hatten.

Zwei Tage später erzählte ihr Bert, der Chef der kleinen Truppe, in breitem thüringischen Dialekt, wie er und die anderen Soldaten in das Krankenhaus gekommen sind. Es hätte hier in der Krankenhausleitung einen ehemaligen Offizier der Nationalen Volksarmee, den Doktor Richy, gegeben, der, als die Mauer aufging und die Ärzte und Schwestern abgehauen sind, das Kommando übernommen hat.

Zu Weihnachten muss es ganz schlimm gewesen sein, in der Kinderabteilung waren am Morgen nur noch zwei Lernschwestern zum Dienst erschienen. Aus der Verwaltung hatte der ehemalige Oberst alle, die früher einmal einen medizinischen Beruf erlernt haben, auf die Stationen geschickt, und als gar nichts mehr ging, holte er 200 Bausoldaten aus der Kaserne in Neuseddin.

Stabsmäßig teilte Doktor Richy jeden Morgen die Soldaten ein, eine Kompanie zum Stullen schmieren, die andere zum Geschirr abwaschen und Berts Kompanie zum Saubermachen. Ob er wirklich Doktor war und Richy hieß, wusste Bert nicht genau.

Die Stationsschwester erzählte Johanna später, dass es den Doktor Richy in Buch nicht mehr gibt. Als der Chef des Klinikums die ersten Kontakte nach Westberlin knüpfte, wurde schnell klar, dass ein ehemaliger hoher NVA-Offizier in der Klinikleitung den Erfolg der neuen Geschäftsbeziehungen stören würde. Deshalb musste Doktor Richy Ende Januar gehen.

Johanna zuckte leicht zusammen, als sich eine Hand auf ihre Schulter legte.

„Sie sind Frau Doktor Ritter? Wir können anfangen." Eine kleine zarte Person stand neben ihr. Blondes, dünnes halblanges Haar, mit einem Gummi im Nacken zusammengehalten, helle, wache Augen, ausgewaschene Jeans unter dem Arztkittel. Wäre Johanna ihr auf der Straße begegnet, hätte sie sie vielleicht für eine Studentin gehalten, ganz sicher nicht für eine praktizierende Ärztin.

Die junge Frau führte Johanna in das Zimmer von Oberarzt Doktor Winter, schob den Schreibtischstuhl an den runden Couchtisch und setzte sich Johanna gegenüber. Offensichtlich hatte sie es mit Absicht so eingerichtet, dass sie beide in Richtung des offenen Fensters schauten und das Zwitschern der Vögel hören konnten.

„Wir kennen uns noch nicht – mein Name ist Doktor Steffi Frohn, Fachärztin für Psychotherapie. Sie werden überrascht sein, dass ich mit Ihnen das Abschlussgespräch führe. Frau Doktor Winter hat sich gestern krank gemeldet, deshalb lag Ihre Akte heute Morgen auf meinem Schreibtisch.

Wie ich aus den Unterlagen sehe, ist organisch bei Ihnen alles in Ordnung. Blutdruck und Puls haben sich im Laufe der Woche normalisiert, EKG und Herzkatheder sind o. B. Die Kardiologin wird Ihnen also ohnehin nicht weiterhelfen können, aber vielleicht kann ich etwas für Sie tun. Vorausgesetzt, dass Sie es wollen."

Das Angebot kam für Johanna überraschend. Sie wollte morgen früh ganz zeitig nach Hause. Am Wochenende

Wäsche waschen, vielleicht mit den Kindern eine Radtour machen, und am Montag standen mehrere Termine in ihrem Kalender, die sie nicht absagen konnte. Wenn mit ihrem Herzen alles in Ordnung ist, war das Ganze nicht weiter ernst zu nehmen – ein Ausrutscher, mehr nicht.

Mit dieser Reaktion hatte die Ärztin gerechnet, aber sie machte nicht den Fehler, Johanna zu drängen. Ohne zu fragen, goss sie Tee aus der Thermoskanne in die blau-weißen Zwiebelmustertassen, die wie zufällig auf dem Tisch standen, schob die Zuckerdose in die Mitte und legte ein angefangenes Päckchen Waffeln daneben.

Einen Moment zögerte Johanna, dann nahm sie die Waffeln, drehte sie um und las halblaut: KONSÜ – Konsum Waffel- und Süßwarenfabrik Brandenburg.

KONSÜ-Waffeln! Wenn Johanna als Kind bei den Großeltern in Meißen zu Besuch war und mit den Nachbarskindern auf dem kleinen Hof spielte, verteilte der Großvater aus einer glänzenden Bahlsen-Dose Schokolade, Kaugummi – und KONSÜ-Waffeln.

Jedes Jahr zu Weihnachten brachte der Postbote den Großeltern viele Päckchen mit der Aufschrift: Geschenksendung, keine Handelsware. Die Brüder des Großvaters, Cousins und Cousinen, aber auch die ehemaligen Nachbarn aus dem Dorf im Sudentenland schickten pünktlich zum Fest duftende Seife, „guten" Kaffee und vor allem Kaugummis und Schokolade für die Enkelkinder.

Das einzige Ostprodukt in der Dose waren die KONSÜ-Waffeln. Johanna hatte nie erfahren, wie es zu dieser Auszeichnung für das süße Gebäck in der schmucklosen blauen Verpackung kam. Vielleicht aß der Großvater selbst gern Waffeln und keiner der Westverwandte schickte sie ihm?

Warum erzählte sie das eigentlich dieser fremden Frau?

Vielleicht, weil Johanna zum ersten Mal das Gefühl hatte, dass ihr ein Mensch gegenüber saß, der sich nicht nur für den technischen Defekt der Patientin aus Zimmer 16 inte-

23

ressierte. Das schmale blasse Gesicht der jungen Ärztin und vor allem die hellen offenen Augen, aus denen sie Johanna lächelnd anschaute, signalisierten: mach weiter, rede!

Johanna griff nach dem Tee, nahm einen kleinen Schluck und drückte dabei ihren Handrücken kräftig gegen das Kinn. Der Trick, der immer half, wenn ihr aus Ärger über eine Ungerechtigkeit oder wie neulich bei der Beerdigung einer Freundin die Tränen kamen, funktionierte heute nicht. Sie konnte die Tränen nicht zurückhalten und tief aus dem Körper brach stoßweise ein schmerzhaftes Schluchzen.

Woher kam plötzlich dieser Weinkrampf? Sie hatten nur über Belangloses gesprochen, nichts davon war traurig gewesen. Dass die Orte, die Gerüche und viele Erinnerungsstücke der Kindheit allmählich abhandenkommen und über die Jahre eine romantische Verklärung erhalten, ist schließlich normal. Das hier war aber etwas anderes, etwas Endgültiges.

Nicht nur diese Waffeln wird es vielleicht nie mehr geben, sondern so vieles, was ihr Leben und das ihrer Familie bisher ausgemacht hat, ist in den Monaten seit der Öffnung der Mauer verloren gegangen, und mehr noch droht verloren zu gehen.

Da ist ihre Dozentur an der Juristischen Fakultät der Humboldt-Universität und Martins Arbeit im Wirtschaftsministerium, die unsicher sind. Da ist das Einfamilienhaus, das vor Jahren auf Kredit gekauft, aber noch nicht bezahlt ist und wo der Boden, auf dem das Haus steht, dem Staat gehört. Da ist Sascha, ihr Großer, der seit einigen Wochen seine eigenen undurchschaubaren Wege geht.

Aber noch größer als die Sorge um die eigene Zukunft war die Ungewissheit, was aus diesem Land wird. Die DDR war dabei, sich aufzulösen, Tag für Tag ein Stück mehr. Verlustangst hatte Johanna erfasst, die hier im Gespräch mit der Ärztin aus einem nichtigen Anlass, der Gewissheit vom Verschwinden eines Geschmacks der Kindheit, aus ihr herausbrach.

Viel Zeit war vergangen, bis Johanna wieder zur Ruhe kam. Im ersten Moment hatte die Ärztin sie entgegen den Regeln ihres Berufes beruhigend in den Arm genommen: „Weinen Sie, lassen Sie die Tränen frei." Langsam ließ das Schluchzen nach.

Johanna stand am Fenster, als Doktor Frohn mit frischem Tee und einem Tablett wieder ins Zimmer kam. Den Fensterflügel als Spiegel nutzend, hatte Johanna ihre Haare neu aufgesteckt. Aber dem Gesicht sah man noch immer die Erschütterung an.

Die Ärztin rückte die Stühle zurecht und schob Johanna ein Gläschen mit einer weißen Flüssigkeit hin. „Trinken Sie das, es beruhigt. Vielleicht möchten Sie ein Käsebrötchen? Das Mittagessen ist inzwischen vorbei."

Sie hatte keinen Anhaltspunkt für die Ursachen von Johannas Ausbruch, denn gesprochen hatten sie nur über die Ferien bei den Großeltern. Um Johanna zu helfen, musste sie den allergischen Punkt finden.

Steffi Frohn hatte in den letzten Monaten viele Situationen erlebt, in denen sie als Ärztin nur wenig für ihre Patienten tun konnte. Durch die Grenzöffnung waren die Menschen in einen Strudel geraten, sodass nichts mehr war wie bisher. Begeisterung und Euphorie bei den einen, Enttäuschung und Zukunftsangst bei den anderen.

In den fünf Jahren, die sie in der Poliklinik des Stahlwerkes Brandenburg gearbeitet hat, waren ihr nicht so viele verzweifelte Menschen begegnet wie in den letzten fünf Monaten. Ehen fallen auseinander, Kinder verleugnen ihre Eltern, Kollegen und Freunde entpuppen sich als Egoisten, der Nachbar grüßt nicht mehr.

Hier stößt die Therapeutin, die es ohnehin immer mit den dunklen Seiten des Lebens zu tun hat, an ihre Grenzen. Sie kann nur zuhören, einfach da sein. Ändern kann sie nichts.

Steffi Frohn wusste sehr gut, wie sich das anfühlt. Voriges Jahr im August war der Vater ihrer Tochter über die

ungarisch-österreichische Grenze abgehauen. Eine Postkarte noch aus München – seither kein Lebenszeichen.

Inzwischen hatte Johanna ihr zweites Brötchen aufgegessen. Doktor Frohn goss Tee nach und wartete.

Ja, sagte Johanna, sie möchte mit ihr, der Ärztin reden. Da wäre etwas, das ihr Vertrauen einflößt, ein
solidarisches Gefühl vielleicht – erklären könne sie es
nicht. Sie hätte bis zu diesem Weinkrampf nicht gewusst, dass sie ihre Probleme wohl doch nicht allein
sortieren kann.

Die Ärztin war erleichtert über Johannas Einwilligung
und stellte ein Diktiergerät auf den Tisch.

„Frau Ritter, wovor haben Sie Angst?"

„Angst? Nein, ich glaube, das ist jetzt vorbei. Ich hatte
in den vergangenen Jahren oft Angst, dass es Krieg gibt.
Meine drei Kinder waren klein, Maxi, die Jüngste, ist erst
1985 geboren. Und wenn ich in der Nacht laute Flugzeu-
ge oder eine Sirene hörte, war ich jedes Mal hellwach.
Sofort ging mir durch den Kopf: Was musst du tun? Wohin gehst du, was musst du mitnehmen? Und wenn Martin nicht da war: Was wird aus Sascha? Du kannst ihn
nicht an die Hand nehmen, du hast nur zwei Hände.
Wahrscheinlich kommt die Angst durch meine Mutter,
die als Kind die Angriffe in Dresden erlebt hat und noch
immer davon träumt, dass sie im Luftschutzkeller sitzt
und über ihr die Bomben einschlagen.

Diese Angst habe ich jetzt nicht mehr. Ich bin überzeugt, dass für uns in Deutschland die Gefahr eines Krieges für immer vorbei ist.

Aber natürlich mache ich mir Gedanken, was aus uns
wird, wie meine Eltern und meine Kinder in dieser ver-
änderten, größer gewordenen Welt zurechtkommen.
Aber ich bin jung, habe eine gute Ausbildung und viele
Jahre Berufserfahrung. Auch wenn die Universität mich
nicht mehr will, ich könnte eine Anwaltskanzlei eröffnen
oder notfalls auch in einem Büro arbeiten, Stenografie

und Schreibmaschine beherrsche ich perfekt. Nein, Zukunftsangst ist es nicht, was mich quält.

Ich hatte übrigens schon einmal so einen Zusammenbruch, im vergangenen September bei einer Reise durch Österreich.

Als Studenten waren wir jeden Sommer in den Bergen, Thüringer Wald, Hohe Tatra oder Kaukasus, aber immer, wenn ich Bilder von den schneebedeckten Alpen, den sattgrünen Tälern und den prachtvollen Häusern mit ihren bunten, üppig bepflanzten Balkonen sah, sagte ich zu Martin: Das ist schön, dort möchte ich einmal hin. Mich lockte nicht der Westen, den kannte ich von meinem Studienaufenthalt in Schweden und auch von Konferenzen in der Bundesrepublik, mich lockten die Berge.

Bei Martin im Ministerium wurden im vorigen Jahr Kurzreisen angeboten, und ohne mir etwas zu sagen, hat er sich für eine Reise nach Österreich eingetragen. Am 10. September 1989, meinem 33. Geburtstag, sind wir nach Wien geflogen. Es waren noch Semesterferien, die Kinder betreute meine Schwester Judith.

Ich war froh, für ein paar Tage alles hinter mir zu lassen. Die letzten Wochen waren furchtbar. Jeden Tag Demonstrationen, offene Briefe, Sturm auf die westlichen Botschaften. Nach den Sommerferien fehlten in Maxis Gruppe drei Kinder, Stefans bester Freund war nicht mehr da. Aber niemand reagierte – die Regierung und das Politbüro der SED machten Urlaub.

In Wien empfing uns ein strahlender Spätsommerhimmel. Wir brachten unsere Taschen in's Hotel und zogen bequeme Schuhe an. Zuerst die Donau, die UNO-City, der Fernsehturm und natürlich der Prater. Am Abend liefen wir ziellos durch die Stadt, die so friedlich war – ohne Transparente, ohne Demonstranten. Am Neuen Markt bestellten wir trotz unserer knappen Kasse in einem kleinen Café eine Flasche Wein. Alles, was uns in den letzten Monaten gequält hatte, war auf einmal weit weg und wir hatten das Gefühl, es wird alles gut. Es musste einfach gut werden.

Am nächsten Morgen startete der Bus ganz früh, es war noch dunkel. Als wir nach der Besichtigung des Klosters Melk gegen Mittag wieder in Richtung Linz auf die Autobahn auffuhren, standen an jeder Raststätte, an jeder Ausfahrt Zelte vom Malteser-Hilfsdienst, davor dampfende Gulaschkanonen und lange Tische mit Tee, Kaffee und Mineralwasser. Wir hatten nach dem wunderschönen Abend in Wien keine Nachrichten gehört und erfuhren erst jetzt, dass Ungarn in dieser Nacht für DDR-Bürger die Grenze nach Österreich geöffnet hatte.

Und da waren sie. Braun gebrannte junge Leute, meist drei oder vier, eingequetscht im Trabant zwischen Taschen und Beuteln. Eltern mit kleinen Kindern auf den Rücksitzen, waghalsige Aufbauten auf dem Dachgepäckträger, im Rückfenster unter der bunten Häkelmütze die Rolle mit Toilettenpapier. Alle mit weißen Bändern an der Antenne und erwartungsvollen strahlenden Gesichtern. Trabant an Trabant, Wartburg, Skoda, Dacia und wieder Trabant fuhren laut hupend an unserem Bus vorbei. Eine endlose Kolonne mit DDR-Kennzeichen.

Die Tränen liefen über mein Gesicht, ich versuchte nicht, sie zurückzuhalten. Ich saß wie gelähmt, und erst als der Bus die Autobahn verlassen hatte, löste sich die Verkrampfung.

Vielleicht werden Sie das nicht verstehen, Frau Frohn, aber für mich ist die DDR mein Zuhause. Hier bin ich aufgewachsen, hier habe ich studiert, Martin, meinen Mann gefunden, drei wunderbare Kinder bekommen. Ich habe einen schönen Beruf, eine interessante Arbeit, die mir Spaß macht.

Den beruflichen Erfolg hätten wir vielleicht auch in der Bundesrepublik haben können. Die Universität Stockholm hat mir vor vier Jahren eine Dozentur angeboten, auch Martin bekam auf der Düsseldorfer Schuhmesse lukrative Angebote. Wir haben nicht einen Moment daran gedacht, dieses Land zu verlassen.

Um ein großes Wort zu gebrauchen: die DDR war für mich, war für uns, immer das bessere Deutschland. Im Vergleich zur Bundesrepublik sind wir sicher ein armes Land und noch meilenweit von unseren Idealen entfernt. Aber wenn ich am Sonntagabend im Tatort aus München die Obdachlosen unter der Isarbrücke sehe, drei Minuten später dann die 15-Zimmer-Villa mit Swimmingpool, wo Batic und Leitmayr die Gaunereien des feinen Anwalts und seiner jungen Geliebten entwirren, dann lobe ich mir im Stillen diese kleine graue DDR. Dazu vielleicht noch die gestylte Gattin mit teurer Seidenbluse und Perlenkette, die von den Geschäften und Affären des ermordeten Ehemanns natürlich nichts weiß.

Das sind schon Welten. Dorthin wollte ich nie. Will ich auch jetzt nicht.

Ich bin schon mit 19 Jahren in die SED eingetreten. Bestimmt nicht, um Karriere zu machen, sondern weil mich die Idee von einer gerechten Gesellschaft begeisterte. Die Entscheidung ist mir nicht schwer gefallen. Wissen Sie, mein Vater ist Hauer im Kalibergbau in Bischofferode, ganz einfacher Arbeiter, und dass von uns fünf Kindern drei studieren konnten, dafür bin ich diesem Land dankbar. Was mich gestört hat, habe ich gesagt, im Institut und auch in der Parteiversammlung. Das hat mir nicht nur Freunde eingebracht, aber auch nicht geschadet.

Bei Martin war das anders. Seit über 100 Jahren stellen die Ritters Schuhe her. Martins Vater hatte in Schwarzenfels, einer traditionsreichen Schuhmetropole an der Saale, eine kleine Schuhfabrik. Als sein Unternehmen Anfang der 70er Jahre verstaatlicht wurde, blieb der Vater zwar Direktor des nun volkseigenen Betriebes, aber verziehen hat er der DDR diesen Verlust nie.

Martin kam damals mit großen Vorbehalten an die Universität. Er hatte neben dem Abitur im Kombinat

Schuhe Werkzeugmacher gelernt. Von Leder und Leisten verstand er viel, aber nur wenig von Politik und Wirtschaft. Seinem Vater zuliebe war er in Schwarzenfels in die LDPD, die Liberal-Demokratische Partei Deutschlands eingetreten, aber schon nach dem Grundstudium merkte er, dass ihn mit den kleinen Handwerkern und Händlern in der Wohngruppe dieser Partei nichts mehr verband."

Steffi Frohn hatte lange gezögert, Johanna zu unterbrechen. Die Sonne war hinter den Bäumen verschwunden und die Luft im Zimmer empfindlich kühl geworden. Schon vor zehn Minuten hatte sich die Ärztin die Strickjacke über die Schulter gezogen, jetzt aber stand sie auf und schloss das Fenster.

Johanna ließ sich nicht stören, als wäre ein Damm gebrochen, sprach sie weiter.

Die Erlebnisse in Österreich waren für sie wie ein Schock gewesen, aber zu Hause ging das Leben seinen gewohnten Gang. Martin fuhr am Montag nach ihrer Rückkehr pünktlich um sieben in sein Kombinat nach Schwarzenfels. Sie setzte sich wie immer an den Schreibtisch, um ihre Vorlesung für das neue Studienjahr vorzubereiten. Mittags kamen die beiden Großen aus der Schule, sie fuhr in die Stadt zur Institutssitzung und als sie kurz vor sieben nach Hause kam, saß Martin mit den Kindern schon beim Abendbrot. Alles war wie immer.

Aber dann um 20 Uhr die Nachrichten der Tagesschau. In Leipzig tausende Menschen mit Plakaten „Wir sind das Volk" und „Wir bleiben hier". Über hundert Demonstranten waren festgenommen worden. Die Erklärung von Rockmusikern und Liedermachern der DDR, darunter so bekannte Musiker wie Tamara Danz und Toni Krahl. Sie forderten die DDR-Führung auf, endlich aus der Erstarrung aufzuwachen und mit den Demonstranten zu reden. Ein Interview mit Bärbel Bohley vom Neuen Forum und wieder die strahlenden Gesichter der Trabantfahrer auf österreichischen Straßen.

Und das DDR-Fernsehen? Als gäbe es das alles nicht, berichtete die Aktuelle Kamera wie jeden Abend über die Wettbewerbserfolge in Vorbereitung auf den bevorstehenden 40. Jahrestag der DDR und dass in Dippoldiswalde ein neuer Kindergarten eingeweiht wurde.

So ging es Tag für Tag. Gespenstisch die pompöse Festveranstaltung am 7. Oktober im Palast der Republik und der Fackelzug der FDJ. Gorbi, Gorbi-Rufe, Verhaftungen, Verletzte. Die Zahlen explodierten. Nicht tausend Ausreisende täglich, sondern zehntausend. Nicht zehntausend Demonstranten, sondern hunderttausend.

Johanna war nie dabei, nicht bei diesen Versammlungen, nicht auf der Straße.

Zwölf Tage später: Parteichef Honecker wird durch seinen Stellvertreter Egon Krenz ersetzt. Drei Wochen danach fällt über Nacht die Mauer. Die Ereignisse überschlagen sich. Das Politbüro tritt zurück. Die SED gibt sich einen neuen Namen und entschuldigt sich bei den DDR-Bürgern. Runde Tische entstehen. Ein neuer Ministerpräsident wird gewählt. Der spricht von einig Vaterland und bildet mit Vertretern der Bürgerbewegung eine Regierung der nationalen Verantwortung.

Aus dem Ruf „Wir sind das Volk" wird schließlich „Wir sind ein Volk".

Johannas Glaube an die Partei, für die sie sich einst aus innerer Überzeugung entschieden hatte, war Woche für Woche zusammengeschmolzen. Als sie beim Mittagessen in der Mensa hörte, dass ihr Parteisekretär längst sein Parteibuch abgegeben hatte und der Institutsdirektor Vorlesungen bei der Bundeswehrakademie in Tutzingen hielt, war ihre Kraft aufgebraucht. An diesem Abend zog sie das kleine rote Dokument mit der wasserfesten Plastikhülle aus ihrer Umhängetasche und legte es in den Panzerwürfel in ihrem Arbeitszimmer zu Geburtsurkunden, dem Buch der Familie, dem Kaufvertrag für das Haus. Als sie die schwere Eisentür wieder schloss, fühlte sie sich nach all den enttäuschten Hoffnungen ein ganz klein bisschen besser.

Steffi Frohn schaltete das Aufnahmegerät aus. „Ich glaube, es ist genug für heute – wir sollten an dieser Stelle einen Punkt machen. Wenn Sie wollen, setzen wir unser Gespräch in der kommenden Woche fort."

Johanna stand wie aus einem Traum erwachend auf.

„Ich danke Ihnen für's Zuhören, Frau Frohn, es hat mir gut getan. Im Moment müssen wir so viele existenzielle Dinge entscheiden, da bleibt keine Zeit für die Seele. Mir nicht, meinem Mann nicht und Ihnen wahrscheinlich auch nicht."

„Ich bin froh, wenn Sie sich ein wenig besser fühlen. Rufen Sie mich am Montag an, damit wir einen Termin vereinbaren?"

Johanna nickte. In Gedanken war sie schon weit weg von diesem stillen Haus am Rande der Stadt. Unbedingt mit Sascha reden, Wäsche waschen, einkaufen, Christoph anrufen und endlich wieder Nachrichten sehen.

Die Ärztin stellte das schmutzige Geschirr auf das Tablett. Als Johanna schon an der Tür war, sah Steffi Frohn das blaue Päckchen auf dem Tisch liegen.

„Frau Ritter, vergessen Sie Ihre Waffeln nicht!"

11. März, Berlin-Karlshorst

Leise öffnete sich die Schlafzimmertür einen Spalt. Johanna war schon eine Weile wach und genoss mit geschlossenen Augen die Ruhe des frühen Sonntagmorgens. Noch fünf Minuten? Das Türenklappen und Wasserrauschen im Bad hatte längst aufgehört. Martin und die Kinder waren nach unten gegangen und warteten sicher schon mit dem Frühstück auf sie.

Der gestrige Samstag, ihr erster Tag wieder zu Hause, war anstrengend gewesen. Martin hatte Johanna schon kurz vor sieben in Buch abgeholt, weil er mittags zur Eröffnung der Frühjahrsmesse in Leipzig sein musste. Für den Nachmittag waren Gespräche mit den Firmenchefs von Salamander und Adidas über die Gründung von gemeinsamen Unternehmen geplant. Jochen Lenz, der langjährige Direktor des Schwarzenfelser Schuhkombinats, wollte Martin unbedingt dabei haben.

Die Kinder lagen noch im Bett, als Johanna die Haustür aufschloss. Im Treppenhaus das übliche Chaos, ein halbes Dutzend Schuhe, Turnbeutel und Maxis Rucksack – kaum Platz, ihre Tasche abzustellen.

Maxi kam im Nachthemd die Treppe heruntergehüpft – Mami, Mami – und zog Johanna nach oben ins Kinderzimmer. Mindestens eine Stunde verging, die beiden Jungen im Doppelstockbett, die kleine Tochter auf Johannas Schoß, bis sie alles erzählt hatten, was in den vergangenen Tagen in der Schule, im Kindergarten und zu Hause passiert war.

Nach dem Frühstück, das Johanna mit einer kräftigen Portion Rührei kurzerhand in ein Mittagessen verwandelt hatte, das übliche Wochenendprogramm: Wäsche in die Maschine, den Pflanzen Wasser geben, das Durcheinander in Bad und Küche beseitigen. Und die leise, aber bestimmte Aufforderung an die Kinder – aufräumen!

Auf dem Küchentisch lagen zwei Markstücke und ein Häufchen Kleingeld. Daneben ein karierter Zettel: 1 x Milch = 0,85, 1 x Brot = 0,90, 10 Schrippen = 0,50, 2 x Zahnpasta Silka = 2,00, 3 x Saft = 2,85, 1 x Zahnbürste 0,62. Strich darunter – zusammen = 7,72. 10,00 M – 7,72 = Rest 2,28 M.

An der korrekten steilen Schrift erkannte Johanna, dass Stefan in der vergangen Woche für die Einkäufe zuständig war. Die Jungen wechselten sich ab, eine Woche einkaufen, eine Woche abwaschen. Bei Stefan klappte das meist gut, aber auf Sascha, den Älteren, war wenig Verlass. Er hatte zwar abgewaschen, aber das Geschirr nicht weggeräumt, sondern im Ablaufbecken stehen lassen.

Erst am späten Nachmittag fand Johanna Zeit, die Tasche auszupacken und einen Blick in ihr Arbeitszimmer zu werfen. Auf dem Schreibtisch lag ein Blatt Zeichenkarton mit einem getuschten bunten Blumenstrauß, darunter ein Kussmund und mit krakeliger Schrift: MAXI.

Die Schneeglöckchen aus dem Garten, die in der Glasvase neben dem Bild standen, sahen schon ziemlich traurig aus. Auf Johannas elektrischer Schreibmaschine lag ein Päckchen mit einer roten Schleife, darunter ein Foto von Martin und den Kindern vom letzten Winterurlaub. Johanna drehte das Bild um und las.

Meine liebe Hanna!
Internationaler Frauentag 1990. Ich denke ein Jahr weiter,
an den 8. März 1991. Mein Vorstellungsvermögen reicht
nicht aus, um zu ahnen, was dann mit uns und unserem
Land sein wird. Aber gemeinsam schaffen wir es, mein
Schatz.
Dein Martin

Es war fast Mitternacht, als Martin nach Hause kam.

Bis halb drei hatten sie noch im Wohnzimmer gesessen und geredet. Einschlafen konnten sie danach beide lange nicht.

In der Küche roch es nach aufgebackenen Brötchen und Eierkuchen. Martin stand, die große Eisenpfanne vorsichtig hin und her schwenkend, mit offenem Hemd am Gasherd. Geschickt warf er den hauchdünnen Eierkuchen in die Luft und fing ihn nach einer halben Drehung in der Pfanne wieder auf.

„Das war der letzte, es kann losgehen."

Sascha und Stefan saßen schon auf der Eckbank, nur Maxi fehlte noch. Das gemeinsame Frühstück war bei Ritters ein Muss, aber sonntags wurde daraus meist ein kleines Fest. Heute ein besonderes, weil endlich die Mutter wieder zu Hause war. Blumen standen auf dem Früh-

stückstisch und das gute Kaffeegeschirr von Oma, das nur
für besondere Anlässe aus dem Schrank geholt wurde.

Johanna war stolz auf ihre eingespielte Mannschaft,
die die vergangene Woche so gut gemeistert hat. Nichts
war vorbereitet gewesen, ihre Schwester Judith verreist
und Martin für das Schwarzenfelser Schuhkombinat rund
um die Uhr im Einsatz. Martin, Sascha und Stefan, ihre
drei Jungs, verdienten ein dickes Lob, und natürlich auch
Maxi, die jeden Morgen und jeden Abend ganz allein ihre
Zähne geputzt hatte.

Es gab so viel zu besprechen. Martin sah Johanna besorgt an, als Sascha von zwei unbekannten Besuchern
erzählte. Am Donnerstag hatten ein gut gekleideter Mann
und eine junge Frau, wahrscheinlich seine Tochter, an der
Tür geklingelt und nach den Eltern gefragt. Als sie hör-
ten, dass beide nicht zu Hause waren, sagten sie nur, sie
würden in der nächsten Woche wiederkommen. Dann
hat die Frau das Haus fotografiert und auch den Zaun,
der wohl neu sei, und Sascha gebeten, doch bitte aus dem
Bild zu gehen. Anschließend sind sie in einen Audi ge-
stiegen, der an der Ecke parkte.

Um die Kinder nicht zu beunruhigen, reagierten Johanna und Martin auf Saschas Erzählung nicht.

Erst am späten Nachmittag, als die Großen über den
Hausaufgaben saßen und Maxi im Kinderzimmer spielte,
kam Martin auf den geheimnisvollen Besuch zurück. Was
hatte das zu bedeuten? War ihr Haus, das sie vor einigen
Jahren von der Kommunalen Wohnungsverwaltung gekauft hatten, in Gefahr? Den zinsgünstigen Kredit hatten
sie erst teilweise abgezahlt. Der Boden, auf dem das Haus
stand, gehörte ihnen nicht, denn in der DDR wurde
volkseigenes Land nicht verkauft. Es hatte ihnen nie etwas ausgemacht, im Gegenteil, sie fanden diese Regelung
vernünftig.

Plötzlich könnte alles anders sein. Zwar hatten sie eine
Urkunde über das unbegrenzte Nutzungsrecht des
Grundstücks, aber was wäre dieses Papier nach bundes-

deutschem Recht noch wert? Johanna wusste als Juristin, dass dort das Eigentum am Boden vor dem Gebäudeeigentum rangierte.

„Sollte jemand nachweisen können, dass ihm – aus welchem Grund auch immer – dieses Stückchen Erde, auf dem wir und unsere Kinder hier am Stadtrand leben, gehört, dann haben wir kaum eine Chance!"

Allein im Monat Januar waren beim Bundesministerium für Innerdeutsche Fragen in Bonn dreitausend Anfragen von ehemaligen westdeutschen Immobilienbesitzern eingegangen. Aber das war nur die Spitze des Eisbergs, gerechnet wurde mit mindestens einer Million Rückübertragungsanträgen für ostdeutsche Grundstücke. Viele DDR-Bürger, die sich nach dem Krieg auf staatlichem Boden ein Häuschen gebaut oder ein altes Haus gekauft hatten, ahnen noch nicht, was auf sie zukommt. Vor der Volkskammerwahl am kommenden Sonntag wird darüber natürlich nicht gesprochen, denn wenn das bekannt würde, könnten wertvolle Stimmen für die CDU verloren gehen.

Während Martin mit sorgenvollem Gesicht in sein Arbeitszimmer ging, um Kaufvertrag und Bankbelege herauszusuchen, nahm Johanna ihren großen Kaffeetopf aus dem Küchenschrank, löffelte Kaffee und reichlich Zucker hinein und goss sprudelndes Wasser darüber. Sie wusste, dass dieser Aufguss nicht gesund war, aber manchmal musste sie den süßen Kaffee mit ein wenig Satz zwischen den Zähnen genießen. Ein Viertelstündchen noch die Beine hoch, die neue Platte von Karat auflegen und an nichts denken!

Sie setzte sich in den alten durchgesessenen Sessel, der im Wohnzimmer direkt vor dem großen Blumenfenster stand. Die Bäume waren noch kahl, aber die hohe schlanke Birke mit ihren starken ausladenden Ästen strahlte im Lichte der untergehenden Sonne. Johanna öffnete das Fenster und genoss die linde Luft, mit der sich der Frühling ankündigte.

Der Kaffeetopf war halb leer, als das Telefon klingelte. Es war ihre Mutter. Keine Chance also, das Telefon zu ignorieren. Die Eltern wussten nichts von Johannas Zusammenbruch, Johanna hatte sie nicht beunruhigen wollen. Aber ihre Mutter fragte auch nicht, sie unterstellte, dass sie ihre Probleme ganz selbstverständlich löse. Sorgen machte sich die Mutter immer nur um Johannas Schwester und die drei Brüder.

Aber heute gab es freudige Nachrichten aus Bischofferode.

„Frank war zu Besuch, mit Frauke und den Kindern, in einem schicken Golf, silbergrau metallic! Papa durfte sogar ein Stück fahren, er war ganz aufgeregt, aber Frank hat natürlich daneben gesessen. Gerade vor zehn Minuten sind sie abgefahren und ich dachte, ich muss dir das gleich erzählen."

Frank, Johannas ältester Bruder, war im vergangenen Oktober über Ungarn und Österreich in den Westen gegangen und hatte auch sofort bei Kali + Salz in Kassel Arbeit gefunden, zunächst auf Probe. Nun, berichtete die Mutter stolz, ist er seit 1. März als Maschinenführer fest angestellt. Na gut, nicht als Schichtleiter wie in Bischofferode und natürlich auch mit einem geringeren Lohn als die anderen Maschinenführer. Aber das war immer noch das Doppelte im Vergleich zu seinem Gehalt in Bischofferode. Und eine Wohnung haben sie jetzt auch, drei Zimmer mit allem drum und dran in einem Dorf zwischen Kassel und der Grenze. Bei den hohen Mieten im Westen – sehr günstig, nur 650 D-Mark.

Und Frauke? Frauke arbeitet in der Schule als Putzfrau. Naja, das ist nur vorübergehend. Die müssen nur noch die Abschlüsse aus der DDR anerkennen und dann kann sie wieder Mathematik und Physik unterrichten. Schließlich hat sie ihr Staatsexamen an der Pädagogischen Hochschule in Potsdam mit „sehr gut" bestanden.

Ach, und die Kinder, süß sahen sie aus. Nur, dass sie dort in der Schule vor dem Unterricht beten müssen, das

finden sie nicht so toll. Aber daran werden sie sich gewöhnen.

Johanna hörte aus der Erzählung der Mutter die Erleichterung, dass der große Sohn die richtige Entscheidung getroffen hat, als er mit der Familie in seinem alten
Wartburg auf und davon ist. Sie gönnte ihrer Mutter die
Freude und ersparte ihr unangenehme Nachfragen.

„Und wie geht es euch, was macht dein Rücken?" Der
Rücken war in Ordnung, jetzt, wo sie nicht mehr jeden
Tag in den Stall geht. 25 Jahre arbeitete die Mutter in der
Genossenschaft im Schweinestall, seit drei Wochen in
Kurzarbeit-Null. Anfang des Jahres fing es an, dass kein
Schlachthof der LPG die Schweine mehr abnahm. Die
Tiere wurden immer fetter und Mitte Februar kamen
Holländer und haben sie für Pfennige entsorgt. Nun ste-
hen die Ställe leer und niemand weiß, wie es mit der Ge-
nossenschaft weiter geht. Die Arbeit fehlt ihr schon und
auch das Frühstück mit den Frauen. Es wird schon wer-
den, braucht eben alles seine Zeit.

Gut, dass Papa im Kalischacht arbeitet. Um seine Arbeit müssen wir uns Gott sei Dank keine Sorgen machen,
Düngemittel werden immer gebraucht.

Ein Weilchen plätscherte das Gespräch dahin, bis die
Mutter feststellte, es sei nun Zeit, das Abendbrot zu machen und die Hühner und Entchen müsse sie auch noch
füttern.

Der Kaffeetopf war inzwischen leer. Übrig geblieben war
nur eine kleine Pfütze, die mit dem grobkörnigen Kaffeesatz vermischt, wunderbar süß schmeckte.

Auf Johannas Schreibtisch lag seit gestern ein brauner
Briefumschlag. Bis jetzt hatte sie ihn nicht geöffnet, weil
dieses Wochenende nur Martin und den Kindern gehören
sollte.

Nun aber gewann die Neugier Überhand: Hatten sie
es geschafft, auch ohne sie den Entwurf für die neue
Verfassung der DDR rechtzeitig fertig zu machen?

Morgen tagte zum letzten Mal vor der Volkskammerwahl der Runde Tisch, eine Art Nebenregierung der
DDR-Bürgerbewegung, und dort sollte der Verfassungsentwurf verabschiedet werden. Nicht auszudenken, wenn
das ihretwegen gescheitert wäre!

Mit einem kleinen spitzen Messerchen schnitt sie den
Briefumschlag auf und zog einen dicken Packen eng be-
schriebener Seiten heraus. Obenauf ein schmaler gelber
Klebezettel:

Montag, 12. März, 14 Uhr – Beratung zum Verfassungsentwurf am Runden Tisch/Schloss Schönhausen. Ich hoffe,
Du bist wieder gesund. Ich freue mich – Christoph

12. März, Berlin Schloss Schönhausen

Rita, die Fakultätssekretärin, hatte Johanna empfohlen,
mit der Straßenbahn zu fahren. Es sei die beste Verbindung, sie müsste nicht umsteigen. Es war kein guter Rat
gewesen, denn der Fußweg von der Straßenbahnhaltestel-
le bis zum Schloss Schönhausen war lang und die neuen
Absatzschuhe drückten schon den ganzen Tag. Außerdem hatte sie es eilig, die Sitzung in der Universität hatte
länger gedauert als geplant.

Im Institut war in den vergangenen Monaten viel passiert. Alles, was bisher galt, wurde infrage gestellt – die
Lehrinhalte genauso wie die Forschungsthemen und natürlich auch die Zukunft der Professoren und Dozenten.
Alle sollten sich neu bewerben und ein Angebot für ihre
künftigen Lehr- und Forschungsgebiete machen. Unvor-
stellbar für international anerkannte Hochschullehrer, wie
Johannas 63-jährigen Lehrstuhlleiter, der die DDR bei
der UNESCO in Paris vertreten und inzwischen Genera-
tionen von Juristen ausgebildet hat.

Die Institutsdirektoren waren im Februar abgelöst
worden. In geheimer Wahl hatten die Mitarbeiter entschieden, wer künftig die Institute leitet, und so war Jo-

hanna überraschend stellvertretende Institutsdirektorin geworden. Sogar mit mehr Ja-Stimmen als ihr Chef.

Heute hatten zum ersten Mal drei Juristen der Freien Universität Berlin an der Institutssitzung teilgenommen. Sehr nett, sehr kollegial und selbstverständlich waren sie bereit, die Fachkollegen der Humboldt-Uni zu unterstützen.

Auf der Tagesordnung standen die Lehrprogramme für das nächste Wintersemester. Johanna hatte als Lehrverantwortliche die Pläne der Technischen und der Freien Universität und auch verschiedener westdeutscher Universitäten besorgt und ein eigenes, ihrer Meinung nach attraktives, Lehrprogramm ausgearbeitet. Alle Bausteine waren gut aufeinander abgestimmt, sodass auch künftig der Studienabschluss innerhalb von vier Jahren möglich war. Das könnte für viele Studenten aus Ost und West Anreiz sein, sich für die Humboldt-Universität zu entscheiden.

Der junge Dozent von der FU, ein aufgeweckter Bursche mit rheinischem Dialekt, hatte sie in der Kaffeepause gewarnt: „Vorsicht, niemand will, dass unsere Studenten schneller fertig werden. Überlegt mal, was es für die Arbeitslosenzahlen bedeutet, wenn eure Absolventen schon nach vier Jahren auf den Arbeitsmarkt drängen. Die sollen ruhig ein paar Jährchen studieren, da sind sie gut geparkt."

Am Ende war dann noch die Rede von der angekündigten Evaluierung des Instituts gewesen und dass wahrscheinlich der Professor der Freien Universität die Leitung der Kommission zur Überprüfung der Ostberliner Kollegen übernehmen wird.

Man hatte sich sehr freundlich verabschiedet und die Gäste versprachen, die Juristen der Humboldt-Universität demnächst nach Dahlem einzuladen.

Jetzt, eine Stunde später, beschlich Johanna plötzlich ein ungutes Gefühl: Welches Interesse konnten die Kollegen der FU haben, das Ostberliner Konkurrenzinstitut bei der

Lehrplanung zu unterstützen und bei der bevorstehenden Evaluierung eine positive Bewertung abzugeben? Wurde hier nicht der Bock zum Gärtner gemacht? Und war es Zufall, dass der junge Dozent so interessiert nach Parteizugehörigkeit und möglicher Stasiverstrickung der Professoren gefragt hatte?

Sie schob die Bedenken zur Seite: die drei hatten so offen und freundschaftlich mit den Kollegen gesprochen – sie sollte so etwas nicht denken!

Außerdem hatte sie gerade jetzt den Tagungsort des Runden Tisches, das Schloss Schönhausen, erreicht. In diesem barocken, mehr als dreihundert Jahre alten Gebäude an der Panke soll vor dreihundert Jahren die Krönung Friedrichs des III. zum preußischen König ausgekungelt worden sein. War das ein gutes oder eher ein schlechtes Omen für den Erfolg des Runden Tisches?

Im überfüllten Beratungssaal herrschte eine explosive Stimmung. Die mehr als 50 Menschen, die als Vertreter der Bürgerbewegung gemeinsam mit den etablierten Parteien und Organisationen der DDR am Runden Tisch saßen, stritten laut und heftig. Und die auf den Stühlen an der Seite, die vielen, die in oder vor der Tür standen, mischten fleißig mit. Die moderierenden Kirchenmänner hatten es schwer, sich Gehör zu verschaffen und das Auseinanderbrechen der Beratung zu verhindern.

Johanna atmete auf, als sie merkte, dass es bei dem Streit nicht um die Verfassung ging. Seit Stunden wurde über die Zukunft des Volkseigentums beraten und noch immer war keine Einigung in Sicht. Der Bürgerrechtler Wolfgang Ullmann hatte gefordert, jedem der 16 Millionen DDR-Bürger einen Anteilschein über den sechzehnmillionsten Teil des Volkseigentums zu geben. Wem sonst sollten die Betriebe, der Wald, die Wohnungen und all die anderen materiellen Güter künftig gehören? Außerdem könnte mit diesem Anteilschein, man rechnete für jeden DDR-Bürger mit ungefähr 40.000 Mark, der

Ausreisestrom gen Westen gestoppt werden. Der Vorschlag klang verlockend und fand viel Zustimmung unter den Zuhörern.

Sofort kamen ebenso heftige Gegenreden. Was passiert, wenn die Bürger mit den Anteilscheinen spekulieren, wenn Großunternehmen oder Banken, vielleicht sogar zum Wechselkurs 1:5, sie aufkaufen? Was bleibt dann noch vom Volkseigentum?

Und wieder gab es Beifall im Saal.

Johanna schwankte mit der Stimmung wie ein Halm im Wind und wusste nicht, wie sie entscheiden würde, wenn sie es tun müsste. Nirgends in der Welt gab es Vorbilder – nicht in der Sowjetunion, nicht in China und auch nicht in Jugoslawien, wo die Betriebe der Belegschaft gehörten. Und so endete dann auch die hitzige Auseinandersetzung mit einem salomonischen, aber dennoch eindeutigen Beschluss: Die neue Regierung soll das Volkseigentum in die Hände des Volkes geben!

Als endlich das Hauptthema der letzten Sitzung des Runden Tisches, der in Wahrheit kein bisschen rund war, die neue Verfassung aufgerufen wurde, war nicht nur der Zeitplan weit überschritten, sondern auch die Energie der Beratungsteilnehmer erschöpft. Der Runde Tisch hatte in allen 16 Sitzungen an Zeitmangel gekrankt, heute aber war es eine Katastrophe.

Am Tag nach dem Fall der Mauer hatten Vertreter der Grünen Partei, der Ost-SPD, der Bürgerbewegungen Demokratie jetzt, der Initiativgruppe Vereinigte Linke und des Demokratischen Aufbruchs beschlossen, einen Runden Tisch zur Vorbereitung einer Verfassungsreform in der DDR einzuberufen.

Bis zur Volkskammerwahl am 6. Mai sollte der Entwurf einer neuen Verfassung von den Bürgerinnen und Bürgern der DDR in einer breiten Volksaussprache beraten und danach in einem Volksentscheid abgestimmt werden. Durch die Vorverlegung der Wahl auf den 18.

März fehlten sieben Wochen, die trotz aller Anstrengungen nicht aufzuholen waren. Deshalb lagen den Mitgliedern des Runden Tisches heute nur die Grundsätze für eine neue Verfassung vor. Ein geschlossener ausformulierter Verfassungsentwurf, den der Runde Tisch der DDR-Bevölkerung zur Diskussion und Abstimmung übergeben wollte, war das noch nicht.

Die kurze Pause war vorbei, die Mitglieder der Arbeitsgruppe Neue Verfassung der DDR hatten Mühe, einen freien Stuhl zu finden.

Jetzt entdeckte Johanna an der Stirnseite des Saales, direkt unter dem DDR-Wappen mit Hammer und Zirkel, Christoph – heute ausnahmsweise ohne seinen roten Schal. Christoph gehörte wie Johanna zur Expertengruppe, in der Juristen der DDR, aber auch der Bundesrepublik die Ausarbeitung des Verfassungsentwurfs begleiteten. Johanna kannte Christoph schon viele Jahre und weil sie ihm vertraute, hatte sie ihn für die Mitarbeit in der Expertengruppe vorgeschlagen.

Es war im extrem warmen Juni 1983. Die Universität hatte Johanna zu einem Studienaufenthalt nach Stockholm delegiert. Sascha und Stefan waren bei ihrer Mutter in Bischofferode und Martin nahm an einem Englisch-Intensivkurs in Plaue an der Havel teil. Für die 27-jährige Johanna ein völlig neues Gefühl von Ungebundenheit, denn seit Saschas Geburt vor sechs Jahren hatten sie und Martin nie so frei über ihre Zeit entscheiden können.

Gemeinsam mit Berit, der dunkelhaarigen, schlanken Schwedin, wohnte sie in der Gästewohnung eines Gemeinschaftshauses, nicht weit vom Stockholmer Stadtzentrum entfernt. In dem Haus gab es acht Eigentumswohnungen und eine Gemeinschaftsküche, wo die Familien abwechselnd für alle Hausbewohner das Abendessen kochten. Im Erdgeschoss waren Aufenthaltsräume, in denen tagsüber die Kinder der berufstätigen Eltern betreut wurden und wo man sich abends zum Kartenspiel oder einem Aquavit treffen konnte. Die beiden kleinen Appartements unter dem Dach hatte das Parlament für Mitarbeiter und Gäste gemietet und wohnlich eingerichtet.

Berit stammte aus Göteborg im Westen Schwedens. Bis vor einem Jahr hatte sie in der Palme-Kommission für Abrüstung und gemeinsame Sicherheit gearbeitet, jetzt war sie Mitarbeiterin der Reichtagsfraktion der Sozialdemokratischen Arbeiterpartei, der SAP.

Eines Tages stand Berits Freund Christoph vor der Tür. Die beiden hatten sich vor zwei Jahren bei einer Tagung der Palme-Kommission kennengelernt und trafen sich mal in Stockholm, mal in Bonn. In den nächsten Wochen wollten sie gemeinsam Urlaub machen, mit dem Boot zwischen den Schären kreuzen und wo es ihnen gefällt, ihr Zelt aufschlagen.

Es war Christophs Idee, dass Johanna die Wochenenden mit ihnen verbringen könnte. Er würde sie am Freitagabend in Stockholm abholen und am Montag zurückbringen. Wahrscheinlich hatte Christoph das kleine Zelt, das sie in Berlin gekauft hatte, auf dem Hängeboden entdeckt, vielleicht wollte er aber auch nicht drei Wochen mit Berit allein sein. Johanna lehnte das Angebot ab – keine Zeit, Sprachkurs am Samstag, die vielen Parlamentsberichte, die sie noch lesen musste. Die Wahrheit war, dass sie die beiden nicht stören wollte. Aber dann siegte Christophs Überredungskunst und die Verlockung, mehr von der schönen Umgebung Stockholms zu sehen.

Die Nächte waren ungewöhnlich warm, das Wasser hatte Balaton-Temperatur und sie genossen das Faulsein. Abends saßen sie gemeinsam vor dem Zelt und redeten, redeten. Sie waren sich einig, dass der Kapitalismus die Probleme dieser Welt nicht lösen wird, wie aber könnte eine ideale Gesellschaft aussehen? Der Sozialismus in den Farben der Sowjetunion oder der DDR war es offensichtlich nicht. Oder noch nicht? Und was war mit dem Schwedischen Modell? Wäre das der machbare dritte Weg? Sie fanden die Antwort nicht.

Am letzten Wochenende blieb Johanna in Stockholm. Sie mochte Christoph sehr, aber hier drohte eine Gefahr, die sie nicht provozieren wollte.

Kurze Zeit nach dem Urlaub hatten sich Berit und Christoph freundschaftlich getrennt. Wenn sie sich irgendwo in der Welt trafen, tranken sie einen Kaffee oder ein Glas Wein miteinander. Vielleicht endeten die Wiedersehen auch erst am kommenden Morgen. Johanna wusste es nicht, wollte es auch nicht wissen.

Christoph war aufgestanden, winkte Johanna zu und zeigte auf den freien Stuhl neben sich. Sie bemerkte ihn nicht, denn im Augenblick interessierte Johanna nur eine Frage: Wird sich der Runde Tisch auf seiner heutigen letzten Sitzung zu einer neuen Verfassung der DDR bekennen? Würde er es nicht tun, dann hieße das, auch der Runde Tisch hat dieses Land aufgegeben.

Nach knapp zwei Stunden war alles vorbei. Johanna lehnte sich mit einem tiefen Seufzer zurück. Erst jetzt merkte sie, dass sie die ganze Zeit verkrampft auf der Stuhlkante gesessen hatte.

Es war vollbracht, der Runde Tisch hatte zu einer neuen Verfassung der DDR Ja gesagt. Und was Johanna noch wichtiger war, diese Verfassung sollte nicht nur die alte Verfassung der DDR ablösen, sondern sie sollte auch moderner, vor allem demokratischer werden als das Grundgesetz der Bundesrepublik. Den Bürgerinnen und Bürgern der DDR würde in der Verfassung das Recht auf Arbeit, auf Wohnung, auf staatliche Fürsorge garantiert, aber auch das Recht der freien Meinungsäußerung und der direkten Mitwirkung bei der Ausarbeitung der Regeln des Zusammenlebens. Über Gesetze und wichtige Einzelprojekte sollten Volksabstimmungen entscheiden.

Johanna war überrascht, dass am Ende nur vier Teilnehmer des Runden Tisches gegen die Fortsetzung des Verfassungsprojektes stimmten. Hatten die Vertreter der CDU und des Demokratischen Aufbruchs nicht begriffen, was sie soeben beschlossen haben? Möglicherweise hatten sie hier, am Runden Tisch nicht den Mut, sich zu der Vereinigungseuphorie ihrer Parteien zu bekennen. Oder zweifelten sie vielleicht selbst an dem Beitritt zur Bundesrepublik und zur NATO, wie es ihre westdeutsche Schwesterpartei wünschte.

Niemand von ihnen hatte Gerd Poppe, Wolfgang Ullmann und Gregor Gysi widersprochen, die für die Bewahrung der Souveränität der DDR warben, damit die DDR als gleichberechtigtes Land in die Deutsche Einheit gehen kann, und am Ende nicht die Mehrheit im Westen über die Minderheit im Osten entscheidet. Außerdem habe die DDR durchaus etwas in die deutsche Einheit einzubringen, weshalb es töricht wäre, diese Chance zu verschenken.

Besonders berührt war Johanna, als Monsignore Karl-Heinz Ducke, einer der Moderatoren des Runden Tisches, zum Mikrophon griff.

„Wenn es ein einiges Deutschland werden soll, so hoffe ich, dass die Menschen hierzulande zuvor sich selbst finden. Die 40 Jahre DDR-Geschichte sind nicht mit einem schnellen Anschluss an die BRD zu bewältigen. Jetzt Verdrängtes wird sich später wieder rächen.
Ich hoffe, dass mit einem neuen einigen Deutschland wirklich etwas Neues entsteht, nicht nur eine Vergrößerung der jetzigen Bundesrepublik."

Johanna wusste, dass jetzt anstrengende Wochen bevorstanden, denn schon im April sollte der Verfassungsentwurf veröffentlicht werden, damit die DDR-Bürger an der Verfassung im wahrsten Sinne des Wortes mitschreiben und am 17. Juni in einem Volksentscheid darüber abstimmen können.

Katharina, die Sekretärin stand schon bereit, um die Termine für die Arbeitsgruppe abzustimmen.

Vor der Tür wartete Christoph auf sie. Seine Augen strahlten, die Freude war ihm anzusehen. Stürmische Umarmung, Küsschen links, Küsschen rechts.

„Johanna, na endlich – wir sind wie die Königskinder. Und? Bist du mit dem Ergebnis zufrieden? Ich hätte nicht erwartet, dass wir es noch schaffen – jetzt wird alles gut."

Johanna nickte.

„Mir fällt ein Stein vom Herzen! Im Krankenhaus habe ich gedacht, dass sie uns die Verfassung zerreden werden. Das Gegenteil ist eingetreten, der Runde Tisch hat in seiner allerletzten Stunde tatsächlich noch einmal Historisches geleistet. Aber ob die Leute draußen es verstehen? Interessiert sie überhaupt noch, was hier geschieht? Gregor Gysi von der PDS hat es mit seinem Plädoyer für eine zeitweilige Zweistaatlichkeit als den besten Weg zur künftigen Einstaatlichkeit wieder einmal auf den Punkt gebracht. Du hast gemerkt, wie es ruhig wurde im Saal.

Ach, und übrigens", fuhr Johanna mit empörter Stimme fort „was ist eigentlich in Deiner SPD los? Euer Professor hat sich ganz merkwürdig verhalten. Einwände, nichts als Einwände! Warum distanziert sich ausgerechnet einer der SPD-Spitzengenossen so erbittert von der neuen DDR-Verfassung?"

Christoph fasste Johanna am Arm und zog sie hinaus in den Park.

„Hanna, Mädchen, du müsstest sehen, wie gut du aussiehst, wenn du zornig bist. Aber dein Ärger trifft den Falschen, mit mir musst du nicht streiten."

So leicht war Johanna nicht zu besänftigen.

„Entschuldige mal – und übrigens: lass bitte das Mädchen! Ihr müsst doch wissen, was ihr wollt. Da warnt euer Kanzlerkandidat Lafontaine vor nationaler Besoffenheit, weil eine übereilte Vereinigung die Wirtschaft der DDR ruiniert und zu Millionen Arbeitslosen führt. Und zwei Wochen später verkündet euer Bundesvorstand, die

SPD ist für den Beitritt der DDR zur Bundesrepublik offen. Also was nun? Kapiert ihr denn nicht, dass das Eine das Andere ausschließt? Wieder mal typisch SPD!"

Sie wusste, es war nicht gerecht, dass sie Christoph für die Unentschlossenheit seiner Partei attackierte, aber bei wem sonst sollte sie ihre Enttäuschung loswerden?

Christoph zögerte: „Ihr wisst doch viel besser als wir, wie schwierig es ist mit den Alten in der Politik. Lass uns ein andermal reden, das ist alles viel komplizierter als du denkst. Wenn wir am kommenden Sonntag die Wahl gewinnen – bei der Umfrage im Februar liegt die SPD bei 54 % – sehen wir weiter. Ich muss noch etwas klären, kommst du mit nach oben in unser Fraktionsbüro?"

Nein, Johanna wollte schnell nach Hause zu den Kindern.

Ach übrigens, am übernächsten Sonnabend hat Martin Geburtstag. Wird Christoph kommen? Sehr gern möchte er kommen. Es sei denn, der Spitzenmann der Ost-SPD, dem er seit Wochen als Berater zur Seite steht, braucht ihn auch am Wochenende. Sie wisse ja, wenn bei der Volkskammerwahl alles gut läuft, wird sein Chef der neue Ministerpräsident. Auf jeden Fall wird er anrufen.

15., 16., 17. März, Schwarzenfels

Die Karl-Marx-Allee war wieder einmal verstopft, vor jeder Kreuzung musste Johanna bremsen. Wie sollte das erst am Alexanderplatz werden? Martin würde ärgerlich sein, wenn sie ihn nicht pünktlich um fünf am Haus der Ministerien in der Leipziger Straße abholte. Auf jeden Fall wollten sie noch bei Tageslicht bis zum Berliner Ring kommen, denn die Stadtausfahrt über die Westberliner Autobahn war für sie noch immer ein Buch mit sieben Siegeln. Schon zweimal hatten sie sich am Funkturm verfahren und waren statt auf der Avus auf dem Parkplatz der Deutschlandhalle gelandet.

Johanna war nervös. Stefan, der schon als Dreijähriger Lada, Wartburg und Moskwitsch unterscheiden konnte,

saß neben Johanna und zählte die Autos auf der Gegen-
fahrbahn. Maxi quengelte auf dem Rücksitz, nur Sascha
war wie immer in sein Buch vertieft. Am Strausberger
Platz hatte Stefan aufgeschrien, als sie den bunten Übertragungswagen von BBC überholten – beinahe wäre Johanna auf einen Trabant aufgefahren.

Sie war froh, als sie Martin an der Ecke Wilhelmstraße
stehen sah. Kurzer Stopp, und während Martin seine
Aktentasche im Kofferraum verstaute, wechselte sie auf
den Beifahrersitz.

Es war lange schon dunkel, als sie bei Drewitz den Berliner Ring erreichten. Die Zufahrt zur Avus hatten sie wieder verpasst.

Auf der Rückbank war Ruhe eingekehrt, das Radio
spielte leise.

Eigentlich hatte Johanna nicht nach Schwarzenfels
fahren wollen. Am Dienstag musste sie ihren Textbeitrag
für die neue Verfassung abgeben, außerdem hätte ihr ein
wenig Ruhe nach der anstrengenden Woche gut getan.
Aber vorgestern hatte Martins Mutter angerufen: sie sollen bitte unbedingt am Sonnabend zu ihrem Geburtstag
kommen – beide.

Johanna mochte ihre Schwiegermutter sehr. Sie war
eine bescheidene, herzliche Frau, die immer im Schatten
ihres dominanten Ehemannes und der drei Söhne gestan-
den hat. Nach dem plötzlichen Tod von Martins Vater
vor drei Jahren hatte sie sich verändert. Sie war allein zu
ihrer Schwester nach Spanien gefahren, hatte sich in der
Gymnastikgruppe des Schuhkombinates angemeldet und
neuerdings sang sie sogar im Schwarzenfelser Heinrich-
Schütz-Chor.

Wenn Anni jetzt nach ihnen rief, konnte Johanna
nicht absagen.

Sie wusste, dass sie in Schwarzenfels auch Norbert
treffen würden. Martins jüngerer Bruder Norbert lebte als
einziger von Annis Söhnen in Schwarzenfels. Er hatte

neben Oberschule und Abitur im Kombinat Schuhmacher gelernt und war nach dem Studium in Berlin in seinen Ausbildungsbetrieb zurückgekehrt. Seit drei Jahren leitete er die Außenhandelsabteilung des Kombinates, reiste nach Moskau, Warschau, Sofia, nach Ulan Bator. Diese Aufgabe entsprach seinem Interesse an fremden Ländern, ihren Städten, Kirchen und Klöstern und forderte ihn oft bis an die Grenze seines Leistungsvermögens.

Trotz der interessanten und anspruchsvollen Arbeit war Norbert immer unzufrieden. Nie suchte er die Ursachen für Misserfolge bei sich und wenn Martin ihn vorsichtig auf eigene Versäumnisse hinwies, reagierte Norbert meist aggressiv.

Das Schlimmste war für ihn, dass er wegen Georg, dem ältesten Bruder, nicht nach Italien, Frankreich, in die Bundesrepublik reisen durfte. Georg war 1973 zu einem Tischtennisturnier in die Bundesrepublik gefahren und danach nicht in die DDR zurückgekehrt. Seitdem lebte er in der Nähe von Nürnberg. Auch Georg war der Schuhbranche treu geblieben, bei einem der renommiertesten Konkurrenten des Schwarzenfelser Schuhkombinats arbeitete er als Verkaufsdirektor.

Im Herbst 1989 hatte Martin lange Zeit nichts von Norbert gehört. Mitte November kam eine Postkarte: Lieber Martin, heute bin ich aus der Partei ausgetreten, Deine Ratschläge brauche ich nicht mehr.

Martin war tief verletzt. Warum richtete der Bruder seine Enttäuschung gegen ihn? War es nicht wieder ein Versuch, den Irrtum, die falsche Entscheidung auf andere abzuwälzen? Martin erinnerte sich noch gut, wie Norbert an der Hochschule in Berlin um die Aufnahme in die SED gekämpft hatte und wie stolz er war, als er vor zwei Jahren zur Bezirksparteischule delegiert wurde. Martin hatte ihn nicht dazu gedrängt, im Gegenteil.

Johanna hatte versucht, zwischen den Brüdern zu vermitteln, aber Norbert reagierte nicht auf ihren Brief.

Es war lange nach neun, als sie mit dem weißen Lada in die Gerbergasse einbogen. Das Tor der Nummer 13 war offen, die Zimmer im Erdgeschoss hell erleuchtet. Als die Autotüren klappten, stand Martins Mutter schon in der Tür, klein und rundlich, die bunte knitterfreie Kittelschürze spannte über der Brust. Während Martin die schlafende Maxi ins Haus trug, waren Sascha und Stefan in die Küche gelaufen und hatten sich über Omas Schokoladenpudding hergemacht.

Anni umarmte ihre Schwiegertochter.

„Hanna, mir fällt ein Stein vom Herzen! Danke, dass du mitgekommen bist." Sie hatte sich immer eine Tochter gewünscht, aber auch das dritte Kind war wieder ein Junge gewesen. Als Martin Johanna das erste Mal mit nach Schwarzenfels brachte, 15 Jahre war das jetzt her, hatte Anni gehofft, dass die beiden zusammen bleiben. Sie schloss die selbstbewusste junge Frau sofort ins Herz und nahm sie wie eine Tochter in die Familie auf.

Das Verhältnis zwischen Martin und Johanna war so anders als Anni es in ihrer Ehe gewohnt war. Ludwig, ihr Mann, hatte bei Johannas erstem Besuch in Schwarzenfels versucht, den Hausherrn herauszukehren und die junge Frau bei den Männergesprächen ignoriert. Als er merkte, dass Johanna sich davon nicht beeindrucken ließ und ihm, wenn nötig, auch widersprach, akzeptierte er sie schließlich. Später dann war es Johanna, die er anrief, wenn er einen Rat brauchte, und kurz vor seinem Tod, so erzählte Martins Mutter, hatte er mehrmals nach seiner Schwiegertochter gefragt.

Martin hatte in der Nacht wunderbar geschlafen und ganz komisches Zeug geträumt. In seinem Zimmer war wenig verändert, nur das alte Sofa fehlte. An seinem Platz stand jetzt eine moderne Schlafcouch mit breit gestreiften dicken Kissen. Sogar der Stern-Recorder R 160, den er zur Jugendweihe bekommen hatte, war noch da. Er drehte am Knopf – tatsächlich, er spielte.

Als Martin ins Wohnzimmer kam, saß Johanna allein am Frühstückstisch. Seine Mutter hatte die Kinder zeitig geweckt und war nach dem Frühstück mit ihnen weggefahren. Sie wollten entlang der Saale bis zum Schloss Goseck, vielleicht auch bis Naumburg. Für Sascha und Stefan hatte Anni von den Nachbarn Fahrräder geborgt, Maxi saß bei ihr auf dem Kindersitz. Das laute Klingelkonzert zum Abschied hatte Martin geweckt.

Martin war seiner Mutter für diese Entlastung dankbar, er musste ohnehin heute noch zu Jürgen Lenz ins Schuhkombinat. Nach dem, was die Mutter gestern erzählt hatte, wäre es gut, wenn Johanna mitkäme, zumal auch sie den Kombinatsdirektor gut kannte.

Seit langem war Martin klar, dass in den nächsten Wochen entschieden werden musste, ob sie, die Söhne des verstorbenen Schuhfabrikanten Ludwig Ritter, das ehemals traditionsreiche Schwarzenfelser Familienunternehmen Ritter & Söhne reprivatisieren wollen. Nun war die Frage gestellt worden und sie mussten eine Antwort finden. Deshalb würde morgen auch sein Bruder Georg mit Almuth, seiner Frau, und der kleinen Tochter aus Franken kommen.

So wichtig diese Entscheidung für die Mutter und seine Brüder war, viel mehr beschäftigte Martin die Zukunft des Schuhkombinates und der fünfundvierzigtausend Beschäftigten, deren Arbeitsplätze in den volkseigenen Betrieben in Erfurt, in Storkow, in Berlin, in Burg und auch in Schwarzenfels bedroht waren.

Schon während des Studiums hatte Martin die von Ritter & Söhne überkommenen Lebensprämissen abgestreift. Sie waren ihm, bei aller Wertschätzung für das Lebenswerk seines Vaters und Großvaters, zu eng. Er wollte mehr, eine weitere Sicht, und diese neue Gesellschaft, so unvollkommen sie noch sein mochte, hatte ihn darin bestärkt.

Auch wenn solche schönen Worte wie Solidarität und Gemeinwohl im Moment nicht gefragt waren, wollte

Martin seine Ideale nicht aufgeben. Er hatte in den letzten Wochen viele Menschen erlebt, die ihr privates Schäfchen ins Trockene gebracht haben, ohne sich um die Kollegen und Freunde zu kümmern. Mit Johanna war er sich einig, dass sie, auch wenn es zu ihrem Nachteil wäre, sich nicht davonstehlen werden.

Seit 20 Minuten warteten sie schon in Vorzimmer von Jürgen Lenz, und immer wieder kamen Männer und Frauen, die sofort den Chef sprechen wollten. Jürgen hatte sich mit Martin für den Nachmittag verabredet, um Ruhe für das Gespräch zu haben, aber offensichtlich erfüllte sich diese Hoffnung nicht.

Johanna und Martin waren heute Morgen unerwartet zu einer Handvoll freier Stunden gekommen, ohne Pflichten und ohne die Kinder. Ein besonderes Geschenk in dieser aufregenden Zeit.

Deshalb gingen sie nicht den direkten, kurzen Weg zum Kombinat, sondern liefen hinunter zur Saale, am alten Forsthaus vorbei und hinter der Schleuse den Mühlweg zurück in die Stadt. Am Fluss standen die Weidenkätzchen in voller Pracht, auf den Wiesen blühten die gelben Winterlinge, auch die Bäume und Sträucher zeigten schon erste grüne Spitzen. Der Frühling setzte in diesem Jahr sehr zeitig ein, hier im Saaletal war er schon weiter als zu Hause in Berlin.

Martin rechnete nach, wie viel Jahre es her sein könnte, seit sie das letzte Mal zu Fuß durch Schwarzenfels gegangen sind – drei, vier, fünf oder noch mehr? Von Straße zu Straße wurden sie schweigsamer. Als sie vor dem ehemaligen Wohnhaus der Großeltern in der Schlossstraße standen, musste sich Martin Luft machen. Was war mit der Stadt geschehen? Zugenagelte Türen, leere Fenster, und ein Schild, das das Betreten wegen Einsturzgefahr verbietet. Und das nicht nur in diesem Haus, in dieser Straße. Auch in der nächsten und der übernächsten sah es nicht besser aus.

Wenn Martin in den letzten Jahren mit dem Auto in seine Heimatstadt Schwarzenfels gefahren war, freute er sich jedes Mal über die modernen Neubauten am Rande der Stadt. Was in der gleichen Zeit mit den alten Häusern, dem historischen Kern passiert war, hatte er nicht gesehen.

War diese Stadt noch zu retten? Und selbst wenn, woher sollte das Material, die Baukapazität, das Geld dafür kommen? Die privaten Hauseigentümer hatten kein Geld, der Staat und die staatlichen Banken im Moment ganz andere Sorgen. Johanna und Martin wussten keine Antwort. Schweigend gingen sie weiter.

Jürgen Lenz kam aus seinem Büro, um Martin und Johanna zu begrüßen. Der große, kräftige Mann, der auch an langen Arbeitstagen gelassen und freundlich blieb, war nicht wiederzuerkennen. Johanna hatte ihn seit Monaten nicht gesehen und erschrak über seine weißen, dünn gewordenen Haare. Sie setzte sich an den kleinen Klubtisch in der Ecke, sie wollte das Gespräch der beiden nicht stören.

Jürgen Lenz hatte gestern, einen Tag nach seiner Rückkehr von der Leipziger Messe, eine Beratung mit den Betriebsdirektoren der 36 Betriebe des ehemaligen Volkseigenen Kombinats Schuhe durchgeführt. Mit einer Ausnahme waren alle gekommen. Nur die Sportschuhfabrik aus dem Thüringischen Stadtilm, die die Fußballvereine der DDR-Oberliga ausstattete, hatte abgesagt: keine Zeit, Dienstauto kaputt oder so ähnlich. In Wahrheit hatten sie längst einen Vertrag mit einem der großen Sportschuhhersteller im fränkischen Herzogenaurach unterschrieben und produzierten PUMA-Fußballschuhe.

Die Berichte aus den Betrieben unterschieden sich kaum. Bei den meisten lief die Produktion auf Sparflamme. Achttausend Mitarbeiter waren entlassen worden, die anderen knapp vierzigtausend Beschäftigten „arbeiteten" fast alle in Kurzarbeit Null.

Seit Wochen nahm der Handel den ostdeutschen Betrieben keine Schuhe mehr ab. Auf den Märkten und in Lagerhallen verkauften bundesdeutsche Händler für DDR-Mark italienische, portugiesische und auch westdeutsche Schuhe. Die Sohlen waren meist steif wie ein Brett, aber die Schleifchen und Knöpfchen machten daraus kleine Wunderwerke.

Die DDR-Bürger ließen die haltbaren, aber eher schlichten Schuhe von Goldpunkt Berlin und Banner des Friedens Schwarzenfels stehen und kauften die schickeren, wenn auch etwas teureren Westschuhe. Oder sie warteten auf die vom Bundeskanzler versprochene D-Mark, in der Hoffnung, sich im Herbst nach der aktuellen Mode neu einzukleiden.

Jürgen Lenz hatte versucht, Optimismus zu verbreiten, aber das war ihm offensichtlich nicht gelungen. Gemeinsam mit Schuhgeschäften der HO und dem Schuh-Großhandel wollte er eine Handelsgesellschaft gründen, um für die Kombinatsbetriebe eigene Absatzmöglichkeiten zu schaffen. Das DDR-Handelsministerium hatte abgelehnt. Grund: Monopolisierung werde nicht zugelassen.

„So ein Schwachsinn", brach es aus ihm heraus. „Salamander zum Beispiel hat in der Bundesrepublik 170 eigene Geschäfte und tausende Vertragshändler. Kein Mensch kommt auf die Idee, Salamander als Schuhmonopolisten zu bezeichnen.

In der DDR gibt es fünftausend Geschäfte, in denen Schuhe verkauft werden, unsere 500 Filialen würden nur zehn Prozent des ostdeutschen Handelsnetzes ausmachen. Wo bitte ist da das Monopol?"

Aber Jürgen Lenz gibt nicht auf – noch nicht. Nun will er in leer stehenden Gebäuden eigene Läden eröffnen, aber viel wird damit nicht zu erreichen sein. Seine einzige Hoffnung war im Augenblick der Vertrag über den Export von sechs Millionen Paar Schuhen in die Sowjetunion, den er gestern auf der Leipziger Messe unterschrieben hat.

Johanna wusste, dass Martin auf das Stichwort Sowjetunion gewartet hatte. Seit Tagen ging er mit einer Idee schwanger, über die er mit dem erfahrenen Kombinatsdirektor sprechen wollte.

„Jürgen, ich glaube, dass wir trotz der misslichen Umstände eine Chance haben. Sicher werden nicht alle unsere Betriebe überleben, aber es gibt einen gesunden Kern, hochqualifizierte Fachkräfte und eine technische Ausstattung, die sich mit den westdeutschen und italienischen Firmen messen kann. Seit Jahren produzieren wir Salamander-Schuhe, die nicht nur bei uns, sondern auch im Westen gut verkauft werden.

Der westdeutschen Schuhindustrie geht es – wie du weißt – nicht viel besser als uns. Die stecken genauso in einer Absatzkrise, und das schon lange. In den letzten 20 Jahren hat sich die Anzahl der produzierten Schuhe und auch die Zahl der Beschäftigten in der Schuhindustrie der Bundesrepublik halbiert. In der Region um die westdeutsche Schuhmetropole Pirmasens hat es in den vergangenen Jahrzehnten ein Massensterben von Schuhbetrieben gegeben – nur jeder vierte hat überlebt.

Aber sie wie wir können gute Schuhe produzieren. Was uns beiden fehlt, ist ein Absatzmarkt für die Latschen – und den hat die Sowjetunion. Unsere Handelsvertretung in Moskau spricht von einem Versorgungsdefizit von jährlich 500 Millionen Paar Schuhen. 500 Millionen! Das muss man sich auf der Zunge zergehen lassen. Könnten wir diesen Markt nicht gemeinsam mit den westdeutschen Schuhproduzenten erschließen?"

Jürgen Lenz hatte interessiert zugehört, dämpfte aber Martins Optimismus.

Würden sich die Westdeutschen auf eine Kooperation mit den DDR-Betrieben einlassen, wenn sie jetzt die Möglichkeit haben, ihre Konkurrenten im Osten loszuwerden? Ohne Aufwand und ohne mit uns zu teilen, können sie vielleicht noch in diesem Jahr den DDR-Markt übernehmen – wer sollte da Nein sagen?

Und ist es nicht eine Illusion, auf Dauer in Mitteleuropa in großer Stückzahl Schuhe zu produzieren, wenn sie in China und Taiwan viel, viel billiger hergestellt werden? Außerdem: denken wir einmal zehn oder zwanzig Jahre weiter – die Sowjetunion wird nicht ewig Schuhe importieren, sondern im eigenen Land herstellen wollen. Was wird dann aus uns?

Ja, das alles hatte sich Martin auch überlegt, aber nun war er es, der nicht klein beigeben wollte. Noch nicht! Und so verabredeten sie, darüber nachzudenken. Martin würde im nächsten Monat nach Moskau fahren und wollte mit Jurij, seinem Partner und Freund, darüber reden.

Es roch nach Braten, als Martin am Samstagmorgen in die Küche kam. In der großen Eisenpfanne köchelten zwei Dutzend Rouladen, gefüllt mit Speck, Zwiebeln, Gurke und viel Knoblauch. Seine Mutter stand am Küchentisch und knetete in der großen braunen Tonschüssel den Teig für die böhmischen Knödel. Daneben Johanna, die kleine Portionen Mehl nachschüttete, damit aus dem Teig unter Annis Händen ein zäher runder Kloß wird. Oft schon hatte Johanna ihre Schwiegermutter gebeten, das Knödelrezept aufzuschreiben – ohne Erfolg. Aufschreiben konnte sie es nicht, man musste die Zubereitung in den Fingern haben. Nun formte Johanna unter Annis Anleitung vier schlanke Knödelrollen, ähnlich kleinen Baguettes, und deckte das Ganze mit einem Geschirrtuch zu. Die Knödel mussten jetzt eine Stunde gehen, bevor sie in Salzwasser gekocht werden konnten.

Plötzlich stand Norbert in der Küche. Der neue Trainingsanzug machte ihn schlanker, aber mit den längeren Haaren und dem Drei-Tage-Bart sah er älter aus als im vergangenen August. Norbert wusste von seiner Mutter, dass Martin und Johanna bei Jürgen Lenz waren und wollte wissen, ob es Neuigkeiten gibt. Seit einem Monat arbeitete seine Abteilung nur einen Tag in der Woche, und ob sie künftig überhaupt noch exportieren würden, war ungewiss. Norbert konnte seine Angst um die Zukunft nicht verbergen. Schwarzenfels war eine Schuhstadt und wenn in Schwarzenfels keine Schuhe mehr produziert werden, wo sollten er und seine Frau Sonja noch Arbeit finden?

Als im November die Grenze aufging, hatte Norbert gejubelt. Noch in der Nacht setzten sie sich in ihren Trabant und fuhren zu Sonjas Cousine nach Westberlin. Begeistert von der Stimmung auf dem Ku-Damm, vom KaDeWe, dem Baumarkt in Neukölln kamen sie am Sonntagabend zurück, auf dem Rücksitz Bananen, Kiwis, einen Kippdrehverschluss für das Küchenfenster und einen großen Karton mit Lego-Steinen für die Kinder. Nun wird alles gut – die große weite Welt gehört jetzt uns! Gleich am nächsten Tag hatte Norbert einen dicken Strich unter seine Vergangenheit gezogen.

Nach so langer Zeit und nach allem, was seither passiert war, fiel es Martin schwer, unbefangen mit dem Bruder zu sprechen. Wie sollte er reagieren? Mitleid? Schadenfreude? Schweigen? Als er die Augen seiner Mutter sah, fasste er den Bruder ganz leicht um die Schulter und sagte etwas von Hoffnung und abwarten.

Draußen hielt ein Auto. Die vier in der Küche waren froh, dass das Gespräch unterbrochen wurde.

Als Anni pünktlich um eins die Rouladen auf den festlich gedeckten Wohnzimmertisch stellte und hinter ihr Sonja die große Schüssel mit den dampfenden Knödeln hereintrug, saßen schon alle um den großen Tisch. Nur ein Stuhl in der Mitte war leer geblieben. Rechts von ihr saß Maxi, daneben Johanna und an der Spitze, war es Zufall oder Absicht, ihr erstgeborener Sohn Georg. Sie wollte diesen präsidialen Platz, von dem man nur mit dem Nachbarn links oder rechts, nie aber mit der ganzen Tischrunde sprechen konnte, auf keinen Fall. Wer würde sich heute auf diesen Stuhl, von dem aus ihr Schwiegervater und später Ludwig, ihr Mann, die Familie übersehen und beherrscht hatten, setzen?

Norbert hatte die Sektgläser gefüllt. Er reichte Anni ihr Glas – Mutti, auf Dich, auf uns und dass wir alle wieder zusammen sind! Umarmungen, Tränen, schnell ein Tuch aus der Küche geholt, weil der dreijährige Jonas die Cola umgekippt hat. Und dann endlich: Guten Appetit!

Als sie sah, wie es ihnen schmeckte und Sonja Rouladen, Knödel und die dicke Sahnesoße nachfüllte, war sie froh, dass sie zum Mittagessen nicht in den Goldenen Ring gegangen waren. Traudel, ihre Nachbarin, hatte Anni geraten, sich wenigstens an diesem Tag im Gasthaus bedienen zu lassen, statt stundenlang in der Küche zu stehen.

Anni wusste, dass der Geschmack und der Geruch vergangener Festtage und der Tisch, an dem sie als Kinder gesessen hatten, ein Gefühl von Zuhause schaffen würde. Und dieses Gefühl wollte sie ihnen heute geben.

Sie werden es brauchen, denn es war nicht nur die Zeit, die 17 Jahre, die sie trennten und die sie überspringen mussten, wenn sie wieder eine Familie werden wollten. Anni hatte das Gefühl, als würden ihre Kinder verschiedene Sprachen sprechen und das lag nicht nur an dem fremden Dialekt der Schwiegertochter Almuth und der kleinen Kim, den auch Georg inzwischen angenommen hatte. Als sie vor dem Essen in der Küche fragte, wie spät es ist, bekam sie zwei Antworten: „dreiviertel eins" von Sonja, „viertel vor eins" von Almuth. Das ließ sich schnell aufklären, auch ob der Colafleck auf der Tischdecke mit Fit oder Spüli beseitigt wird, war kein ernstzunehmendes Problem. Schwieriger waren die drei Autos, die vor dem Haus standen – der himmelblaue Trabant, der weiße Lada und der schnittige dunkle 5er BMW. Würden ihre Söhne stark genug sein, diese Hürden, bei denen es nicht nur um PS-Stärken und Fahrkomfort ging, zu überspringen?

Bei der Ankunft heute Mittag hatten sich Georg und Martin freundschaftlich umarmt, aber die Umarmung blieb steif. Die Distanz war selbst aus der Entfernung nicht zu übersehen. Nur Norbert war unbefangen, er freute sich wie ein Kind, als Almuth, die Westschwägerin, die drei Brüder vor dem Elternhaus fotografierte.

Johanna und Almuth sahen sich heute zum ersten Mal. Dennoch – Almuth war für Johanna keine Unbekannte. Bei jedem Besuch in Schwarzenfels hatte Anni Fotos von Georg ausgebreitet und die neuesten Briefe oder Postkarten vorgelesen. Manchmal, wenn die Pausen zwischen den Besuchen zu lang wurden, hatte sie sie auch im geschlossenen Umschlag nach Berlin geschickt. Deshalb wusste Johanna nicht nur, wie Almuth aussah – 1984 bei der Hochzeit, während der Schwangerschaft und letztes Jahr auf der Karibik-Kreuzfahrt. Sie kannte auch das Haus in der Nähe von Herzogenaurach, Kims Kinderwagen, den alten und den neuen BMW.

Alles, was Johanna über Almuth wusste, stammte aus der Feder von Georg. Er schrieb den Eltern lange Briefe, von Almuth kam höchstens mal eine Postkarte vom Wellness-Wochenende im Bayrischen Wald oder ein paar Zeilen auf der Rückseite eines Fotos. Georg war stolz auf seine junge Frau. Ausführlich schilderte er, wie schnell sie gelernt hat, den Haushalt zu organisieren, wie sparsam sie mit dem Haushaltsgeld umgeht, was für eine liebevolle Mutter sie für Kim ist. Und wie glücklich sie alle miteinander sind.

Wenn Johanna die Briefe las, hatte sie immer das' Hochzeitsbild vor Augen – das zarte achtzehnjährige Schulmädchen Almuth im langen weißen Brautkleid und Schleier, daneben der 15 Jahre ältere welterfahrene Georg, erfolgreicher Ingenieur und Chef von einem Dutzend Angestellten. Sah sie ihr Leben mit Georg genauso wie er? Welche Träume hatte diese junge Frau, welche Bücher lagen auf ihrem Nachttisch? War sie glücklich, wer war sie wirklich?

Heute am Gartentor war dann alles ganz unkompliziert gewesen. Johanna war überrascht, wie kräftig Almuth ihren Händedruck erwiderte, wie offen sie ihr in die Augen sah. Sie ahnte, dass Almuth über Johanna genauso gut Bescheid wusste wie sie über Almuth. Wahrscheinlich hatte Anni, was sie nicht sollte, weil Martin wegen seines Jobs im Ministerium keine Westkontakte haben durfte, ab und zu Briefe und Fotos aus Berlin an die Ritters im Westen geschickt. Vielleicht wusste Almuth sogar viel mehr über die fremde Schwägerin jenseits der Grenze, denn Martin erzählte den Eltern in seinen Briefen und am Telefon oft über berufliche und politische Themen, während sich Georgs Berichte nur auf das Persönliche beschränkten.

So unterschiedlich die beiden Frauen waren – Johanna, die Dozentin, Doktorin mit drei Kindern, Tochter einer kinderreichen Bergarbeiterfamilie, überzeugte Linke und Bürgerin der DDR, und Almuth, die zehn Jahre Jüngere, Hausfrau und Mutter eines Kindes, einzige Tochter eines erfolgreichen fränkischen Unternehmers, die sich nur wenig für die Welt da draußen interessierte und nicht zur Wahl ging – sie waren sich sofort sympathisch.

Beinahe hätte Anni das Eis vergessen! Sie sprang auf – bleibt bitte sitzen, ich mache das allein – und lief in die Küche. Die Himbeeren aus dem eigenen Garten waren inzwischen aufgetaut und brauchten nur fünf Minuten, um heiß zu werden. Vanilleeis, Himbeeren und ein großer Klecks Schlagsahne – fertig.

Als sie wieder in das Wohnzimmer kam, standen Georgs Töchterchen Kim, Norberts Eva-Lotta und Maxi, die alle drei in einem Jahr geboren waren, am Fenster und probierten ihre Haarspangen aus. Sonja hatte den bekleckerten Jonas auf den Schoß genommen. Als die Teller leer waren, stellte Sonja ihn auf seine kleinen dicken Füße und fragte die Mädchen: Kommt ihr mit? Ich habe eine Idee. Die mütterliche Sonja mit dem glatten, runden, immer strahlenden Gesicht, musste nicht lange bitten, denn in dem großen steifen Zimmer mit den dunklen

Möbeln war es den Kindern längst langweilig geworden. Sascha und Stefan waren schon verschwunden, der Indianerfilm mit Gojko Mitic hatte vor zehn Minuten begonnen. Almuth wollte ihre kleine Tochter in der fremden Umgebung nicht allein lassen: „Ich komme mit, wenn du einverstanden bist."

Georg nahm aus dem alten Büfett mit den kunstvoll geschnitzten Türen vier Kognakschwenker und goss exakt zwei Finger breit von dem französischen Cognac, den er aus Anlass des Wiedersehens mitgebracht hatte, in die Gläser.

Gratulation, dass die Mauer gefallen ist und ihr endlich in Freiheit leben könnt. Er und Almuth hätten sich riesig für sie alle gefreut, Almuth hatte vor Rührung geweint.

Er möchte Frieden schließen mit Martin, nach all den Jahren. Sie seien doch schließlich eine Familie und die musste zusammenhalten.

Norbert, der neben Georg saß, war bei der feierlichen Rede den Tränen nahe und legte seine Hand auf die des großen Bruders. Martin sah Georg an, als warte er auf etwas. Nicht er, sondern Georg war damals nach dem Weihnachtsabend 1973 gegangen und nicht wieder gekommen. Konnte man das einfach vergessen? Martin wusste, dass er irgendwann mit dem Bruder allein darüber sprechen musste, heute war nicht der richtige Tag dafür.

Martin spürte, dass Georgs Gefühle echt waren. Schade, dass Johanna, die mit Sonja, Almuth und den Kindern in den Garten gegangen war, Georgs Versöhnungsangebot nicht miterlebte. Johanna war es gewesen, die Georg verteidigt hatte, während er sehr hart über den Bruder urteilte. Natürlich war Georg, der sich für Politik nie interessierte, aus ganz egoistischen Motiven in den Westen gegangen. Das höhere Gehalt, das Warenangebot, die besseren Autos, die Reisemöglichkeiten – das war es, was ihn lockte. Er würde das nie zugeben, erzählte überall von engstirnigen Parteifunktionären und drohender Verhaftung. Martin arbeitete damals in der gleichen Abteilung und wusste es besser.

„Was erwartest du eigentlich von den Menschen?", hatte Johanna ihn gefragt, wenn sie über den Bruder sprachen. „Er wollte gut leben und du kannst nicht deine Maßstäbe an andere anlegen. Georg ist, nach dem, was ich von ihm weiß, ein Humanist. Er mag keinen Krieg, er ist für eine gerechtere Welt. Ist das nichts? Martin, denk daran, er ist dein Bruder. Wenn du mit allen Egoisten dieser Welt brechen willst, hast du am Ende wenig Freunde."

Georg nahm sein Glas und stand auf: „Auf uns, auf unsere Familie, auf die deutsche Wiedervereinigung!"

Die Gläser klangen dumpf, sie waren aus Kristall. Einen kurzen Moment war es still im Zimmer.

Dann fragte Norbert: „Und was wird aus Ritter & Söhne?"

Martin legte die Papiere auf den Tisch, die ihm die Mutter vor zwei Wochen nach Berlin geschickt hatte und erklärte, was sie wissen mussten: auf dem Gelände der ehemaligen väterlichen Firma wurden seit über zehn Jahren keine Schuhe mehr produziert. Zuletzt war dort die Lehrwerkstatt des Kombinats untergebracht. Die Maschinen waren nach Angola verschenkt worden, die Lehrwerkstatt brauchte moderne Ausrüstungen.

Außerdem hatte der Vater eine Entschädigung bekommen. Werkzeuge und Material wurden gleich bezahlt, das Geld für die Maschinen bekam er im Verlaufe von zehn Jahren ausgezahlt. Das war ein beträchtlicher Betrag gewesen, die Eltern hatten sich davon das Wochenendhaus an der Saale gekauft.

„Das einzige, was uns gehören wird, ist das Grundstück mit der großen Halle. Wir müssten Maschinen kaufen und alles sonst, was zur Wiederaufnahme der Produktion von orthopädischen Schuhen notwendig ist. Außerdem muss die Halle modernisiert und ausgebaut werden.

Ich habe es überschlagen, zwei Millionen DDR-Mark und vielleicht ein bis zwei Millionen D-Mark wären das Mindeste, wenn wir konkurrenzfähig sein wollen. Fachkräfte sind in Schwarzenfels kein Problem. Kredite gibt es zu günstigen Bedingungen und vielleicht könnten wir später auch Fördermittel beantragen."

Norbert war im ersten Moment enttäuscht, fasste sich aber bald und sah seine Brüder erwartungsvoll an. Wenn Georg das Geld gab und Martin ihn von Berlin aus unterstützte, könnte es klappen.

Georg würde gern Kontakte zu Banken herstellen und sich vielleicht auch um Kooperationspartner kümmern, aber Geld könnte er nicht investieren. Sein kürzlich gekauftes Haus sei noch lange nicht abgezahlt. Außerdem müsste noch vieles modernisiert werden – Heizung, Dach und die Garage war für den neuen BMW zu klein. Auch war nicht klar, ob so ein kleiner Schuhbetrieb heute noch eine Chance hatte. Vielleicht sollten sie das Gebäude sanieren und in zwei drei Jahren vorteilhaft verkaufen?

Für Norbert brach eine Welt zusammen. Er hatte sich schon auf der Schuhmesse in Düsseldorf gesehen. Als junger Unternehmer wäre man wer, er würde gemeinsam mit Sonja von den Lederherstellern nach Argentinien eingeladen, vielleicht auch in die USA.

Als Georg versprach, seine Fühler auszustrecken, vielleicht könnte er einen interessierten Partner finden, fasste Norbert wieder Hoffnung. Mit einem vielsagenden Blick auf die Mutter und Norbert setzte Georg hinzu: „Vorausgesetzt, ihr wählt morgen die richtige Partei!"

Vieles wäre noch zu besprechen gewesen, aber Almuth drängte zum Aufbruch. Kim lag schon im Auto und schlief. Johanna und Almuth umarmten sich – wir telefonieren!

Er käme wahrscheinlich bald nach Berlin, sagte Georg, als er in seinen BMW stieg.

24. März, Berlin-Karlshorst

Johanna schloss die Küchentür, damit der Dampf der brodelnden Brühe nicht durch das Haus zieht. Martin hatte sich gewünscht, dass heute, zu seinem Geburtstag, russisch gekocht wird. Kein Pfälzer Saumagen, kein Champagnerkraut, keine Crema catalana mit frischen Erdbeeren. Und nun stand sie in der Küche, schnitt Schweinefleisch, Kassler, harte Wurst, Zwiebeln und saure Gurken in schmale Streifen. Galjas Soljankarezept, das über die Jahre schon Fettflecke bekommen hat, lag auf dem Fensterbrett.

Im Wohnzimmer bereitete Martin inzwischen die Pelmeni vor. Der Teig war ausgerollt, mehrere hauchdünne Fladen hingen über einem Holzstil, den Stefan zwischen zwei Stühle geklemmt hatte. Martin hatte von seiner letzten Reise aus Moskau eine Metallplatte mit vielen sechseckigen Löchern mitgebracht, die heute erprobt werden sollte. Stefan durfte den Fladen darauf legen, und wenn der Teig über den Löchern ein wenig eingesunken war, füllte Martin mit einem Kaffeelöffel würziges Hackfleisch in die Vertiefungen.

Danach ging alles ganz schnell. Stefan legte eine zweite Teigdecke darüber und walzte mit dem Nudelholz einmal hin, einmal zurück und schon purzelte ein Dutzend Pelmeni auf den Tisch. Die beiden waren begeistert. Drei oder vier Runden mussten sie noch machen, damit es am Abend für alle reichte.

Stefan erzählte seinem Vater über die Deutsch-Klassenarbeit, die nicht gut ausgefallen war. Und dass sich der Gruppenrat aufgelöst hat, die Freundschaftspionierleiterin nicht mehr in der Schule ist. Für Martin war die Zubereitung der Pelmeni eine willkommene Gelegenheit, mit seinem Mittleren zu reden und den Kontakt zwischen Vater und Sohn aufzutanken.

Johanna wollte die beiden nicht stören, nur Bescheid sagen. „Ich fahre ins Magasin und hole Smetana für heute

Abend. Hackepeter bringe ich mit und frisches Brot. Macht schön weiter. Wenn Sascha kommt, er soll Flur und Arbeitszimmer noch einmal saugen. Und wenn ihr fertig seid, das Wohnzimmer nicht vergessen!"

Zu Soljanka und Pelmeni gehörte unbedingt echte Smetana, die fette russische saure Sahne. Die bekam man in Berlin nur im „Magasin", einem Lebensmittelgeschäft nicht weit vom S-Bahnhof Karlshorst, wo stämmige, russischsprachige Verkäuferinnen eingelegte Tomaten, Salzgurken, russisches Konfekt und eben Smetana verkauften.

Als Johanna zurückkam, war die Pelmeniproduktion beendet, nur der Abwasch türmte sich noch in der Küche.

In der Zwischenzeit war Judith gekommen. Sie sah blass und dünn aus, wie nach einer langen, schweren Krankheit. Was sollte Johanna der kleinen Schwester sagen? Gegen den Schmerz über die Niederlage vom letzten Sonntag halfen keine Worte.

Judith war bis vor einem Jahr Journalistin bei Radio DDR gewesen. Als sie den Widerspruch zwischen den offiziell von ihr erwarteten Texten und der Wirklichkeit der DDR nicht mehr aushielt, hatte sie gekündigt. Seitdem schreibt sie Gründungsaufrufe, Protestnoten, Rundbriefe für das Neue Forum und den Unabhängigen Frauenverband.

Vor einem halben Jahr, am 7. Oktober 1989 spätabends, war Judith bei einer Demonstration in der Schönhauser Allee verhaftet worden. Erschöpft stand sie am nächsten Morgen vor der Tür ihrer Schwester.

Mit erregter Stimme hatte sie gefragt, was noch passieren muss, bis Johanna endlich aufwacht. Sie warf ihr Verrat vor. Verrat an denen, die hier bleiben wollten, aber in dem Land, so wie es jetzt war, nicht mehr leben konnten.

Martin hatte Kaffee und Brote gemacht, während Johanna Wasser in die Badewanne laufen ließ und ihren gestreiften Bademantel auf den Stuhl neben der Waschmaschine legte. Zum Glück war Sonntag, die Kinder schliefen noch.

Johanna und Martin saßen schon am Tisch in der von morgendlichen Sonnenstrahlen erwärmten Veranda, als Judith aus dem Bad kam. Kleiner und zarter als Johanna, wirkte sie in dem langen, viel zu weiten Bademantel verloren. Johanna nahm die Schwester zärtlich in den Arm und rückte ihr den alten Korbsessel zurecht.

Wo anfangen, ohne Judith zu verletzen? Sie nahm allen Mut zusammen und sagte mit leicht vibrierender, aber klarer Stimme: „Ich, oder besser gesagt, Martin und ich, werden uns auch nach dem, was gestern passiert ist, nicht an euren Demonstrationen beteiligen."

Judith stellte ihren Kaffeetopf auf den Tisch und wollte aufspringen, aber Johanna ließ sich nicht irritieren und sprach weiter.

„Ihr seid mutig, das ist wahr. Ihr bringt in Leipzig Woche für Woche mehr Menschen auf die Straße, die rufen „Wir sind das Volk". Aber wisst ihr denn, was das Volk will? Was wollen die Zehntausende, die auf der Straße sind? Und was wollen die 15 Millionen, die zu Hause sitzen und abwarten? Und vor allem: was wollt ihr selbst?

Ich habe die Erklärungen und Programme gelesen, die Demokratie jetzt, das Neue Forum und die anderen Bürgerbewegungen in den letzten Wochen veröffentlicht haben. Da sagt Ulrike Poppe, der Sozialismus in der DDR darf nicht verloren gehen, weil – das ist fast wörtlich – die bedrohte Menschheit dringend eine Alternative zur westlichen Konsumgesellschaft braucht. Im gleichen Atemzug erklärt Konrad Weiß, auch von Demokratie jetzt, dass das Wort Sozialismus so schäbig ist, dass er es nicht mehr sagen und schreiben mag.

Einig seid ihr euch nur, dass es so nicht weitergehen kann und dass ihr selbst entscheiden wollt, keine Ratschläge braucht. Einverstanden, aber das reicht heute in der Politik leider nicht aus. So habt ihr keine Chance, und am Ende werdet ihr nur die Türöffner für die neuen Herren sein."

Ganz fair war das nicht, was sie ihrer Schwester antat, aber die sonst zwischen ihnen übliche Rücksichtnahme hätte im Moment nichts genützt.

Johanna hatte aus dem Arbeitszimmer einen schmalen Ordner geholt und vor ihrer Schwester auf den Tisch gelegt. „Bitte nimm das mit. Vielleicht kannst du erreichen, dass deine Freunde es lesen. Noch besser wäre, sie würden mit uns reden."

Seit 1987 gab es an der Humboldt-Universität eine Gruppe von Philosophen, Soziologen, Ökonomen und Juristen, die an Konzepten für einen modernen Sozialismus arbeiteten. Johanna gehörte zu dieser Forschungsgruppe. Längst waren sie dort zu dem Schluss gekommen, dass der administrativ-zentralistische Sozialismus gescheitert ist und das politische System der DDR grundlegend reformiert werden muss. Sie konnten das damals nur halblaut sagen, hatten aber inzwischen Vorschläge für eine Art Dritten Weg ausgearbeitet.

Ihr Fehler war es, dass sie nicht rechtzeitig den Kontakt zu oppositionellen, vor allem zu kirchlichen Gruppen gesucht hatten. Sie glaubten, aus der SED heraus die DDR verändern zu können. Jetzt war es zu spät, denn die Aktivisten der Bürgerbewegung wollten mit ihnen nichts zu tun haben, auch nicht mit den jungen Querdenkern in dieser Partei.

Judith hatte den Aktenordner in den Rucksack gesteckt. Auf einen Anruf wartete Johanna vergebens.

Heute saß Judith wieder in der Veranda in dem alten Korbsessel. Nicht einmal drei Prozent der Wähler hatten bei der Volkskammerwahl am vergangenen Sonntag für Bündnis 90, das Wahlbündnis der Bürgerbewegung, gestimmt. Selbst im Bezirk Leipzig, dem Zentrum der Bewegung mit seiner Heldenstadt Leipzig, waren es keine fünf Prozent gewesen.

„Was sind das für Menschen? Das Volk ist jämmerlich und dumm!", brach es aus ihr heraus.

Johanna wollte trösten und versuchte, ihre harsche Ablehnung vom Oktober zurückzuholen, aber das wollte Judith nicht hören.

„Du hattest recht. Ich hätte es wissen müssen. Sie haben die fetten Fleischtöpfe ihrer Selbstachtung vorgezogen. Der Traum von einer Bürgerdemokratie ist ausgeträumt."

Johanna spürte, sie konnte Judith nicht helfen. Sie räumte die Kaffeetassen in die Küche, stellte den Wassertopf für die Pelmeni auf den Herd und bat die Schwester, Geschirr und Gläser für den Abend vorzubereiten. „Bitte vergiss die Servietten nicht, sie liegen im zweiten Schubfach von oben."

Es war die erste Feier mit den alten Freunden nach dem Fall der Mauer. Alle waren gekommen, nicht einer hatte abgesagt. Man kannte sich vom Studium, hatte im Internat gegenseitig auf das Kind aufgepasst und später gemeinsam die erste Wohnung renoviert. Zwei, drei andere waren inzwischen dazu gekommen, aber der Kern von damals war geblieben.

Es war wie immer: herzliche Umarmung, Buch oder Schallplatte für Martin, Schokoladenosterhase für Maxi. Der Sturm auf die Küche – zuerst die Soljanka, danach die Pelmeni, die Männer mit viel, die Frauen mit wenig Smetana.

Und doch war etwas anders. Nicht wegen der schicken neuen Weste von Iris oder weil die Suppe heute „lecker" statt „gut" schmeckte. Die Gespräche hatten sich verändert. Ulrich erzählte von seiner Reise nach Paris, Iris über den Besuch bei der Cousine im Schwarzwald und dass sie im Sommer zusammen nach Italien fahren wollen – vorausgesetzt wir haben dann die D-Mark. Carl und Susanne beteiligten sich nicht an den Gesprächen, und auch die beiden Beckers schwiegen.

Als Karin erzählte, dass ihre Schwester sie bei einem unangekündigten Besuch nicht in ihr Haus in Hamburg gelassen hatte, weil Karin und Bernd früher Mitglied der SED waren, kam es Johanna fast wie ein Tabubruch vor.

Niemand wollte heute über das reden, was wirklich wichtig war. In den vergangenen Jahren wurde bei den gemeinsamen Feiern gern und viel über Politik gesprochen, meist bis spät in die Nacht. Zu Carls Geburtstag im letzten Jahr hatte sich Iris – die jüngste Tochter besuchte seit kurzem die Musikschule – beklagt, dass es nirgends Blockflöten zu kaufen gab, nicht im Centrum Warenhaus, nicht im Musikgeschäft in Schöneweide. Bei einem Preis von nur 4,50 Mark der DDR für eine gute Flöte aus Holz müsse man sich ja auch nicht wundern!

Da alle in der Runde, Männer wie Frauen, meinten, etwas von Materialbilanzen, Import, Export und Konsumgüterpreisen oder zumindest von ihren Wirkungen auf den Alltag der DDR-Bürger zu verstehen, waren sie heftig aneinander geraten. Was mit dem Preis für die Blockflöte begonnen hatte, endete damit, dass die Beckers grußlos nach Hause gingen.

Heute aber wurden die politischen Themen umgangen, obwohl sie allen auf den Nägeln brannten. Niemand war sich sicher, ob der Betrieb, das Institut, die Bank, das Ministerium überleben wird und wenn ja, ob die neuen Leute an der Spitze vielleicht sie als erste entlassen werden. Sie wollten mit den alten Freunden nicht darüber reden, auch weil sie nicht wussten, wie sie sich selbst verhalten würden. Werden sie sich den neuen Herren andienen und in der Hoffnung, ihre Arbeit zu behalten, auf ihre Parteistrafe im letzten Studienjahr verweisen?

Johanna hörte nur, wie Carl leise zu Regina Becker sagte, dass er sich nach diesem Wahlergebnis auf keinen Fall bei der Treuhandanstalt bewerben wird.

Und so plätscherte das Gespräch dahin, freundlich, locker, als wäre die Welt in bester Ordnung. Nach Kaffee und Moskauer Eis, es war erst halb zehn, standen die ersten auf – wegen der Kinder morgen früh, und außerdem hätte sich Besuch angemeldet.

Als es kurz danach klingelte, waren nur noch Andreas und Anne da, und Judith natürlich, die heute in Karlshorst schlafen wollte. An der Gartentür stand Christoph, einen großen Blumenstrauß in der Hand, und neben ihm eine Frau, älter als er, sicher schon über 50.

„Es ist spät geworden, tut uns leid. Nehmt ihr uns noch auf?"

Johanna hatte das Gefühl, der Frau schon einmal begegnet zu sein. Wo und wann könnte das gewesen sein?

„Das ist übrigens Helen, eine gute Freundin von mir. Ich habe sie überredet, mitzukommen. Sie ist erst heute aus Bonn gekommen."

Der Name sagte Johanna nichts, wahrscheinlich verwechselte sie Helen mit einer der Frauen vom Runden Tisch. Auf jeden Fall hatte sie nicht eines dieser glattgebügelten Erfolgsgesichter – wehender Trenchcoat, kurzen Rock, schwarzes Aktenköfferchen – die ihr in den letzten Monaten auf den Berliner Straßen immer öfter begegneten.

Der übliche Smalltalk: zum ersten Mal in Ost-Berlin? Wie lange wird sie bleiben? Wie war der Flug? Stühle rücken, frische Gläser, Servietten.

Johanna war nach oben gegangen, um nach den Kindern zu sehen, denn nun würde es ganz sicher eine lange Nacht werden. Maxi schlief unruhig, das Federbett lag auf dem Fußboden. Wahrscheinlich hatte sie zu viele Osterhasen gegessen.

Bei den Jungs brannte noch Licht. Sascha war mit den Kopfhörern eingeschlafen, Stefan lag wie immer auf dem Bauch, das linke Bein weit von sich gestreckt. Leise schloss Johanna die Tür.

Als sie in der Küche den Soljankatopf wieder auf den Herd setzte – die Pelmeni waren inzwischen alle – kam Christoph in die Küche.

„Sag mal, wer ist denn dieses nette junge Paar? Deine Schwester kenne ich, aber die beiden habe ich bei euch noch nicht gesehen."

„Das ist mein Kollege Andreas Neufeld, einer von den Jungen Wilden aus der Humboldt-Uni. Seine Frau Anne ist Oberärztin in der Charité."

„Kennst du ihn schon lange?"

„Wir haben zusammen studiert. Er leitet unsere interdisziplinäre Projektgruppe. Du weißt schon, die Truppe, die die Konzeption für eine Art Dritter Weg ausgearbeitet hat. Ruhiger Typ, Philosoph übrigens und Mitglied der PDS. Und sie?"

„Was sie?"

„Stell dich nicht dumm, Christoph! Wen hast du da mitgebracht?"

„Du kennst sie. Sie war 1986 in Freudenstadt dabei, wo wir beide uns wieder getroffen haben. Schon vergessen? Helen ist Mitglied der Grundwertekommission der SPD und sitzt jetzt im Erich-Ollenhauer-Haus in Bonn, in der Baracke, nicht weit entfernt vom Vorsitzenden."

Freudenstadt, das war es! 1984 hatten die offiziellen Treffen zwischen der West-SPD und der Ost-SED begonnen, die im Abstand von einem halben Jahr abwechselnd in Freudenstadt im Schwarzwald und im Gästehaus Karl-Liebknecht in Wendisch-Rietz am Scharmützelsee stattfanden. Johanna hatte an den Thesen für das vierte SPD-SED-Treffen zur Friedlichen Koexistenz der zwei Systeme mitgearbeitet, deshalb war sie als Mitglied der SED-Delegation in Freudenstadt dabei gewesen.

Helen Haller hatte zeitweise die Beratungen geleitet, jetzt erinnerte sich Johanna wieder an ihr Gesicht. Helen war es auch gewesen, die für den Versuch warb, über die politischen Unterschiede zwischen der Bundesdeutschen SPD und der in der DDR führenden SED hinweg gemeinsame Standpunkte zur Friedenssicherung in Europa zu formulieren. Das Ergebnis war 1987 das viel beachtete SPD-SED-Papier „Der Streit der Ideologien und die gemeinsame Sicherheit", das zum Abbau der Feindbilder zwischen Ost und West beigetragen hatte – und, wie zu erwarten war, von den konservativen Kräften in Europa, den USA, aber auch von der sowjetischen Führung mit Misstrauen aufgenommen wurde.

Johanna hatte schon manchmal an die Beratung in Freudenstadt gedacht. War es nicht so, dass die SPD mit dieser Initiative die Tür für die Annäherung beider deutscher Staaten aufgestoßen hatte und stolz darauf sein könnte? Aber nein, sie ducken sich weg und lassen zu, dass Willy Brands Strategie vom Wandel durch Annäherung nach dem Herbst 89 als Wandel durch Anbiederung diffamiert wird.

Damals konnte die SPD-Führung mit dem Politbüro der SED verhandeln, war es üblich, dass die Parteivorsitzenden aus dem Westen regelmäßig in Ostberlin beim Generalsekretär der SED ein- und ausgingen. Heute zeigt die gleiche SPD der Nachfolgepartei der SED, die sich jetzt PDS, Partei des Demokratischen Sozialismus, nennt und mit dem Stalinismus gebrochen hat, die kalte Schulter.

Christoph hatte sich damals in Freudenstadt riesig gefreut, Johanna wiederzusehen. Am letzten Abend waren sie mit seinem Auto in einen kleinen Dorfgasthof gefahren, um das unerwartete Wiedersehen zu feiern. Nein, das hatte sie natürlich nicht vergessen.

Als Johanna mit der dampfenden Soljanka, zwei bunt bemalten russischen Holzlöffeln und einem Schüsselchen Smetana in das Wohnzimmer kam, war das Gespräch in vollem Gange.

Wie zu erwarten, ging es um die Volkskammerwahl am vergangenen Sonntag und den Einbruch der SPD. Ja, die Enttäuschung bei der SPD war groß. Nicht einmal 22 Prozent der Stimmen hatten sie bekommen, nur fünf Prozent mehr als die ungeliebte PDS. Ihr Spitzenkandidat Ibrahim Böhme wird also nicht Ministerpräsident werden und Christoph nicht erster Berater des neuen DDR-Regierungschefs. Unerwarteter Sieger der Wahl war der blasse Politik-Neuling Lothar de Maizière von der CDU.

Judith hatte kurz nach dem Fall der Mauer Lothar de Maiziére in einem Interview sagen hören, dass für ihn der

Sozialismus eine der schönsten Visionen des menschlichen Denkens sei. Deshalb, meinte sie, ist vielleicht er genau der richtige Mann für das gebeutelte Land. Christoph lachte. Die Ossis haben es noch immer nicht begriffen. Was gilt in der Politik meine Rede von gestern? Nein, das ist vorbei, die Ostdeutschen haben den Sozialismus abgewählt.

„Ich würde sagen, Kohl hat die Ostdeutschen gekauft", warf Helen ein. „Die CDU hat viereinhalb Millionen D-Mark für den Wahlkampf ausgegeben, dreimal so viel wie wir."

„Entschuldige bitte – ich darf doch Du sagen?", unterbrach Judith Helens Rede, „da seid ihr wohl noch stolz darauf, dass eure SPD weniger als die CDU in den Ost-Wahlkampf gesteckt hat! Was geht euch überhaupt unsere Wahl an, wieso mischen sich die Westparteien hier ein? Und das nennt ihr freie Wahlen!"

Martin, der bisher nur zugehört hatte, verteidigte Helen.

„Sie hat doch recht, Kohl hat die Wähler gekauft. Er hat kein Geheimnis daraus gemacht, jeder wusste, wenn ich die CDU wähle, bekomme ich die D-Mark. Und um ganz sicher zu gehen, erklärte der Herr Bundeskanzler vier Tage vor der Wahl auf der großen Wahlkundgebung in Leipzig, dass die DDR-Mark im Verhältnis eins zu eins in D-Mark umgetauscht werden kann. Spätestens da haben sich Millionen DDR-Bürger für die CDU entschieden – ohne zu fragen, was danach kommt. Ich habe den Jubel der Dreihunderttausend in Leipzig erlebt, da hast du keine Illusionen mehr. Gegen diese Manipulation sind übrigens die Wahlkampfhilfen der westdeutschen Schwesterparteien ein Klacks."

Anne spürte, dass die Stimmung am Boden lag und versuchte es mit einer Geschichte. „Meine Oberschwester erzählte gestern, was ihr am Sonnabend in der S-Bahn passiert ist. Steigt am Bahnhof Ostkreuz ein Mann ein, vielleicht 50 Jahre alt, Schlosseranzug, alte Aktentasche. Bleibt an der Tür stehen und sagt:

Leute, morgen unbedingt CDU wählen – danach dürft ihr wieder anständig sein."

Christoph als Spezialist für Analysen und Umfragen meinte, das mit dem Schlosseranzug wäre vielleicht gar nicht falsch. Nach der Wählerbefragung vor den Wahllokalen sollen fast 60 % der Arbeiter die CDU gewählt haben. Da kann man sehen, was passiert, wenn die Arbeiterklasse mit der führenden Rolle ernst macht! Aber in Berlin ticken die Uhren Gott sei Dank anders, hier hat die CDU nur Platz drei, weit hinter SPD und PDS.

Johanna füllte Soljanka nach und hoffte auf einen Themenwechsel, aber niemand reagierte auf ihren Versuch. Im Gegenteil, jetzt mischte sich Andreas ein, der sich bis jetzt nicht am Gespräch beteiligt hatte.

„Wenn ihr meint, dass Kohl die Wähler gekauft hat, dann müssen wir versuchen, das rückgängig zu machen."

Typisch Wissenschaftler, dachte Martin. Keine Ahnung, was im Lande los ist. In Leipzig auf der Messe hat er die bundesdeutsche Invasion erlebt. Von der Brauerei aus Bayern, die auf der Grimmaischen Straße neben der Filiale des Hamburger Otto-Versands ihr Bier verkauft, bis zur Deutschen Bank, die schon längst bei der Staatsbank der DDR im Vorzimmer sitzt. Überall Goldgräberstimmung – da gab es nichts mehr rückgängig zu machen.

Johanna erwartete, dass Helen und Christoph sich einmischen. Schließlich war es ihr Willy Brandt gewesen, der wenige Stunden nach dem Mauerfall vor dem Schöneberger Rathaus versprochen hatte, dass jetzt zusammenwächst, was zusammen gehört. Nach Zusammenwachsen sah es aber bei Gott nicht aus – Zusammenwuchern wäre vielleicht treffender.

Aber Andreas ließ ihnen keine Chance. Alle hier am Tisch seien gebildete Leute – dann könnte man bitte einmal gemeinsam überlegen, wie das Leben in Ostdeutschland aussehen wird, wenn es bei dem Beitritt zur Bundesrepublik bleibt.

In der Familie Ritter zum Beispiel!

Die Schuhbetriebe in Schwarzenfels, Erfurt, Berlin, für die Martin im Ministerium bisher plante und organisierte, gibt es nicht mehr. Die Kundenkartei haben Salamander und Adidas mitgenommen. Martin verkauft Versicherungen oder irgendeine andere Finanzdienstleistung. Er lebt nicht schlecht dabei. Unsicher ist nur, was passiert, wenn alle Ostdeutschen ihre Versicherungen abgeschlossen und ihre kleinen Ersparnisse angelegt haben.

Sein Bruder in Schwarzenfels ist arbeitslos, zieht nach Bayern. Sein Häuschen in Schwarzenfels steht leer.

Johanna hat Glück. Weil sie ihrer Vergangenheit „abschwört", darf sie an der Universität bleiben. Als Professorin wird sie nicht berufen, dafür war sie in der DDR zu staatsnah. Ach ja – und Mitglied der SED. Freiwerdende Professuren gehen an Nachwuchswissenschaftler der Freien Universität in Westberlin.

Bei Johanna zu Hause in Bischofferode ändert sich alles. Der Kali-Schacht wird geschlossen, weil der Kali aus dem Eichsfeld angeblich! nicht den internationalen Ansprüchen entspricht. Die Eltern und Johannas Bruder sind arbeitslos. In Bischofferode bleibt ein Bergbaumuseum, geöffnet am Sonntagnachmittag für drei Stunden. Wer jung ist, zieht weg, zurück bleiben die Alten und die Kranken. Jahre später gräbt die Kali und Salz AG Kassel vom westlichen Ufer der Werra nach dem ostdeutschen Kali.

Die Ritters haben jetzt die DM, fahren nach Österreich und Mallorca in Urlaub. Maxi studiert in München. Das Haus hier in Karlshorst gehört ihnen nicht mehr, weil der Großneffe der Alteigentümerin auf Rückübertragung bestanden und am Ende den Prozess gewonnen hat. Ritters haben inzwischen gebaut, sind verschuldet, aber alles ist neu. Die Hauptsache, Martins Versicherungsgeschäft bricht nicht ein. Zum Zeitunglesen oder gar für Bücher hat er keine Zeit und keine Lust. Die Suche nach dem billigsten Stromanbieter lastet ihn völlig aus.

Beinahe hätte er es vergessen, es ist vor allem für Helen und Christoph wichtig: über Jahrzehnte muss der Osten vom Westen unterstützt werden. Dort gibt es kaum noch Industrie und Forschung, also fließen jedes Jahr Milliarden vom Staat nach Ostdeutschland. Deshalb fehlt in Hamburg und Rheinhausen das Geld für die Schulen, Schwimmhallen und Kindergärten. Zwischen den Menschen in Ost und West wächst keine Freundschaft, sondern Missgunst und Neid.

Ein böses Horrorszenario? Leider Nein!

Johanna war erschrocken über diese Vision. Aber Andreas hatte recht, wer in der Schule aufgepasst hatte, wusste, wie Marktwirtschaft funktioniert.

Sicher entsprach die Bundesrepublik nicht mehr dem, was Lenin Anfang des Jahrhunderts über den sterbenden, faulenden Kapitalismus gesagt hatte. Aber würde das so bleiben, wenn der Konkurrent im Osten wegfällt?

Was Martin aus Leipzig berichtete und inzwischen bitterer Alltag in den Städten und Dörfern der DDR war, signalisierte nichts Gutes.

Zugleich war Andreas' Zukunftsbild einseitig, denn diese Familie Ritter kann etwas, was sie in der DDR nicht konnte: sie kann auf den Straßen und in den Parlamenten die Regierungspolitik kritisieren und wenn es irgendwann eine Mehrheit will, die Gesellschaft verändern.

„Unterschätzt das bitte nicht – es ist unsere Chance! Wir haben genau zwölf Wochen Zeit."

Verblüfft sahen alle Johanna an. Woher kam plötzlich dieser Optimismus und wieso zwölf Wochen? Die Niederlage bei der Volkskammerwahl lag sechs Tage zurück, die DDR-Bürger hatten sich entschieden.

Johanna versuchte, es zu erklären und sah hilfesuchend zu Christoph.

„Unser Verfassungsentwurf ist fertig. Wir übergeben ihn in den nächsten Tagen der Öffentlichkeit – Christoph und ich sind dabei. Zwölf Wochen bleiben uns bis zum

Volksentscheid am 17. Juni. Wenn die DDR-Bürger spüren, wie ihnen die Arbeit abhandenkommt, wie Betriebe, Wohnhäuser, Äcker und Wälder von Westdeutschen übernommen werden – vielleicht entscheiden sie sich am Ende doch noch für den Erhalt der DDR? Nicht der DDR der letzten 40 Jahre, sondern ein Land, das sozial und solidarisch, aber zugleich weltoffen und demokratisch ist – so wie es in unserer neuen Verfassung steht.

Hört euch die Präambel an, die Christa Wolf geschrieben hat. Kann man sich dem verschließen?"

Johanna hatte eine Mappe vom Fensterbrett genommen, gab sie Judith.

Judith las:

„Ausgehend von den humanistischen Traditionen, zu welchen die besten Frauen und Männer aller Schichten unseres Volkes beigetragen haben,

eingedenk der Verantwortung aller Deutschen für ihre Geschichte und deren Folgen,

gewillt, als friedliche, gleichberechtigte Partner in der Gemeinschaft der Völker zu leben, am Einigungsprozess Europas beteiligt, in dessen Verlauf auch das deutsche Volk seine staatliche Einheit schaffen wird,

überzeugt, dass die Möglichkeit zu selbstbestimmtem verantwortlichen Handeln höchste Freiheit ist,

gründend auf der revolutionären Erneuerung, entschlossen, ein demokratisches und solidarisches Gemeinwesen zu entwickeln, das Würde und Freiheit des einzelnen sichert, gleiches Recht für alle gewährleistet, die Gleichstellung der Geschlechter verbürgt und unsere natürliche Umwelt schützt,

geben sich die Bürgerinnen und Bürger der Deutschen Demokratischen Republik diese Verfassung. "

Von Sozialismus war in dieser Präambel nicht die Rede. Aber war nicht genau das, was hier beschrieben wurde, der Sozialismus, den sie immer gemeint hatten? Niemand mochte den Text kommentieren, jeder hing seinen eigenen Gedanken nach.

Martin brach das Schweigen mit einem tiefen Seufzer.

„Schön wäre es, aber allein schaffen wir das nie. Seht euch unsere Innenstädte an, die stinkende Saale, die verpestete Luft in Bitterfeld, die gülleverseuchten Seen. Wir brauchen wirtschaftliche Unterstützung. Aber der Kohl gibt sie uns nicht, also wo soll die Hilfe herkommen? Und ob die Leute noch einmal Geduld haben und sich auf Worte verlassen, selbst wenn sie so stark sind wie die von Christa Wolf? Ich glaube nicht daran. Leider!"

Helen rückte auf ihrem Stuhl hin und her, unsicher, ob sie sich in den Ost-Ost-Disput einmischen sollte. Als sie merkte, dass Johanna sie erwartungsvoll ansah, räusperte sie sich leise und wartete, bis Martin zu Ende gesprochen hatte.

„Es geht nicht um die Frage, ob die deutsche Teilung überwunden werden muss, sondern um das Wie. Als Anschluss der DDR an die Bundesrepublik – schnell mal ein Schnäppchen machen – oder als Zusammenwachsen mit Würde und Anstand, wie Günter Grass es am 1. Februar in seiner Tutzinger Rede gegenübergestellt hat. Ich würde noch weiter gehen als er: als Anschluss an die heutige Bundesrepublik oder als Chance, gemeinsam Deutschland demokratischer, sozialer, friedlicher, ökologischer zu machen, möglichst in einem europäischen Einigungsprozess. Die Verfassung, die ihr für die DDR ausgearbeitet habt, könnte der Anstoß dafür sein. Und dieses Deutschland würde auch unseren Nachbarn in Ost und West besser gefallen, als ein neues Großdeutschland."

Inzwischen war es halb zwei. Helen hatte dem Gespräch eine andere Richtung gegeben, aber heute Nacht würde man nichts mehr zu Ende denken können.

Johanna begann das Geschirr abzuräumen.

Gruß an die Kinder. Man sieht sich übermorgen in der Uni. Fahrt vorsichtig!

Als Johanna wieder ins Wohnzimmer kam, lag unter ihrem Glas ein kleiner Zettel: „Danke für den schönen Abend, ich ruf Dich an – Helen."

24. April, Berlin-Karlshorst/Berlin-Mitte

Die Atmosphäre im Hause Ritter war gereizt. Grund dafür gab es eigentlich keinen, die Stimmung hatte sich in wenigen Minuten hochgeschaukelt.

Johanna putzte sich gerade die Zähne, als Martin feststellte, dass an dem einzigen Hemd, das gebügelt im Schrank hing, ein Knopf fehlt. Das eingespielte Morgenprogramm geriet durcheinander. Sonst bereitete Johanna, die oft erst später als Martin aus dem Haus musste, das Frühstück. Punkt sieben saßen dann alle, Johanna oft noch im Bademantel, am Tisch und wenn Martin abgefahren, die Kinder mit letzten Ratschlägen in Schule und Kindergarten verabschiedet waren, hatte sie Zeit, sich auf ihren Tag zu konzentrieren.

Heute musste Martin Kaffee kochen, Milch heiß machen, Brot toasten, die Schulstullen schmieren. Johanna kramte in der alten Zigarrenkiste nach einem passenden Knopf. Der eine war zu groß, der andere passte in der Farbe nicht. Endlich – hier, der richtige! Als sie Martin das Hemd reichte, saßen die Kinder schon am Frühstückstisch.

In diesem Moment machte Sascha einen großen Fehler – er fragte nach dem gestrigen Elternabend. Martin holte tief Luft: „Gut, dass du davon anfängst, wir wollten eigentlich erst heute Abend mit dir darüber reden. Frau Neubert hat die Namen der Schüler vorgelesen, die eine Empfehlung für die Erweiterte Oberschule bekommen. Alexander Ritter war nicht dabei. Von den Jungen nur der Thomas, alle anderen sind Mädchen. Das ist ja nicht schlimm, machst du eben kein Abitur und lernst einen anständigen Beruf.

Schlimm ist, dass es in der Klasse eine Clique gibt, die auf dem Schulhof raucht und im Unterricht stört. Und da fiel auch dein Name, mein Sohn. Übrigens auch bei denen, die mehrfach unentschuldigt gefehlt haben."

Sascha war fünf Zentimeter kleiner geworden, guckte aber tapfer in die Runde – stimmt gar nicht, immer die blöde Neubert. Gut, reden wir heute Abend darüber.

Als Johanna in der Küche zwei verbrannte Toaststullen in den großen ovalen Servus-Treteimer werfen wollte, ging der Deckel nicht zu.

„Der Mülleimer läuft über, wer ist eigentlich in dieser Woche für den Müll zuständig?"

„Ich", kam es kleinlaut von Sascha.

„Du weißt doch, dass ich ihn gestern nicht wegbringen konnte. Ich war erst um acht von der Segelflug-AG in Strausberg zu Hause und musste noch Bio machen. Die Arbeitsgemeinschaft heißt übrigens seit gestern nicht mehr AG, sondern NG – Neigungsgruppe. AG klingt so diktatorisch, Neigungsgruppe ist demokratischer", versuchte der Knabe abzulenken. Ohne Erfolg, denn bei Johanna war das Maß voll.

Hinterher ärgerte sie sich, dass sie Sascha angeschrien hatte.

Auch Maxi, die beim Schuhe anziehen trödelte, bekam noch etwas von ihrem Ärger ab. Martin, der seine Frau so nicht kannte, hatte sie in den Arm genommen und versucht, sie zu beruhigen.

„Komm Hanna, das geht vorbei. Sie haben es doch jetzt auch schwer. Alles ist plötzlich anders und Sascha ist in einem Alter, wo er sich selbst ein Bild über Gut und Böse, über Richtig und Falsch machen will. Das kostet Kraft und die fehlt dann in der Schule. Und manchmal eben auch Zuhause."

Martin hatte recht und natürlich wusste Johanna, dass sie nicht richtig reagiert hat. Alles, was mit ihrem Großen passierte, war auch ihre Schuld. In den letzten Monaten hatte sie viel zu viel Zeit für das Überleben des Instituts, für die Arbeit an der neuen Verfassung gebraucht – und das war die Quittung. Sicher, für Essen und Trinken war gesorgt, aber gemeinsame Ausflüge, Gespräche mit den Kindern, die abendlichen Schmusestunden waren knapp geworden. Trotzdem brachte sie es heute nicht fertig, Sascha wie üblich an der Tür mit einer kleinen Umarmung zu verabschieden.

Johannas Gereiztheit lag nicht an dem fehlenden Hemdknopf, nicht an Sascha oder Maxi. Gestern Mittag hatte Judith sie mit einem Hilferuf überfallen und der ließ ihr keine Ruhe.

Es ging um die Volksabstimmung über die Verfassung. Die neue Volkskammer hatte bisher den Auftrag des Runden Tisches ignoriert, den Verfassungsentwurf öffentlich zu diskutieren und die DDR-Bürger über die neue Verfassung abstimmen zu lassen. Deshalb hatten Judiths Freunde von Bündnis 90/Grüne für die morgige Volkskammersitzung den Antrag gestellt, nun endlich die öffentliche Diskussion zu beginnen und am 17. Juni eine Volksabstimmung durchzuführen.

Man erwartete in der Volkskammer heftigen Gegenwind und auch viele Nein-Stimmen. Aber zuvor würde es sicher Anfragen zur Verfassung geben. Dafür hatte die Fraktion Experten eingeladen und weil die Bündnisleute bei den Wirtschaftsthemen nicht so fit waren, sollte Johanna sie unterstützen. Als Juristin könnte sie sicher die vorgesehenen Änderungen des Wirtschaftssystems und die komplizierte Thematik des Eigentums verständlicher erklären als ihre Kollegen Ökonomen.

Zuerst war Johanna über die Bitte erschrocken gewesen, denn sie erinnerte sich noch gut, wie sie am Runden Tisch über die Aufteilung des Volkseigentums in Anteilscheine gestritten hatten und dass sie damals selbst zwischen Pro und Kontra schwankte.

Sie hatte versucht, die Schwester abzuwimmeln, aber die blieb hartnäckig. Schließlich hätte Johanna an der

Verfassung mitgearbeitet und da müsste es sie doch ärgern, wenn die Volkskammer genauso wie die de Maiziére-Regierung den Verfassungsentwurf einfach totschweigt.

So hatte Johanna schließlich zugesagt, den Text des Verfassungsentwurfs auf das Thema Wirtschaft, Arbeit und Eigentum durchzusehen, Notizen zu machen und morgen Nachmittag zur Volkskammersitzung in den Palast der Republik zu kommen.

Mit einem Seufzer legte sie die Klausuren, die sie heute korrigieren wollte, weg und brachte den Bügelkorb zurück in den Keller. Das würde wieder ein langer Tag werden und das Fernsehspiel, das sie in der Zeitung für heute Abend angekreuzt hatte, konnte sie nun streichen.

Nach zwei Stunden war das Neue Deutschland vom 18. April, die einzige Zeitung, in der der Verfassungsentwurf im vollen Wortlaut veröffentlicht worden war, mit grünen und roten Markierungen durchzogen.

Auf einem grünen Blatt Papier, grün wegen der Fraktion Bündnis 90/Grüne, waren sieben Kernsätze notiert, manche mit dicker Umrandung, andere mit Frage- oder Ausrufezeichen. Wichtiges unterstrichen.

Johanna überflog ihre Notizen.

1. Jeder Bürger hat das Recht auf Arbeit – Artikel 27

2. Jeder in einem Unternehmen Beschäftigte hat das Recht, in den wirtschaftlichen, sozialen und personellen Angelegenheiten des Unternehmens mit zu bestimmen – Artikel 28

3. Das Eigentum und das Erbrecht werden gewährleistet. Formen, Inhalt und Umfang werden durch die Gesetze bestimmt. Eigentum ist sozialpflichtig.

4. Erwerb von Wohneigentum und Bildung genossenschaftlichen Eigentums werden gefördert

5. Enteignung ist zulässig – nur durch Gesetz! Bei persönlich genutztem Eigentum ist Enteignung nur aus Gründen des Allgemeinwohls erlaubt – alles Artikel 29

6. Die Bodenreform ist unantastbar. Enteignungen auf Grundlage gültigen DDR-Rechts dürfen nicht rückgängig gemacht werden/gilt auch für Vermögen, das Bürger beim Verlassen der DDR zurück gelassen haben

7. Entschädigung geht immer vor Rückübertragung
– alles Artikel 131

So konzentriert auf diese sensiblen Fragen; hatte Johanna den Verfassungsentwurf bisher noch nicht gelesen. Spannend dürfte es bei den Punkten sechs und sieben werden. Die DDR-Bürger werden dem sofort zustimmen, denn sie haben kein Interesse daran, die in der Nachkriegszeit enteigneten Rüstungsbetriebe und Schlösser an die alten Eigentümer zurückzugeben.

Allerdings werden die Erben der von der Marwitz, der von Siemens, der Oetkers und Boschs, die durchweg in der Bundesrepublik leben, gehörig Druck auf die Politik ausüben, um ihre Immobilien und Ländereien zurückzubekommen.

Aber im Grunde geht es den Mächtigen in der Bundesrepublik gar nicht in erster Linie um die von der Marwitz, die Siemens und wie sie alle heißen. Sicher um die auch, aber viel wichtiger ist für sie, die Chance der Stunde zu nutzen und den mehr als 40 Jahre währenden Ausflug Ostdeutschlands in diese andere Gesellschaft, in der das Kapital entmachtet wurde und die sich – zu Recht oder zu Unrecht – Sozialismus nannte, ein für allemal zu beenden.

Johanna wusste, dass Kanzler Kohl allein deshalb alles tun wird, alles tun muss, um diese Verfassung zu verhindern. Und die Karrierebewussten in der Ost-CDU werden Kohl dabei ganz sicher unterstützen.

Trotzdem war Johanna für morgen nicht bange. Fakten und Argumente hatte sie genug, um diese Forderungen erfolgreich zu verteidigen.

Schwieriger war es mit den anderen Kernsätzen. Kann bei der begonnenen marktwirtschaftlichen Wirtschaftsreform das Recht auf Arbeit überhaupt gesichert werden? Wie soll die Mitbestimmung der Beschäftigten in einem Privatbetrieb oder einem internationalen Joint Ventures funktionieren?

Und dann der schwammige Punkt drei. Was heißt „das Eigentum wird gewährleistet" und „Formen, Inhalt und Umfang werden durch die Gesetze bestimmt?" Wenn da jemand nachfragt, wird sie alt aussehen. Spätestens jetzt bereute Johanna, dass sie Judith zugesagt hatte.

Als Martin kurz vor zehn vom Elternabend nach Hause gekommen war, hatte Johanna noch immer am Schreibtisch gesessen, zwei leere Kaffeetöpfe, den Teller mit einem halben Leberwurstbrot und eine Schachtel Halloren-Kugeln neben sich. Auf dem Fußboden stapelten sich Bücher und Zeitungen.

Sie hatte mit den Kindern Abendbrot gegessen, wegen der Evaluierung des Instituts einen Kollegen von der Freien Universität angerufen, Maxi eine Gute-Nacht-Geschichte erzählt und sich dann wieder an die Schreibmaschine gesetzt.

Während Martin Teewasser heiß machte, erzählte Johanna ihm von Judiths Bitte und dass sie bis jetzt keine zündende Idee hat, wie sie, sollte sie dazu aufgefordert werden, auf konkrete Fragen nach der künftigen Eigentumsordnung der DDR antworten wird.

Zuerst hatte sie versucht, bei den Vätern der Bürgerbewegung Hilfe zu finden. Wolfgang Ullmanns Anteilscheine wurden in der Tschechischen Republik mit wenig Erfolg praktiziert. Die meisten verkauften ihre Voucher, wie die Anteilscheine dort genannt wurden, und den Nutzen strichen Investitionsfonds und staatliche Banken ein. In einer Umfrage erklärte eine Mehrheit der tschechischen Bürgerinnen und Bürger, sie fühlten sich durch die Voucher-Privatisierung betrogen.

Bei Rudolf Bahro, auf den sich viele Bürgerrechtler in den 80er Jahren bezogen hatten und der seit kurzem an der Humboldt-Universität das Institut für Sozialökologie leitete, war von Marktwirtschaft keine Rede. In seinem Buch „Die Alternative" kritisierte er die DDR-Wirtschaft, weil sie dem kapitalistischen Wohlstandswahn nacheiferte und die diskriminierenden Formen der alten Arbeitsteilung beibehielt. Er forderte eine umfassende Kulturrevolution, in der der Mensch sich endgültig von allen äußeren Zwängen emanzipiert, weil nur so eine echte kommunistische Alternative verwirklicht werden kann. Als Sofortmaßnahmen sollten Arbeitsnormen und Stücklohn abgeschafft, die Einkommen auf maximal 1.500 Mark beschränkt und Leitungskader wie Wissenschaftler jährlich vier bis sechs Wochen in die Produktion geschickt werden. Inzwischen findet Bahro mit seinen beinahe spirituellen Ideen vom neuen Menschen kaum noch Anhänger. Auch viele prominente Grüne distanzierten sich von ihm.

Blieb also nur der Rechtsanwalt und Mitbegründer des Neuen Forum, Rolf Henrich. Johanna hatte sein vor einem Jahr im Westen erschienenes hoch gehandeltes Buch „Der vormundschaftliche Staat/Vom Versagen des real existierenden Sozialismus" gekauft, aber bisher noch nicht gelesen. Sie fand das Buch schnell im Regal mit den ungelesenen Büchern.

Auch Henrich hatte sich auf die Kritik des bestehenden Systems konzentriert. Mit Alternativangeboten für das Wirtschaftsleben der DDR befasste er sich nur auf zehn der über 300 Seiten. Er forderte die Loslösung der Wirtschaft vom Staat und vom Staat unabhängige freie Unternehmer, die, und das kursiv geschrieben besonders hervorgehoben: keine Kapitalisten sind und werden wollen.

Gespannt las Johanna weiter: der Grundsatz „Jeder nach seinen Fähigkeiten" müsse endlich ernst genommen und das Eigentum auf freie Unternehmer übertragen werden, die sich nicht durch Privatbesitz oder Parteizugehörigkeit, sondern ausschließlich durch ihre Fähigkeit zur Leitung von Unternehmen auszeichneten. Das Eigentum soll enden und an eine neutrale Treuhandstelle zurückgehen, wenn sich diese Fähigkeiten nicht mehr bewähren. Zum Beispiel dann, wenn der Unternehmer das Rentenalter erreicht oder der Betrieb in Konkurs geht.

Enttäuscht legte Johanna das Buch zurück, gleich neben Bahros „Alternative". Unwillkürlich musste sie an das Bauchgefühl denken, das sie damals am Morgen des 8. Oktober bei Judiths Besuch hatte: diese Helden der Bürgerbewegung haben schöne Träume, aber wenig Sinn für das Notwendige und praktisch Machbare. Sofort schob sie dieses Gefühl beiseite, es half ihr für morgen auch nicht weiter.

Wo lag die Lösung? Johanna war klar, dass die bisher praktizierte Verstaatlichung der Betriebe und die zentralistische Direktivplanung keine Zukunft hatten. Das staatliche Eigentum blieb anonym und den Menschen, die es nutzten und mehrten, fremd.

Wem aber sollten die volkseigenen Betriebe künftig gehören? Und wer sollte entscheiden – was produziert wird und wie, wie viel Lohn die ungelernte Arbeiterin, die Ingenieurin, die Direktorin bekommt, ob vom erarbeiteten Gewinn die Löhne erhöht oder neue Maschinen gekauft werden oder stattdessen in der Stadt Wohnungen für die Betriebsangehörigen entstehen sollen?

Martin hatte inzwischen sein Rührei aufgegessen und überlegte, wie er Johanna helfen könnte. Er war kein Theoretiker, aber er erlebte die begonnene Umstellung der Kommandowirtschaft, wie es jetzt hieß, zu einer sozial und ökologisch orientierten Marktwirtschaft mit all ihren Konflikten hautnah.

Anfang April hatte Martin vom Wirtschaftsministerium zur Treuhandanstalt gewechselt. Der Auftrag der Treuhandanstalt, die kurz vor der Volkskammerwahl von der Modrow-Regierung gegründet worden war, hieß: treuhänderische Verwaltung und Wahrung des Volkseigentums.

Martins Aufgabe war es, aus den Betrieben des Schuhkombinats unter dem Dach der Treuhandanstalt wirtschaftlich selbstständige Unternehmen zu gründen. Je nach der Größe der Betriebe und den konkreten Bedingungen gab es verschiedene Möglichkeiten: Übernahme des Unternehmens durch die Beschäftigten, Bildung von Genossenschaften, der Verkauf an zahlungsfähige Interessenten. Oder auch die Reprivatisierung an frühere Eigentümer und ihre Erben, was sich Martins Bruder Norbert für das Schwarzenfelser Familienunternehmen Ritter & Söhne brennend wünschte.

Die großen Schuhhersteller in Schwarzenfels, in Erfurt, in Berlin sollten wirtschaftlich selbstständige Betriebe in gesellschaftlichem Eigentum bleiben. Damit die vielen Einzelunternehmen den professionellen großen Konkurrenten wie Adidas, Puma, Salamander nicht hilflos ausgesetzt waren, war von ihnen als eine Art Schutzgemeinschaft die „Industrievereinigung Schuhe" gegründet worden. Die Treuhandanstalt sollte die Betriebe bei diesem gewaltigen Umbruch unterstützen.

Die Ausgabe von Aktien, die Gründung von Joint Ventures, Kapitalbeteiligung der Beschäftigten, auch Beteiligungen ausländischer Investoren waren bei diesen Unternehmen möglich. Warum sollte zum Beispiel der VEB Goldpunkt in Berlin, der modische, gut verkaufbare Damenschuhe auch unter der Marke Salamander herstellte, nicht in eine Aktiengesellschaft mit westdeutscher oder auch sowjetischer Beteiligung umgewandelt werden? Man bekäme ausländisches Kapital, könnte die Produktion modernisieren und könnte auf den Märkten gemeinsam und in größerem Stil agieren. Ein gewisser Anteil gesellschaftlichen Eigentums sollte garantieren, dass die Beschäftigten an der Unternehmenspolitik beteiligt und am wirtschaftlichen Erfolg interessiert werden. Unternehmerische Entscheidungen müssten dann zwischen Aktionärsvertretung, Wirtschafts- und Sozialräten und der Betriebsleitung ausgehandelt werden, möglichst auch unter Beteiligung staatlicher Banken, die gesamtgesellschaftliche Interessen vertreten könnten.

Johanna kannte das alles, fast jeden Abend hatte ihr Martin über seine neue Arbeit erzählt. Er unterstützte diese Entwicklung mit Leidenschaft, aber seit einigen Tagen war er schweigsam geworden. Sie spürte, dass ihn etwas bedrückte, worüber er nicht mit ihr sprechen wollte.

Obwohl es Zeit gewesen wäre, schlafen zu gehen, schaltete Johanna im Wohnzimmer die Stehlampe an, hielt ein Streichholz an die dicke Kerze und zog sich den roten Hocker heran, um die Beine hoch zu legen. Martin verstand die Geste als Aufforderung zu reden. Ja, er machte sich Sorgen, ob der Wechsel zur Treuhandanstalt richtig war. Seit die neue Regierung im Amt war und jeden Tag mehr westdeutsche Berater im Haus die Chefsessel besetzten, hatte er das Gefühl, am falschen Platz zu sein. In Wahrheit ging es nicht mehr um die Erhaltung des Volkseigentums, sondern die Rede war nur noch von Privatisierung.

Da spazierten Leute herein, die nicht einmal einen Telefonanschluss hatten, kein Konto, keine Adresse und wollten die Betriebe kaufen. Gestern waren zwei Studenten aus Aachen bei Manfred, seinem Kollegen. Sie interessierten sich für die Zeitzer Kinderwagenfabrik „zekiwa". Man muss sich vorstellen: diese Jungs wollten allen Ernstes den größten Kinderwagenbetrieb Europas kaufen, einen Betrieb mit zweitausend Beschäftigten, der jährlich eine halbe Million Kinder- und Puppenwagen herstellt und in den Katalogen von Quelle und Neckermann mehrere Seiten mit preiswerten Qualitätsprodukten füllt. Und was das Schlimmste war, diese Studenten wurden nicht etwa nach Hause geschickt, sondern der Bereichsleiter, der, wie ihm Manfred zuflüsterte, von einem westdeutschen Kinderwagenhersteller in Ost-Westfalen kam, hat mit ihnen über eine Stunde verhandelt.

Johanna war entsetzt, traurig, ratlos. Auf jeden Fall war es für die morgige Anhörung gut, Bescheid zu wissen, was im Moment in den Betrieben und der Treuhandanstalt passierte.

Sie musste zuspitzen und ein Plädoyer für die Wahrung gesellschaftlichen Eigentums halten, obwohl auch diese Eigentumsform kein Heilmittel war, wie manche Pleite staatlicher Banken schon bewiesen hatte. Aber wie sonst konnte ein Recht auf Arbeit und die Mitbestimmung der Beschäftigten gewährleistet werden?

Viele schauten erwartungsvoll nach Skandinavien, vor allem auf Schweden und das sogenannte Schwedische Modell. Schweden und die anderen skandinavischen Länder hatten mit ihrer Sozialpartnerschaft zwischen Gewerkschaften und Unternehmerverbänden Vorbilder geschaffen, die allerdings unter dem Druck der internationalen Konkurrenz in letzter Zeit mehr und mehr durchlöchert wurden.

In den skandinavischen Ländern gab es einen staatlichen Sektor, der zugleich Konkurrent und Messlatte für private Unternehmen war. Und das nicht nur in der Grundstoffindustrie, dem Verkehr, der Krankenversorgung. Sogar die größte schwedische Spirituosenfabrik Vin & Sprit, die den bekannten Absolut Vodka herstellte, gehörte dem Staat.

Für die künftige Gestaltung der Eigentumsverhältnisse in Ostdeutschland war aber Schweden kein brauchbares Vorbild. Während in der DDR volkseigene und genossenschaftliche Betriebe 95 % aller Leistungen erbrachten, kontrollierten in Schweden vier, fünf Familien – allen voran die Familie Wallenberg – die Mehrzahl der Großunternehmen und der Banken. Nur wenige wussten, dass große Teile des schwedischen Wohlfahrtstaates durch Billiglöhne und Dumpingpreise im Ausland erwirtschaftet wurden und die schwedischen Konzerne, staatliche wie private, international zu den rücksichtslosesten Ausbeutern gehörten. Der Druck auf die Beschäftigten war hinter den schwedischen Fabriktoren nicht geringer als in anderen europäischen Ländern, von Wirtschaftsdemokratie konnte keine Rede sein.

Trotzdem blieb das schwedische Modell interessant. Vielleicht könnte man bei der Erneuerung der DDR an Erfahrungen der skandinavischen Länder anknüpfen und mit mehr gesellschaftlichem Eigentum etwas ganz Neues erproben?

Inzwischen war die Kerze niedergebrannt. Martin überlegte, was er Johanna für morgen empfehlen sollte. Er entschied sich für einen salomonischen Rat: So, wie es in dem Verfassungsentwurf steht, ist es genau richtig – das Eigentum ist zu schützen und alles andere regelt tatsächlich das Gesetz.

Was willst du mehr?

Johanna dachte: typisch Martin – kurz und knapp. Aber vielleicht war es gar nicht falsch, diese komplizierte Frage, vielleicht die komplizierteste überhaupt, vorerst offen zu halten. Warum sollte man dem DDR-Bürger schon wieder fertige Lösungen vorsetzen? So musste jeder selbst nachdenken und vielleicht wird dabei etwas ganz Neues entstehen.

Schlecht geschlafen hatte Johanna trotzdem. Ihre Familie hatte diese Unruhe heute Morgen zu spüren bekommen.

Als die Kinder aus dem Haus waren, kroch sie noch einmal für zwanzig Minuten ins Bett. Danach duschte sie kalt, zog ihren Jogginganzug an und lief eine knappe Stunde durch die nahe gelegene Wuhlheide. Die blauen Leberblümchen auf der großen Wiese waren noch nicht verblüht und leuchteten wie ein großer Flickenteppich. An den Bäumen und Sträuchern waren die hellen grünen

Blätter noch klein und verknittert, aber überall spürte man, dass der Frühling den Winter nun endgültig vertrieben hatte. Bei jeder Runde ging es ihr besser, der zweite Start in den neuen Tag war gelungen.

Bis kurz vor eins hatte Johanna noch Zeit. Sie bügelte drei Hemden und ein paar T-Shirts, der Rest der Bügelwäsche musste bis zum Wochenende warten. Danach setzte sie sich wieder an den Schreibtisch und überflog ihre Notizen von gestern.

Sie ergänzte am Rand ihres Manuskripts ein paar Gedanken:

Schlägt jetzt die Stunde der Genossenschaften? Beispiel – MCC Mondragon Corporación Cooperativa im Baskenland – weltgrößte Produktionsgenossenschaft für Maschinenbau, Haushaltsgeräte, Bau- und Autoindustrie, Supermarktketten, Banken. 60 Tausend!! Genossenschaftsmitglieder, seit fast 50 Jahren erfolgreich.

Warum sollen Konsum und HO zerschlagen werden? Sie sind nicht mächtiger als METRO, Lidl oder Aldi und: die privaten Bäcker/Fleischer erhalten/und nicht wie in der Bundesrepublik von den Ketten kaputt machen lassen!

Zu spät war ihr eingefallen, dass sie gestern bei den Altvätern der sozialistischen Wirtschaftswissenschaft hätte nachschlagen sollen. Vielleicht wären die theoretischen Arbeiten des polnischen Ökonomen Oskar Lange, des Tschechen Ota Sik oder ihres Lehrers in Politischer Ökonomie Herbert Wolf hilfreicher für ihren Auftritt gewesen als Bahro und Henrich.

In Eile nahm sie das Lehrbuch „Politische Ökonomie und ihre Anwendung in der DDR", das in der Zeit der zaghaften Wirtschaftsreformen Ende der 60er Jahre erschienen war, aus dem Bücherregal. Mehr als Durchblättern war jetzt nicht mehr möglich, aber die früher unterstrichenen Textstellen zeigten, dass dort nicht von Staatseigentum und Kommandowirtschaft die Rede war, sondern von gesellschaftlichem Eigentum, von Eigentümerbewusstsein, von der schöpferischen Tätigkeit für sich selbst als Produzent, als Eigentümer und Konsument.

Alles klang recht vernünftig, bei Gelegenheit müsste sie sich unbedingt einmal Zeit nehmen und weiter lesen.

Am Ende musste sich Johanna beeilen. Zum Nachdenken, was sie anziehen sollte, war ihr wieder keine Zeit geblieben. Hastig griff sie zur schwarzen Hose, der grünen Bluse, die sie schon gestern zur Vorlesung getragen hatte und dem karierten Blazer. Ein bisschen Farbe auf Augenlider und Wangen, kurz über die Haare gekämmt und los!

Die letzten hundert Meter zur S-Bahn musste sie noch spurten, aber zum Glück hatte der Zug zwei Minuten Verspätung.

Im Unterschied zum Berufsverkehr war die Bahn um diese Zeit ziemlich leer, erst ab Ostkreuz würde es voll werden. Karlshorst machte in diesem Frühling seinem Namen als gepflegter gartenstädtischer Vorort Berlins wieder einmal alle Ehre. Kirschbäume, Forsythien und prächtige Magnolien blühten in den Gärten, die hier draußen bis dicht an die Gleise der Bahn heranreichten. Ab Rummelsburg war es mit der Pracht vorbei, das Grau des Häusermeeres hatte das frische Weiß, Gelb und Violett der Berliner Außenbezirke abgelöst.

Johanna zog die Post, die sie noch schnell aus dem Briefkasten genommen hatte, aus ihrer Tasche. Mein Gott, soviel Papier! Schnäppchenpreise für schnittige Gebrauchtwagen. Möbel, Töpfe, Teppiche in Superqualität zu Superpreisen – auch für DDR-Mark. Und natürlich Versicherungen. Daran wird sie sich nie gewöhnen!

Zwei Briefe waren dabei. Einer kam von einer Anwaltskanzlei in Westberlin. Kein gutes Signal, er wird wahrscheinlich ihr Häuschen betreffen. Ihn wird sie erst heute Abend gemeinsam mit Martin öffnen.

Über den Absender des anderen Briefes musste sie nicht nachdenken. An der steilen, altmodischen Schrift erkannte sie die Handschrift ihres Vaters. Wenn der Vater Briefe schrieb, musste es einen besonderen Anlass geben, denn meist überließ er es der Mutter, die kleinen Sorgen und Freuden des Alltags mit den Kindern zu besprechen.

Drei bunte Hochglanzfotos von Franks Besuch mit dem neuen Golf und ein altes schwarz-weiß Bildchen mit kleinen Zacken am Rand, auf dem Johanna mit ihrer Schwester Judith und den drei Brüdern vor der Kirche in Bischofferode zu sehen war, hatte der Vater in feines Seidenpapier eingepackt und säuberlich zugeklebt. Auf der Rückseite stand die Jahreszahl 1990, auf dem schwarz-weiß-Foto in der gleichen korrekten Schrift: 1970 – Judiths Kommunion.

Warum schickte er ihr gerade jetzt dieses alte Foto? Religion und Kirche waren in ihrer sonst so harmonischen Familie ein schwieriges Thema. Der Vater war nach dem Krieg aus der Kirche ausgetreten, die Mutter aber, eine sehr gläubige Frau, hatte durchgesetzt, dass alle ihre Kinder getauft wurden. Sie war sehr traurig, als sich ein Kind nach dem anderen dem Einfluss der katholischen Kirche entzog. Nur Judith, die Jüngste, hatte zu ihrer großen Freude durchgehalten. Weil Judith niemals etwas halb machte, war sie eine der Eifrigsten in der Kommunionsgruppe, den Wochenendfreizeiten und Bibelnachmittagen zur Vorbereitung auf ihr Sakrament der heiligen Kommunion. Die Kommunion war ein großes Fest, und die Mutter lief wochenlang erhobenen Hauptes durch das katholische Bischofferode. Jahre später trat Judith aus der Kirche aus und attackierte fortan die katholische Kirche mit der gleichen Energie, wie sie sie einst verteidigt hatte. War es der extreme Stimmungswandel der Menschen, der den Vater veranlasst hatte, das alte Bild aus dem Album herauszutrennen?

In dem Brief konnte Johanna nichts Besonderes finden. Ausführlich beschrieb er noch einmal Franks Besuch in Bischofferode und die Ausfahrt mit dem neuen Auto. Vielleicht werden sie im Mai Frank mit dem Trabbi besuchen, es sind ja nur gut hundert Kilometer. Und ob sie etwas von Judith gehört hätte, die sich lange nicht bei den Eltern gemeldet hat. Sie machten sich Sorgen um Judith, Johanna möge sich doch bitte ein bisschen um Judith kümmern. Gesundheitlich geht es den Eltern gut, Mamas Rückenschmerzen haben deutlich nachgelassen, seit sie nicht mehr bei den Schweinen arbeitet. Die LPG hat sich übrigens in der vergangenen Woche aufgelöst. Was die Eltern mit ihren vier Hektar machen werden, die sie seinerzeit in die LPG eingebracht haben, wissen sie noch nicht. Vielleicht will sie jemand pachten.

Und da war er nun doch, der entscheidende Satz des Briefes: Im Dorf wurde darüber geredet, dass der Thomas-Müntzer-Schacht möglicherweise geschlossen wird — die Qualität des Kalis im Eichsfeld wäre schlecht. Der Vater machte sich Sorgen, nicht nur um sich, er wird in zwei Jahren 60 und könnte dann wegen der vielen Jahre unter Tage in Rente gehen. Aber die Kollegen, Dieter, der Nachbar mit seinen vier Kindern, Jürgen der Brigadier, der vor drei Jahren angefangen hatte, sein Haus umzubauen und Bernd, sein Ältester mit dem behinderten Kind — was wird aus denen? Die ganze Region hier im Eichsfeld war vom Kali abhängig, es ging ja gar nicht nur um Bischofferode.

Johanna spürte die Ratlosigkeit des sonst so starken Vaters, aber was konnte sie schon tun? Überall war es die gleiche Frage, bei Martins Schuhen ebenso wie bei den Kinderwagen aus Zeitz, den Nähmaschinen aus Wittenberge und auch dem Kali im Eichsfeld. Wenn tatsächlich demnächst die D-Mark kommen sollte und die DDR-Wirtschaft schutzlos dem Weltmarkt ausgesetzt wird, was wird aus den Menschen und ihren Arbeitsplätzen? Gibt es tatsächlich einen wirtschaftlichen Supergau mit hunderttausenden, vielleicht sogar Millionen Arbeitslosen?

Als die S-Bahn anfuhr und der Fernsehturm am linken Fenster vorbeizog, erschrak Johanna. Wegen des Briefes hatte sie versäumt, am Alexanderplatz auszusteigen. Aber das war nicht schlimm, vom Marx-Engels-Platz war es vielleicht sogar näher zum Palast der Republik.

Am Eingang zur Volkskammer warteten schon Judith und Christoph auf sie, die sich, wie es schien, zufällig beim Rauchen vor der Tür getroffen hatten. Judith umarmte Johanna ungewohnt stürmisch und zog sie ins Haus.

Vor dem Fraktionsraum von Bündnis 90/Grüne standen mindestens zwei Dutzend junge Männer und Frauen. Johanna kannte einige von ihnen, manche aus der Uni, manche vom Runden Tisch. Andere, sie hörte es an der Sprache, mussten aus Westberlin oder Westdeutschland sein.

Kurz darauf kam der bärtige Fraktionssprecher aus dem Plenarsaal. Es wurde still, alle warteten. Er sah sich in der Runde um, dann sagte er mit vor Erregung belegter Stimme: „Das war's! Wir haben verloren, die Verfassung ist soeben gestorben."

Alle sahen ihn ungläubig an – was heißt, wir haben verloren, die Verfassung ist gestorben? Hatte die Volkskammer den Antrag von Bündnis 90/Grüne auf Volksabstimmung abgelehnt?

Nein, die CDU und ihre konservativen Partner hatten in der Volkskammer den Antrag nicht abgelehnt, sondern – ein raffinierter Trick – ihn in die Ausschüsse überwiesen. Genauer gesagt, ihn in den Ausschüssen versenkt. Es würde Monate dauern, bis er von dort wieder auftaucht und zur Abstimmung gestellt werden kann. Bis dahin wird diese Regierung mit bundesdeutscher Hilfe längst Nägel mit Köpfen gemacht und die DDR – wie es jetzt so schön hieß – abgewickelt haben.

Die Enttäuschung saß tief. Die sonst so laut und heftig streitende Truppe war ganz still geworden.

Niemand wollte akzeptieren, dass ihre Träume endgültig zerplatzt waren. Und so blieben sie in dem langen, mit künstlichem Licht beleuchteten Flur stehen und warteten.

Niemand wusste, worauf sie warteten – bloß jetzt nicht nach Hause gehen müssen!

Alle zuckten überrascht zusammen, als Judith mit hoher schriller Stimme fragte, ob man denn unbedingt die Volkskammer brauche, um in der Bevölkerung eine Volksabstimmung durchzuführen.

Könnten sie nicht die Verfassungsdiskussion und die Abstimmung am 17. Juni selbst organisieren? Außerdem würde die PDS, die Vereinigte Linke und sicher auch die Bauernpartei, man denke nur an die Bodenreform, bestimmt mitmachen. Vielleicht sogar einige von den Liberalen, und mit einem Seitenblick auf Christoph: nur bei der SPD sei sie sich nicht mehr so sicher.

Als Johanna ging, war die Erstarrung gewichen und Judith die Heldin des Tages. Lautstark wurde das Für und Wider diskutiert, der Sprecher der Fraktion war längst wieder im Plenarsaal verschwunden.

Auf der Treppe kam ihr Christoph entgegen. Johanna hatte das Gefühl, dass er auf sie gewartet hatte. Christoph überredete sie zu einem Kaffee in der Espresso-Bar, er musste ihr unbedingt etwas Wichtiges sagen.

Sie fanden einen Platz am Fenster. Als die Serviererin die zwei weißen Goldrandtässchen mit dem dampfenden Kaffee gebracht hatte und niemand sie stören konnte, kam er sofort zur Sache.

Ja, die neue Verfassung, an der sie beide mitgearbeitet haben, sei passé. Die heutige Aktion der Volkskammer war nur die halbe Wahrheit. Die Regierung de Maiziére bereitete gerade ein Gesetz zur Änderung der DDR-Verfassung vor, das alles Nötige für die Übergangszeit bis zur – wie es dort heißt – baldigen Herstellung der staatlichen Einheit Deutschlands regelt.

Christoph hatte bei seinem Minister den Entwurf des Gesetzes gesehen und wusste, dass die Ost-SPD ohne Widerspruch zustimmen wird. Mit diesem Gesetz erübrigte sich jede Überlegung über eine neue DDR-Verfassung.

Schade um die viele Arbeit und die guten Ideen.

Wie im Fieber lief Johanna über die Brücke, vorbei am Neptunbrunnen und dem Fernstehturm, zur S-Bahn am Alexanderplatz. Sie wollte nur noch nach Hause, zu den Kindern, zu Martin.

Plötzlich hatte sie verstanden, dass alles vergebens gewesen war. Nicht nur die neue Verfassung, für die sie so viel Zeit und Kraft geopfert hatte, war heute gestorben. Gestorben war ihr Land, diese kleine graue Deutsche Demokratische Republik, und das machte sie unendlich traurig.

25. April, Ahrtal

Helen hatte in den dritten Gang geschaltet und steuerte den kleinen Alpha behutsam durch die Kurven des Ahrtals. Der abendliche Berufsverkehr war vorbei, denn hier im Bergland der Eifel standen die Leute früh auf und saßen jetzt, kurz nach sieben, schon zu Hause vor dem Fernseher. Wenn sie weiter so langsam fuhr, würde sie eine knappe Stunde bis Bad Neuenahr brauchen. Helen war froh, dass ihr Vater eingeschlafen war. Sie drehte ihr Fenster herunter und genoss die frische Luft, den dumpf-feuchten Geruch, den die Felsen nach dem Regen verströmten.

Lange hatte sie gezögert, mitten in der Woche einen Tag frei zu nehmen, denn seit Monaten arbeitete sie in der Baracke, dem Erich-Ollenhauser-Haus, praktisch rund um die Uhr. Wieder einmal stand ihre Partei, die SPD, vor einer Zerreißprobe. Die letzte war nur zehn Jahre her, als die SPD geführte Regierung unter Kanzler Helmut Schmidt gegen den Willen der Bevölkerung den NATO-Doppelbeschluss durchsetzte. Eine überwältigende Mehrheit der Sozialdemokraten war damals dagegen, weil die Furcht vor den Folgen der Stationierung amerikanischer Mittelstreckenraketen mit ihren existenzbedrohenden Atomsprengköpfen allgegenwärtig war.

Jetzt verlief der Riss nicht zwischen Mitgliedern und Parteiführung, sondern quer durch die Parteispitze. Für die Mehrheit der Mitglieder war der Konflikt, der vor allem zwischen dem Ehrenvorsitzenden Willy Brandt und dem Kanzlerkandidaten der Partei für die bevorstehende Bundestagswahl Lafontaine ausgetragen wurde, eher unverständlich, vielleicht sogar gleichgültig. Anfangs hatte es so ausgesehen, als würde die Aufforderung von Oskar Lanfontaine zur Besonnenheit auf dem Weg zur deutschen Einheit eine breite Unterstützung im Vorstand und in der Bundestagsfraktion der SPD finden, aber in den letzten Wochen fielen in Helens Büro und auf den Gängen der Baracke immer mehr Namen von wichtigen Leuten, die die Seiten gewechselt hatten. Die Stimmung war gekippt. Die schnelle Einheit schien verführerisch und möglicherweise für die Bundestagswahl im Dezember entscheidend.

Helen wollte es nicht stillschweigend akzeptieren und suchte nach Partnern hüben wie drüben, um das Fiasko aufzuhalten. Dennoch hatte sie gestern spät abends, als sie ihr Büro verließ, kurzentschlossen der Sekretärin einen Zettel auf den Schreibtisch gelegt: Muss morgen dringend zu meinem Vater. Bis Donnerstag – Helen.

Sie wusste, dass er warten würde, und tatsächlich stand er, als sie gegen halb elf vor der prächtigen Seniorenresidenz am Kurpark in Neuenahr hielt, im dunkelblauen Parka und frisch gebügeltem hellgrauen Flanellhemd auf seinem kleinen Balkon. Zehn Minuten später saß er neben ihr auf dem Beifahrersitz. Als sie an der Auffahrt zur B 297 stoppte und fragend nach rechts und links zeigte, antwortete er, wie erwartet: links. Also nicht an den Rhein, sondern in die Berge!

Nach einem langen Spaziergang auf der Höhe rund um Ahrbrück, wo jeder Stein und jede Bank ihre Geschichte hatten, waren sie zurück in das alte Weindorf Altenahr gefahren. Helen musste nicht lange nach einem

Wirtshaus suchen, sie wusste, wohin er heute will. Sie hatten Glück, ihr Tisch am großen Fenster mit der Bleiglaseinfassung war frei. Viele Jahre waren die Hallers mit der kleinen Helen an den Wochenenden von Bonn aus in die Weinberge an der Ahr gefahren. Seit Herbert Haller pensioniert war und sie ihr Häuschen in Bad Godesberg gegen ein komfortables Appartement in Bad Neuenahr getauscht hatten, war die Fahrt hierher nur noch ein Katzensprung. Seine Frau Liz liebte diese Gegend, denn der Geruch der sonnenbeschienenen Weinberge und der Maische im Herbst hatte sie an ihre Kindheit bei den Großeltern in Südengland erinnert.

Jedes Jahr zu Liz Geburtstag am 25. April waren die Hallers hierher gefahren und auch vor einem Jahr, als Liz kaum noch gehen konnte, saßen sie zu zweit an diesem Tisch mit dem weiten Blick auf die Weinberge. Helen hatte heute beim Spaziergang über die Wiesen wilde Narzissen und Veilchen gepflückt. Sie legte den Frühlingsstrauß auf den leeren Stuhl. Lange standen Vater und Tochter Hand in Hand an dem großen Fenster.

Die Wanderung, das kräftige Essen und der gute Rotwein, aber auch die schmerzliche Erinnerung an den noch lange nicht verarbeiteten Tod der Gefährtin hatten den Vater ermüdet. Aufrecht sitzend schniefte er ganz leise, manchmal unterbrochen von einem kleinen Seufzer. Helen versuchte, ihn sanft durch die engen Kurven zu bringen. Sie wusste, wie schwer für ihn das Alleinsein war und wie er gelitten hat, als er nach dem Tod der Mutter die Wohnung aufgeben und in ein Mini-Appartement in der Seniorenresidenz umziehen musste. Was wird aus den Büchern, dem Geschirr, den Möbeln? Nicht der materielle Verlust hatte ihn interessiert. Jeder Schrank, jedes Glas, jedes Buch waren ein Stück ihres gemeinsamen Lebens.

Der Vater erzählte gern, wie er die schöne junge Studentin, die jeden Dienstag an der Londoner Abendschule den Emigranten aus Hitler-Deutschland kostenlos das Grundgerüst der englischen Sprache erklärte, erobert hat.

Er war allein in England, seine Familie war in Deutschland geblieben. Kurze Zeit später zog er in ihr möbliertes Zimmer in Chelsea, nahe des Royal Hospitals, und 1938 wurde Helen geboren. Helen sah ihrer Mutter sehr ähnlich: groß, ein wenig größer noch als der Vater, das kräftige kupfrig-rote Haar immer kurz geschnitten, und vor allem die leuchtenden hellgrauen Augen. Mehr als 50 Jahre hatten die Eltern zusammen gelebt, gut zusammen gelebt. Helen wusste, dass der Vater in ihr seine Geliebte wiedererkannte. Umso mehr wäre es unverzeihlich gewesen, wenn sie ihn heute allein gelassen hätte.

Am Weingut Marienthal musste Helen scharf bremsen, weil eine Kolonne schwarzer Mercedes-Autos mit Blaulicht die Straße blockierte. Der Vater zählte die Fahrzeuge.

„Das ist ungewöhnlich. Wenn spät am Abend noch so viele Fahrzeuge in den Bunker einfahren, muss etwas passiert sein."

Herbert Haller kannte den Regierungsbunker, oder, wie er offiziell hieß, den Ausweichsitz der Verfassungsorgane des Bundes im Krisen- und Verteidigungsfall – kurz AdVB, aus seiner aktiven Zeit und hatte selbst mehrere Male bei NATO-Übungen Tage und Nächte dort verbracht. In den 60er Jahren hatte die Bundesregierung begonnen, den alten, nie benutzten unterirdischen Eisenbahntunnel im Ahrtal, in dem einige Jahre Champignons gezüchtet wurden und später Zwangsarbeiter aus dem nahe gelegenen Konzentrationslager Teile für die V2-Raketen herstellen mussten, zu einem atomsicheren Ersatzstandort für die Notverwaltung der Bundesrepublik im Krisenfall auszubauen. Bundeskanzler, Bundespräsident, Minister und rund dreitausend Mitarbeiter würden dort bis zu 30 Tage weiter regieren können.

Das alles unterlag einer hohen Geheimhaltung, weshalb es bei der Bevölkerung in den umliegenden Regionen immer wieder zu Spekulationen über den alten Eisenbahntunnel kam.

Helen beruhigte den Vater. Sicher nur eine Übung, denn übermorgen beginnen die Verhandlungen über den Staatsvertrag zur Währungs-, Wirtschafts-, und Sozialunion mit der DDR. Und am Tag darauf beraten die Staats- und Regierungschefs der Mitgliedsstaaten der Europäischen Gemeinschaft in Dublin, ob sie der Vereinigung Deutschlands zustimmen.

Inzwischen hatte sich der Stau aufgelöst. Helen fuhr jetzt schneller, schaltete das Radio ein und suchte nach Musik. Überall Heino – man war schließlich in der Eifel! Als sie gerade ausschalten wollte, wurde Heinos Gesang für eine Sondermeldung unterbrochen:

Der stellvertretende Vorsitzende der SPD und Kanzlerkandidat der SPD für die Bundestagswahl 1990, Oskar Lafontaine, wurde heute bei einem Wahlkampfauftritt in Köln-Mülheim von einer psychisch kranken Frau aus Bad Neuenahr mit einem Messerstich nahe der Halsschlagader lebensgefährlich verletzt. Lafontaine wurde in ein Krankenhaus eingeliefert, Näheres ist zur Zeit nicht bekannt. Wir halten Sie auf dem Laufenden.

Helen saß wie gelähmt und hatte nur einen Gedanken: ich muss zurück nach Bonn. Nur mit halbem Ohr hörte sie ihrem Vater zu, der von einer psychisch kranken Arzthelferin aus Neuenahr-Heppingen erzählte, der man solche Taten zutrauen könnte. Sein Schachpartner, bis vor kurzem Arzt in einer psychiatrischen Klinik, hatte diese Frau mehrere Jahre behandelt. Offenbar angeregt durch die Gerüchte über die Bunkeranlage im Ahrtal phantasierte die ehemalige Arzthelferin von geheimen Lagern unter der Erdoberfläche, wo angeblich Menschen getötet und zu Konserven verarbeitet oder zu willenlosen Monstern umprogrammiert werden. Immer wieder würde sie versuchen, die Öffentlichkeit auf diese Untaten aufmerksam zu machen.

Zwanzig Minuten später war Helen schon auf der Autobahn und fuhr mit 150 Stundenkilometern in Richtung

Bonn. Den Vater hatte sie an der Tür abgesetzt, kurze Umarmung, ich ruf dich an. Vielleicht würden sie jetzt seine Hilfe brauchen, denn sie wusste, dass er noch immer gute Kontakte zu den Diensten hatte und Telefonnummern kannte, die in keinem öffentlichen Telefonbuch standen.

Was bedeutete dieses Attentat? War es wirklich nur die Tat einer psychisch kranken Frau, die zufällig den Kanzlerkandidaten der SPD verletzt hat und genauso Helmut Kohl oder einen anderen Politiker hätte angreifen können? Oder steckten Kräfte hinter dem Attentat, denen der Widerstand Lafontains gegen die übereilte deutsche Einheit nicht passte? Mehrfach hatte Lafontaine vor nationaler Besoffenheit gewarnt und die angestrebte NATO-Mitgliedschaft eines vereinten Deutschlands als historischen Wahnsinn bezeichnet. War das Attentat die Antwort darauf? Sicher gab es genug Leute in dieser Welt, die die vielleicht einmalige Chance witterten, die NATO-Grenze nach Osten zu verschieben und das internationale Kräfteverhältnis grundlegend zu verändern. Würde die deutsche Einheit hinausgezögert, könnte diese Chance ein für alle Mal vertan sein. Man hatte schon für viel geringere Ziele Menschen umgebracht.

Helen war eine nüchterne Denkerin, die nichts von Verschwörungstheorien hielt. Deshalb mochte sie auch keine Krimis. Von ihrem Vater wusste sie aber, dass seit Mitte der 50er Jahre alljährlich eine Art Denkfabrik hochrangiger Entscheidungsträger aus Wirtschaft, Politik, Militär und Medien, die sogenannten Bilderberger zusammen kommen. Die Tagungen finden immer an einem anderen, streng geheim gehaltenen Ort statt, um Weichen für die Weltpolitik zu stellen. Es wurde sogar spekuliert, ob von den Bilderbergern vor vier Jahren die Initiative für die Ermordung Olof Palmes ausgegangen ist, weil dessen Abrüstungspolitik internationale Kreise störte. Die Verwirklichung der Vorschläge der Palme-Kommission, Atomtests und Weltraumwaffen zu verbieten, die Mittelstreckenraketen in Europa abzubauen und statt dessen eine atom- und chemiewaffenfreie Zone quer durch Europa zu errichten, hätte die Welt verändert. Dass das der Rüstungslobby und manchem Weltmachtstrategen nicht gefiel, lag auf der Hand.

Warum also sollte man ausschließen, dass Personen aus dem Umkreis der Bilderberger auch bei dem Attentat auf Lafontaine die Finger im Spiel hatten? Immerhin hatte im vorigen Jahr der frühere NATO-Generalsekretär Peter Carington den Vorsitz der Bilderberger Konferenz übernommen. 1988 nahm Helmut Kohl an diesem Treffen teil. Zufall?

Vielleicht wird man irgendwann später einmal erfahren, wie es wirklich war. Jetzt beschäftigte Helen viel mehr, wie es weitergeht.

Die Gefahr war groß, dass mit dem Ausfall von Lafontaine der letzte Widerstand gegen die überstürzte deutsche Einheit in der SPD zusammenbricht. Das größte Problem war Willy Brandt, der mit dem ihm zugeschriebenen Satz: jetzt wächst zusammen, was zusammen gehört, alle Tore aufgerissen hat. Und wenn Willy, dessen Harmoniebedürfnis alle kannten, das so wollte, dann folgte ihm die Partei. Auf jeden Fall der jetzige Parteivorsitzende Hans-Jochen Vogel, der den Widerstand der jungen Landespolitiker Lafontaine, Engholm und Schröder nicht verstand und Willy Brandt bedingungslos unterstützte.

Aus Ärger über die jungen Leute soll Brandt seit Wochen nicht mehr mit Oskar gesprochen haben.

Als Helen in Bonn-Lengsdorf von der Autobahn abfuhr, wusste sie: wenn sie jetzt nicht eingreift, werden die Jungs, wie sie die Männerriege der SPD manchmal nannte, den Karren an die Wand fahren. Warum sollten es nicht ausnahmsweise einmal die Frauen sein, die am Rad der Geschichte drehen?

Gleich morgen früh wird sie Johanna in Berlin anrufen.

104

II

An allem Unfug, der passiert,
sind nicht etwa nur die schuld, die ihn tun,
sondern auch die, die ihn nicht verhindern.

Erich Kästner

27. April, Berlin Prenzlauer Berg/ Berlin-Britz

Judith hatte heute Morgen Christoph versprochen, spätestens um sieben zu Hause zu sein. Als nach der Tagesschau das Telefon klingelte, dachte Christoph, sie ruft an. Aber es war nicht Judith.

Er erkannte Johannas Stimme sofort.

Johanna stutzte und fragte: „Entschuldigung, bin ich richtig bei Judith Bauer?"

„Ja, alles richtig, aber Judith ist noch nicht zu Hause."

„Christoph? Wie kommst du in Judiths Wohnung?"

Solange Judith nicht sicher war, ob die Beziehung mehr als ein Abenteuer wird, hatte sie der Schwester verschwiegen, dass Christoph bei ihr wohnt. Zu oft schon waren die Türschilder an ihrer Wohnungstür gewechselt worden. Aber nun war es passiert und nicht mehr zu ändern.

Ein paar Tage nach Martins Geburtstag hatte Judith Christoph zufällig bei einer Pressekonferenz der SPD getroffen. Judith sollte für die Ost-taz, die kleine Schwester der Westberliner Mutter-taz, über die Koalitionsgespräche zwischen der CDU geführten Allianz für Deutschland und der SPD berichten.

Als Christoph sie hinterher fragte, ob sie Lust hätte, mit ihm im Opern-Café ein Glas Wein zu trinken, hatte sie ja gesagt. Ob es journalistische Neugier war oder ihr Interesse an dem Mann Christoph Cramer – einige Jahre älter als sie, einflussreich, geschieden – sie wusste es bis heute nicht genau.

Ihr erster Abend verlief voller Spannungen. Noch bevor die Kellnerin den Wein brachte, hatte Judith begonnen, Christoph und seine SPD zu attackieren. Wenn sie, die kleinere Partei, jetzt mit der doppelt so starken CDU eine Koalitionsregierung bildete, dann musste die SPD zwangsläufig den würdelosen Beitritt der DDR zur Bundesrepublik und die Übernahme des Grundgesetzes mitmachen. Und das wäre Wahlbetrug, denn vor der Volkskammerwahl, die erst zwei Wochen zurück lag, hatte die SPD den Wählern genau das Gegenteil versprochen: Einheit ja, aber als deutsch-deutsche Föderation auf gleicher Augenhöhe mit der Bundesrepublik im Rahmen einer europäischen Einigung. Und Ablösung von NATO und Warschauer Pakt durch eine gesamteuropäische Sicherheitsordnung.

Ob Christoph das vergessen hätte? Und um ihm keine Chance zu lassen, die Wahlversprechen seiner Partei zu interpretieren, zog Judith den Spiegel von Anfang März aus der Tasche und las ihm langsam und gut pointiert die Textspalte mit den Kernsätzen des Wahlprogramms der SPD vor.

Christoph versuchte zu beschwichtigen: so sei nun einmal Politik, Opposition wäre auf jeden Fall schlecht gewesen und außerdem hätten sich die Wähler, wie sie selbst wüsste, bei der Volkskammerwahl eindeutig für die D-Mark und eine schnelle Wiedervereinigung entschieden. Judith war laut geworden, sodass die Gäste an den Nachbartischen aufmerksam zu ihnen herüber schauten.

Begreift er überhaupt, was er da sagt? Wenn die SPD wider besseres Wissen Kohls Einheitskurs mitmacht, dann wird sie sich auch für die Folgen einer übereilten Vereinigung verantworten müssen. Seine Partei sollte aufpassen, dass sie an dieser Halbherzigkeit nicht irgendwann zerbricht. Aber was geht sie, Judith Bauer, eigentlich die SPD an? Sie hat sie nicht gewählt und wird sie auch nie wählen.

Verstimmt und vom Streiten müde, hatte Christoph nach einer Stunde den Kellner um die Rechnung gebeten und die Mäntel aus der Garderobe geholt. Trotzdem schlug er Judith vor, sie nach Hause zu bringen – sein VW Golf stand vor dem Operncafé auf dem Mittelstreifen Unter den Linden.

Im NDR spielte James Last, als sie durch die dunkle Stadt in Richtung Prenzlauer Berg fuhren. Christoph fragte nach Judiths Eltern in Bischofferode und erzählte von seinem Urlaub auf Mallorca. Die Anspannung des Abends schien von ihnen abzufallen, sie lachten beide über einen Versprecher des Radiomoderators.

Judith wusste, dass sie die Stimmung verderben würde, wenn sie Christoph jetzt nach Böhme fragte. Der Vorsitzende der Ost-SPD, Ibrahim Böhme, den Willy Brandt als den Begabtesten aus dem Führungspersonal der Ost-SPD bezeichnet hatte, war für die Zweistaatlichkeit in Deutschland eingetreten. Er wollte keinen Beitritt zur Bundesrepublik, sondern sprach immer noch von einer sozialistischen Perspektive der DDR. Beharrlich hatte er die Bezeichnung Ost-SPD abgelehnt und auf dem Namen DDR-SPD bestanden.

War es nicht eigenartig, dass ausgerechnet gestern, also einen Tag vor Beginn der Koalitionsgespräche mit der CDU, der Parteivorsitzende Böhme von allen seinen Ämtern zurückgetreten war? Stasi-Kontakte wurden ihm vorgeworfen – er dementierte. Hatte hier jemand aus den eigenen Reihen die Stasi-Karte gezogen, damit die SPD noch rechtzeitig auf den fahrenden Einheitszug aufspringen kann?

Judith überlegte, ob sie mit Christoph, der für Ibrahim Böhme gearbeitet hatte und ihn gut kannte, darüber sprechen sollte, und war dann doch erleichtert, als sie in die Dunckerstraße einbogen – sie war zu Hause. Sicher wird sie Christoph irgendwann einmal wiedersehen, dann würde sie ihn fragen.

Als Christoph am nächsten Abend vor ihrer Wohnungstür stand, eine braune Papiertüte im Arm, aus der zwei Weinflaschen und ein langes Baguette herauslugten, war Judith nicht überrascht. Schon bei Martins Geburtstagsfeier hatte sie das Gefühl, dass Christoph sie interessiert beobachtete. Später gestand er ihr, dass ihm ihr Temperament und ihre unverbrauchte Direktheit sofort gefallen hatten, der heftige Streit im Operncafé inbegriffen.

Seit jenem Abend waren vier Wochen vergangen. Viel war inzwischen passiert.

Christoph und Judith hatten sich selten gesehen. Wenn Christoph nicht im Büro seines Ministers saß, musste er ihn bei seinen Amtsgeschäften begleiten. Sein Arbeitstag begann früh um sechs und dauerte oft bis weit nach Mitternacht, denn den bärtigen Bürgerrechtlern und Kirchenmenschen, die jetzt in den Ministeretagen der DDR-Ministerien herumliefen, fehlte jede Professionalität. Christophs Empfindungen beim Anblick der frisch geweihten Politiker schwankten zwischen komisch und tragisch. Und wenn er ein wenig Luft hatte, flog er zur Abstimmung in die Parteizentrale oder in das Ministerium nach Bonn.

Noch wussten Judith und Christoph nicht, wer der andere wirklich war. Steigt er im Urlaub auf Dreitausender oder liegt er lieber am Meer in der Sonne? Kann er Kompromisse schließen oder gilt nur, was er will? Ein paar Tage Urlaub hätten ihnen gut getan, um das ganz normale Leben miteinander zu probieren.

Judith war enttäuscht, dass Christoph sie bis heute nicht eingeladen hatte, mit ihm nach Bonn zu fliegen. Sie hätte gern gesehen, welche Bücher in seinem Schrank stehen, ob Gardinen an den Fenstern hängen, wer seine Freunde sind.

Aber sie war ungerecht, die Zeit war im Moment nicht danach. Außerdem hatte sie selbst kaum eine Lücke in ihrem Terminkalender, und wenn mal ein Abend frei war, dann saß sie bei Bündnis 90 im Haus der Demokratie. Manchmal trafen sie sich in der Mittagspause im Café am Gendarmenmarkt, aber oft blieb ihnen nur der gemeinsame Abwasch des Frühstücksgeschirrs in Judiths Küche.

Christoph lebte seit seiner Scheidung vor fünf Jahren allein. Er konnte kochen, waschen und sogar ganz passabel bügeln. Sobald aber Judith zu Hause war, bekam er zwei linke Hände und wartete, dass sie ihn bediente.

Christophs Frau hatte nach der Geburt des ersten Kindes ihre Arbeit als Krankenschwester aufgegeben und sich ganz der Familie und dem Haushalt verschrieben. Für Christophs berufliche Karriere war das vernünftig gewesen. So konnte er neben der Arbeit über den zweiten Bildungsweg sein Abitur nachholen und an der Fernuniversität Hagen Rechtswissenschaften studieren. Außerdem war es für seine berufliche Entwicklung vorteilhaft, jederzeit einsatzbereit zu sein – am späten Abend genauso wie an den Wochenenden. Zehn Jahre lang war er der Ernährer der Familie gewesen und hatte nach dem anstrengenden Arbeitstag zumindest angewärmte Hausschuhe und ein wenig Bewunderung erwartet.

Dass ihm irgendwann seine Frau nicht mehr klug genug war und bei Besuchen der Kollegen nicht mithalten konnte, ärgerte ihn, aber das war der Preis dieses Familienmodells. Nur mühsam konnte Judith ihm das Geständnis abringen, dass nicht er die Familie verlassen hatte, sondern seine Frau sich einen neuen Lebensgefährten gesucht hat. Der war sogar älter als Christoph, aber er kam jeden Tag pünktlich nach Hause, ging mit ihr ins Kino, lebte im wahrsten Sinne des Wortes mit ihr. Seitdem arbeitete seine Frau wieder halbtags im Krankenhaus.

Bei Judith hatte Christoph mit seinen Hausherrenallüren kein Glück. Das wäre das Letzte, wenn sie ihm die Hausschuhe hinterher tragen sollte! Judith hatte Christoph gleich in der ersten Woche ihres Zusammenlebens unmissverständlich erklärt, dass sie beide nur eine Zukunft haben, wenn er sich gleichberechtigt an den Hausarbeiten beteiligt. Sollte ihm Staubsaugen mehr liegen als Wäschewaschen – bitte schön, darüber könnte man reden.

Christoph hatte verstanden und fand dieses neue Rollenspiel inzwischen spannend. Heute hatte er seine Ex-Frau in Bonn angerufen und sich von ihr die Zubereitung der Französischen Flugente erklären lassen, die es bei ihnen immer zum Martinstag gegeben hat.

Als Johanna anrief, wollte er gerade die Bratröhre ausschalten, denn länger konnte er die Ente nicht warm halten. Schade, er hatte sich auf die Überraschung für Judith gefreut.

Es war spät, als Judith endlich zurückrief. Beide vermieden, über Christoph zu sprechen. Judith wollte nichts erklären und Johanna wusste, dass sie irgendwann von selbst alles erzählen würde.

Johanna brauchte Judiths Hilfe. Anfang nächster Woche würde sie nach Stockholm fliegen und weil Martin zur gleichen Zeit mit einer Delegation der ostdeutschen Schuhbetriebe nach Moskau muss, sollte sich die Schwester zwei, drei Tage um die Kinder kümmern. Sie würde Judith nach ihrer Rückkehr alles erklären.

Judith versprach, ab Montag in Karlshorst zu schlafen, aber die Jungen müssten Maxi vom Kindergarten abholen, das würde sie nicht schaffen.

Johanna war erleichtert, dass die kleine Schwester wieder einmal die Kinderbetreuung übernahm. In der Not wären sie vielleicht auch allein zurecht gekommen, aber seit der Grenzöffnung war das Leben in Ost-Berlin unsicherer geworden. Nachts ließ Johanna jetzt immer die Fensterrollos herunter und auf Empfehlung einer Polizistin vom Einbruchsdezernat hat sie kürzlich Metallgitter an den Kellerfenstern anbringen lassen.

Apropos – das Haus. Sie hatten ein Schreiben von einem Rechtsanwalt aus Westberlin bekommen, dass eine Erbengemeinschaft Günther die Rückübertragung des Grundstücks beantragt hat. Ja, das machte ihnen große Sorgen.

Der Witz bei der Sache war, dass sie das Haus gar nicht hatten kaufen wollen. Vor zehn Jahren waren in ihrem Bezirk riesige Neubaukomplexe entstanden und weil die Kommunale Wohnungsverwaltung die Arbeit nicht mehr schaffte, wurden die Mieter der vielen kleinen Einfamilienhäuser aufgefordert, die Häuser zu kaufen.

Martin und Johanna hatten damals lange überlegt. Sie wollten kein eigenes Haus, zur Miete wohnen war für sie praktischer und auch billiger. Am Ende hatten sie sich breitschlagen lassen, Kredit aufgenommen, Geld von den Eltern geborgt. Neuen Kredit aufgenommen und das Haus verputzt. Nun sollten sie alles verlieren, nur weil die Enkel der alten Dame, die vor 35 Jahren nach Westberlin gezogen war, es so wollten?

Judith spürte, dass die große, sonst immer so starke Schwester, ratlos war und versuchte, das Thema zu wechseln. Sie konnte Johanna unmöglich die ganze Wahrheit sagen. Bei einer Recherche für einen Artikel im Bundesministerium für Innerdeutsche Beziehungen hatte Judith erfahren, dass die Zahl der Rückübertragungsanträge von Haus- und Grundstückseigentümern aus dem Westen auf eine Million geschätzt wurde. Schon im Februar hatte sich in Westberlin eine Interessengemeinschaft der Alteigentümer von DDR-Grundstücken gebildet, die zum organisierten Angriff auf die Häuser der Ostdeutschen rüstete. Aber darüber sollte die Öffentlichkeit vorläufig nichts erfahren. Man befürchtete, dass Ängste vor dem Beitritt zur Bundesrepublik angeheizt würden und sich vielleicht sogar Widerstand organisieren könnte. Deshalb wurden die Antragsteller aufgefordert, vorläufig zu schweigen.

Wann sollten die Kinder ins Bett gehen? Zum Frühstück Müsli? Ist Obst im Hause? Johanna antwortete, erklärte und versprach, alles Nötige aufzuschreiben.

Beruhigt legte Judith den Hörer auf.

Als Helen gestern anrief, war Johanna überrascht gewesen. Mehrere Wochen waren seit Martins Geburtstagsfeier vergangen, Helen hatte sich nicht gemeldet. Der Zug in Richtung Anschluss der DDR an die Bundesrepublik rollte inzwischen schneller und schneller, und wenn man ihn noch aufhalten wollte, mussten sie jetzt handeln, bald würde es zu spät sein. Aber offensichtlich hatte sich Johanna geirrt, als sie an jenem Abend Hoffnungen in Helen setzte. Die Ankündigung auf der Visitenkarte war nicht ernst gemeint. Eine höfliche Floskel, mehr nicht.

Nun plötzlich der Anruf. Helen war gerade in Tempelhof gelandet – sie müssten sich unbedingt sehen, möglichst gleich morgen. Um neun in ihrem Appartement in der Hufeisensiedlung in Britz? Johanna hatte nicht lange überlegt, ein Blick in ihren Kalender: „... ja, das klappt, ich muss erst um eins in der Uni sein."

Johanna suchte im Stadtplan, mit welcher Bahn sie fahren und wo sie umsteigen konnte. Obwohl die Mauer schon seit einem halben Jahr offen war, traute sie sich noch immer nicht, allein mit dem Auto quer durch Westberlin zu fahren.

Zehn vor neun stand sie vor Helens Tür. Helen umarmte Johanna wie eine alte Freundin und zog sie hinein. Es roch nach frischem Kaffee. Die kleine Wohnung machte auf Johanna einen tristen Eindruck. Schrank, Regal, Tisch, zwei kleine, schon etwas abgewetzte Polstersessel, lange schwere Gardinen – keine Pflanzen, keine Bilder. Helen suchte vergeblich nach einer Vase für das Maiglöckchensträußchen aus Johannas Garten, fand aber nur ein mit Weinranken verziertes Wasserglas. Wahrscheinlich war das der Preis für Helens unstetes Singleleben. Aber vielleicht lag es auch daran, dass sie in der Berliner Wohnung nur ab und an übernachtete.

Helen kam ohne Umschweife zum Thema. Am Morgen nach dem Attentat hatten sich die Lafontainisten, wie sie das kleine Häuflein von Gegnern der überstürzten Wiedervereinigung in der Parteizentrale scherzhaft nannten, in Helens Büro getroffen. Alle waren entsetzt und ratlos. Erst als die Nachricht kam, dass Lafontaines Verletzungen nicht lebensgefährlich waren, löste sich die Spannung.

Wie sollte es nun weitergehen? Aufgeben und dem Mainstream folgen? Oder jetzt erst recht den Widerstand gegen einen würdelosen Beitritt der DDR zur Bundesrepublik organisieren?

Nicht ohne Grund hatte der Oskar das Nein der SPD zur Wirtschafts- und Währungsunion als Bedingung für seine Kanzlerkandidatur bei der nächsten Bundestagswahl gemacht. Daran müssten sie gerade jetzt festhalten, zumal sie genau wussten, was bei ihrem Umfallen passiert: Tausende Betriebe würden im Osten bankrott gehen, Millionen ihre Arbeit verlieren und die wahrhaft einmalige Chance für Abrüstung und eine atomwaffenfreie Zone in Europa wäre vertan. Sie durften den Widerstand nicht aufgeben, außerdem war ein wenig Trotz dabei – gegen die Mehrheiten, auch in der eigenen Partei.

Aber würden die Ostdeutschen überhaupt mitziehen? Bisher sah es eher nicht danach aus, und ohne die Bürgerinnen und Bürger der DDR waren alle ihre Überlegungen sinnlos. Um das herauszufinden, hatten sie Helen beauftragt, nach Berlin zu fahren.

Zuerst sollte sie mit der Ost-SPD reden. Der neue Vorsitzende, Markus Meckel, seit zwei Wochen Außenminister der DDR, war inzwischen voll auf Kohls Kurs eingeschwenkt. Er hatte angekündigt, dass die SPD dem Staatsvertrag zur Wirtschafts- und Währungsunion zustimmen wird und damit der West-SPD nichts anderes übrig bleibt, als es auch zu tun.

Wichtig wäre auch, Verbündete bei den anderen Parteien und den Bürgerbewegungen zu suchen. Sie hatte sofort an Johanna und ihre Freunde gedacht. Und deshalb war sie jetzt hier.

Johanna hatte schweigend zugehört. Sie war überrascht, dass Helen sie, die Dozentin der Humboldt-Universität, für diese politische Mission brauchte. Gut, sie hatte am Runden Tisch an der neuen Verfassung mitgearbeitet und war dort vielleicht durch ihre Beharrlichkeit aufgefallen. Vielleicht hatte sich Helen auch an ihre Begegnung bei den SPD-SED-Gesprächen vor vier Jahren in Freudenstadt erinnert und wollte mit ihrer Hilfe Kontakt zu den ehemaligen Gesprächspartnern aufnehmen.

Es war müßig, die Frage nach dem Warum zu stellen. Wichtig war jetzt nur, dass sich hier die Chance bot, nach der sie seit langem suchte.

Johanna und Helen waren sich schnell einig geworden. Ja, noch war es möglich, den rasenden Zug umzuleiten. Aber wer hatte ein Interesse daran? Wer könnte, wer müsste etwas dagegen tun? Wer könnte Partner für eine andere, eine bessere Lösung sein?

Helen hatte ein großes Blatt Papier und farbige Stifte auf den Tisch gelegt. Links zeichnete sie einen roten Kasten und rechts einen schwarzen, größeren. In den roten Kasten schrieb sie DDR, in den schwarzen Bundesrepublik Deutschland und unter Bundesrepublik ohne lange nachzudenken mit Kommandostrichen: SPD, Grüne, Intellektuelle und Künstler (Günter Grass, Konstantin Wecker, Hannes Wader). Wer noch? Kirchen?

Dann schob sie das Blatt zu Johanna. Die schrieb genauso schnell, ohne lange nachzudenken, in den roten Kasten: Bündnis 90 (Wolfgang Ullmann, Bärbel Bohley), PDS, Vereinigte Linke, Grüne/Unabhängiger Frauenverband, Künstler (4. November Alexanderplatz), Mitglieder der alten Blockparteien (Bauernpartei, bekennende Christen der CDU), Kirchen.

Nach einer Stunde waren beide Kästen mit Namen, Stichworten und Fragezeichen gefüllt, dazwischen schwarze und rote Pfeile.

Die SPD im schwarzen Kasten hatten sie mit einem dicken Ring eingekreist. Das sollte heißen: von euch hängt im Moment alles ab – auf euch setzen wir unsere Hoffnung! Wenn ihr nicht mitzieht, haben wir keine Chance. Und in dem roten Kasten zogen sie um die Kirchen einen Kreis.

Eine Art Aktionsprogramm war entstanden, noch grob, unvollständig, aber immerhin ein Anfang! Lachend setzten sie ihre Namen darunter. Unter der schwarzen Seite – verantwortlich Helen, unter der roten – verantwortlich Johanna.

Helen hatte eine Flasche Prosecco geholt und in dem Moment, als sie mit Johanna anstoßen wollte, setzte die ihr Glas ab und sagte: „Gib mir bitte den grünen Stift."

Einen Moment zögerte Johanna: darüber oder besser darunter? Dann malte sie mit dem grünen Stift in die Mitte einen dritten Kasten und schrieb hinein: Europa – Frankreich, England, Polen, Sowjetunion.

Helen nickte und ergänzte: Schweden – verantwortlich Berit.

Johanna wollte widersprechen. Müssten sie nicht vor allem auf Gorbatschow setzen und den großen Bruder um Unterstützung bitten?

Nach kurzem Zögern stimmte sie Helen zu. Berit, das war die Palme-Kommission, Abrüstung, das Schwedische Modell – überhaupt Skandinavien. Ein guter Gedanke!

1. und 2. Mai, Stockholm/Vaxholm

Das Taxi kam nur langsam voran, und je weiter sie in das Stadtzentrum fuhren, umso schwieriger wurde es. Die Straßen waren voller Menschen, Familien mit Kindern, eine Gruppe junger Frauen in weiten, bunten Kleidern schlug wild auf ihre Trommeln, grauhaarige Männer und Frauen liefen hinter einer Schallmaiengruppe und sangen.

Johanna genoss den Anblick. Ein wehmütiges Lächeln zog über ihr Gesicht, als sie die Rufe verstehen konnte. Sie hatte sich nicht geirrt, die Leute riefen tatsächlich: Kapitalismus? – nej! Sozialismus? – jaaaaa! Dass es das noch gibt?

Es war ein guter Vorschlag von Berit gewesen, sich in Stockholm zu treffen. Und weil Johanna am Montagnachmittag Vorlesung hatte, einigten sie sich auf Dienstag, den 1. Mai. Vielleicht war es ein besonderes Zeichen, dass dieser 1. Mai 1990, wie Johanna in ihrem Hermes-Kalender lesen konnte, der hundertste Jahrestag des Internationalen Kampf- und Feiertages der Werktätigen war.

Endlich hatte sich das Taxi durch den Demonstrationszug gekämpft und hielt am Stockholmer Fährhafen. Schon von weitem erkannte Johanna Helen. Eleganter Leinenanzug, passende weiße Schuhe, dunkelgrüner Pullover, neben ihr ein hellbraunes Lederköfferchen. Sie unterhielt sich mit zwei Frauen. Die große schlanke mit der roten Kapuzenjacke und dem Rucksack musste Berit sein. Johanna hatte Berit seit 1983 nicht gesehen, erkannte sie aber sofort. Und wer war die andere? Sollte sie etwa mit ihnen fahren? Das wäre gegen die Verabredung.

Berit hatte Johanna entdeckt und winkte aufgeregt. Und dann ging alles ganz schnell. Berit umarmte die andere Frau und das kleine Mädchen, das drei, vier Meter neben ihr aus einer bunten Tüte die Möwen fütterte, fasste Johannas Reisetasche und drängte Helen und Johanna zur Anlegestelle.

„Wir müssen uns beeilen, das Schiff nach Vaxholm fährt in fünf Minuten."

Das Wetter meinte es gut mit ihnen. Die Sonne schien, der Wind wehte nur mäßig – sie konnten sogar auf dem offenen Deck sitzen. Berit hatte die alte, zerfledderte Landkarte mitgebracht und sie suchten nach den Schären, auf denen sie damals gemeinsam mit Christoph gezeltet hatten. Jubel brach aus, wenn sie eine Badestelle oder einen alten Bootssteg wiedererkannten.

Helen saß ein wenig abseits, hatte die Beine hochgelegt und genoss die Sonne. Beim Anblick des dunkelblauen friedlichen Meeres und der vielen hundert Schären, die das Schiff durchquerte, überkam sie ein ungenaues Gefühl von Sehnsucht. Das Meer und diese winzigen Inselchen waren immer da – im Sommer und im Winter, am Tage und bei Nacht, egal ob sie im Büro arbeitete, auf Versammlungen oder im Flieger saß. Und heute sah sie dieses Naturwunder zum ersten Mal, morgen vielleicht zum letzten Mal. War das Leben, das sie seit Jahrzehnten führte, das richtige Leben?

Nach anderthalb Stunden legte das Schiff in Vaxholm an. Johanna hatte den Eindruck, dass Helen eingeschlafen war und fasste sie vorsichtig an der Schulter. Helen war sofort hellwach. Nein, geschlafen habe sie nicht, nur ein wenig nachgedacht. Sie waren die letzten, die ausstiegen.

Berits kleines Ferienhaus, ein typisch schwedisches Holzhaus mit großen weiß gestrichenen Fenstern und Türen, lag nicht weit vom Hafen entfernt. Berit verteilte die Zimmer – Helen bekam das Schlafzimmer, Johanna das Kinderzimmer unter dem Dach. Sie würde im Wohnzimmer schlafen.

Johanna hatte Mühe, Platz für ihre Jacke und die Tasche zu finden, überall auf den weißen IKEA-Möbeln lagen Bilderbücher, Teddys und Puppen. War das kleine Mädchen am Hafen etwa Berits Kind? Aber warum hatte sie die Tochter bisher verheimlicht? Johanna würde sie fragen – heute noch.

Als Johanna in das Wohnzimmer kam, gab der gusseiserne Kaminofen schon wohlige Wärme ab. Auf dem großen Holztisch in der Mitte des Zimmers stand ein Samowar, daneben drei Teegläser in kunstvoll geformten silbernen Metallbehältern, brauner Zucker, Rum, Preiselbeerkonfitüre.

„Samowar und Gläser habe ich vorige Woche aus Moskau mitgebracht", erklärte Berit. „Johanna kennt sich mit der russischen Teezeremonie sicher besser aus als ich, vielleicht übernimmst du die Zubereitung?"

„Wollen wir?", fragte Helen in die Runde und legte das Papier auf den Tisch, auf dem sie und Johanna ihre Stichworte in dem roten und dem schwarzen Kasten notiert hatten.

Das große grüne Quadrat war noch leer.

Helen hatte Berit am Telefon nicht lange erklären müssen, warum sie und Johanna mit ihr reden wollten. Die beiden Frauen kannten sich seit 1980 aus der gemeinsamen Arbeit in der Kommission für Abrüstung und internationale Sicherheit, der nach dem beliebten schwedischen Ministerpräsidenten Olof Palme benannten Palme-Kommission. Sie hatten sich in den vergangenen Jahren immer dann getroffen, wenn es um Truppenreduzierung oder den Abbau von Mittelstreckenraketen ging. Seit vorigem Jahr saß Berit nun für die Sozialdemokratische Arbeiterpartei im Schwedischen Reichstag. Als Mitglied des Auswärtigen Ausschusses war sie viel mit den deutsch-deutschen Verhältnissen beschäftigt gewesen, wusste also Bescheid.

„Bevor wir überlegen, wie ich euch helfen kann, erklärt mir bitte: Warum eigentlich Schweden? Was erwartet ihr von unserem kleinen Land?", eröffnete Berit das Gespräch und fuhr fort: „Dass ihr euch im Moment nicht an Moskau wendet, verstehe ich. Gorbatschow ist mit sich selbst beschäftigt und seit Bundeskanzler Kohls Besuch in Moskau, Mitte Februar, deutet alles darauf hin, dass er die DDR fallen lässt. Aber warum sprecht ihr nicht mit Paris? Frankreich ist viel einflussreicher, größer, und im Unterschied zu Schweden Mitglied der Europäischen Wirtschaftsgemeinschaft, der EWG. Und Mitterrand fürchtet die deutsche Wiedervereinigung wie der Teufel das Weihwasser. Ende 1989 hat er der SED-Führung sogar noch die Aufnahme der DDR in die EWG vorgeschlagen. Wäre nicht Frankreich der bessere Partner für euer Vorhaben?"

Helen und Johanna sahen sich an – wer sollte antworten? Und was? Helen versuchte es mit einem Scherz: „Weil wir beide dich und deine Hartnäckigkeit kennen! Nein, im Ernst, natürlich haben wir überlegt, wen wir um Unterstützung bitten könnten. Am Ende haben wir uns auf euch Schweden geeinigt. Wir wissen, dass viele Länder Bedenken gegen die Wiedervereinigung der Deutschen haben, zum Beispiel Margaret Thatcher und Francois Mitterand aus Angst vor neuem Nationalismus in einem wiedererstehenden Großdeutschland. Oder Polen in Sorge um seine Westgrenze und Israel sowieso. Auch euer Außenminister hat im November nach einem Besuch in Moskau in der Tageszeitung Dagens Nyheter davor gewarnt, dass ein großes Deutschland ein chauvinistisches Land werden und das Kräftegleichgewicht in Europa stören könnte.

Uns geht es aber um noch etwas anderes. An der deutsch-deutschen Grenze treffen bekanntlich nicht nur die zwei deutschen Staaten aufeinander, sondern zwei Militärblöcke, die NATO und der Warschauer Pakt. Euer unter mysteriösen Umständen ermordeter Ministerpräsident Olof Palme hatte bekanntlich einen Traum: die Schaffung einer Zone ohne Atomwaffen, ohne Chemiewaffen, ohne Mittelstreckenraketen in Europa. Jetzt besteht die Chance, dass in der Mitte Europas, nämlich auf dem Territorium der DDR solch eine neutrale, von allen Vernichtungswaffen freie Zone entstehen könnte. Dafür aber muss diese neue DDR überleben. Gelingt das nicht, wird Ostdeutschland sehr bald Teil der NATO werden.

Wir denken, dass das nach wie vor politisch und militärisch neutrale Schweden – zumindest erklärt das eure Regierung offiziell – am ehesten interessiert sein müsste,

119

diese vielleicht einmalige Chance für die Entspannung in Europa zu nutzen. Und deshalb bitten wir euch um Unterstützung, nicht Frankreich oder gar das konservative Großbritannien."

Berit hatte Helens langer Rede interessiert zugehört. Was haben sich die beiden und ihre Mitstreiter in Berlin und Bonn da vorgenommen? War es nicht utopisch, gegen diesen reißenden Strom der Wiedervereinigung Deutschlands zu schwimmen? Die DDR-Bürger hatten längst entschieden, dass sie die D-Mark wollen – jetzt, sofort, noch in diesem Sommer. Damit war das Ende dieses Staates DDR besiegelt, das wusste jeder, der etwas von Politik und Wirtschaft verstand. Im Grunde genügte der einfache Menschenverstand, um es zu begreifen.

Helen und vor allem Johanna taten Berit leid. Eigentlich müsste sie ihnen sagen, dass sie keine Chance haben. Sie holte eine Flasche Absolut Vodka aus dem Kühlschrank und goss für jeden einen kräftigen Schluck in die inzwischen leeren Teegläser.

Johanna merkte, dass Berit zweifelte.

„Berit, wir sind keine Träumer, wir haben uns das gut überlegt. Übrigens, was Schweden betrifft, gibt es vielleicht noch einen ganz anderen Grund, zuerst mit euch zu reden. Wäre eine Konföderation, eine Art Staatenbund der DDR mit Schweden nicht eine interessante Alternative zur deutschen Einheit? Immerhin gehörten Stralsund, Wolgast, Wismar, die Insel Rügen und große Teile von Vorpommern über 150 Jahre zu Schweden. Das ist zwar eine Weile her, aber wer sagt denn, dass man daran nicht anknüpfen kann? Außerdem gilt Schweden, vor allem sein Sozialsystem, bei den DDR-Bürgern als Musterland für einen hohen Lebensstandard. Auch eure Mentalität, der Umgang der Menschen miteinander bis zum kameradschaftlichen Du, ist uns Ostdeutschen sympathisch.

Du wirst denken: eine Schnapsidee. Ja, vielleicht. Aber wenn du dich in der Welt umsiehst, findest du viele Vorbilder, wie Regionen oder Länder innerhalb eines staatlichen Verbundes ihre Autonomie bewahren konnten. Grönland zum Beispiel, die größte Insel der Erde, ist Teil eures Nachbarlandes Dänemark und liegt tausende Kilometer vom Mutterland entfernt. Oder Südtirol, das ursprünglich zu Österreich gehörte, hat in Italien eine besondere Autonomie mit eigener Regierung und eigener Gesetzgebung. Warum sollte man diese Erfahrungen nicht für die DDR und Schweden ins Auge fassen und über eine Konföderation zwischen unseren Ländern nachdenken? Und was die Sprache betrifft, die kleine Schweiz mit ihren acht Millionen Bürgern muss mit vier Sprachen auskommen.

Aber darüber müsste man später reden, ist nur so eine Idee, die mich umtreibt. Jetzt geht es erst einmal um die Existenzfrage. Und die heißt: sehen wir tatenlos zu, wie das international geachtete Land DDR, Mitglied der UNO, von fast allen Staaten dieser Welt diplomatisch anerkannt, einfach von der Bildfläche verschwindet oder tun wir etwas dagegen?"

Johanna hatte, während sie sprach, den beiden Frauen ein dicht beschriebenes DIN A 4 Blatt hingeschoben. Die Überschrift lautete: Internationale Unterstützung für eine erneuerte demokratische DDR – Vorschläge.

Es folgten drei Abschnitte:
Entspannung und Abrüstung
Wirtschaftliche Hilfe und Zusammenarbeit
Neue Verfassung – sozial-ökologischer Umbau

Untersetzt war diese Aufzählung mit Stabstrichen und am Ende jedes Abschnitts standen Verantwortliche, Partner, teilweise sogar Termine, manche mit einem Fragezeichen.

Helen war überrascht. Was hier geschrieben stand, war gut durchdacht. Offensichtlich hatte Johanna in den wenigen Tagen zwischen dem Gespräch in ihrer Berliner Wohnung und der Reise nach Stockholm Leute mit Sachkunde und politischem Gespür konsultiert, die mit ihr dieses Strategiepapier ausgearbeitet haben. Auch die

Idee einer wie auch immer gearteten Verbindung der DDR mit Schweden war für Helen neu. Nicht dumm eigentlich, was sich die Ostdeutschen da ausgedacht hatten. Zumindest wäre es ein dezentes Druckmittel auf die selbstgefällige Bundesrepublik, wenn diese Idee bei Gelegenheit ins Gespräch gebracht würde.

Der Kaminofen war kalt und die Wodkaflasche halbleer, als die drei Frauen erschöpft, aber zufrieden die Stifte weglegten. Johannas Papier war lebendig geworden – rote Haken, Fragezeichen, Ausrufezeichen, manches war durchgestrichen, manches unterstrichen, einiges ergänzt. Zum Schluss hatten sie die wichtigsten Stichworte in das leere, grün umrandete Quadrat auf Helens großen Bogen übertragen und Pfeile gemalt zu dem roten und dem schwarzen Kasten.

Berit goss einen letzten Wodka in die Teegläser. Wie auf Verabredung standen die drei Frauen auf, ihr Glas in der Hand, und Helen sagte: „Im Namen der Menschen – auf unseren Erfolg!"

Vielleicht lag es am Alkohol, oder waren sie von ihrem Plan so überwältigt? Es klang wie ein Schwur, der sie von nun an miteinander verband.

Berit war früh aufgestanden und mit der ersten Fähre nach Stockholm zurück gefahren. Der Kaminofen war warm, als Johanna und Helen kurz nach acht in das Wohnzimmer kamen. Auf dem Tisch standen Teller und Tassen, daneben lag ein Zettel, dass der Toaster hakt, wie sie beim Verlassen des Hauses die Tür verschließen können und wo sie den Schlüssel hinlegen sollen.

Gestern Abend war es noch spät geworden. Als Helen und Johanna ihre Papiere und die bunten Stifte weggeräumt hatten, der letzte Schluck ausgetrunken und die Kerzen gelöscht waren, hatte Berit drei dicke Wattejacken aus der Kleiderkiste geholt.

„So ihr Mädchen, jetzt gehen wir feiern."

Helen hatte gezögert, sie war von der Reise und der Anspannung der letzten Stunden erschöpft, aber Berit ließ keinen Einwand gelten.

„Komm Helen, sei keine Spielverderberin! Das Maifeuer ist hier in Vaxholm etwas Besonderes. Außerdem warten sie auf uns, wir bleiben nicht lange."

Als sie auf der Festwiese ankamen, brannte der große Holzstapel schon lichterloh. Das Feuer knisterte und die Funken zogen, vom Wind getrieben, in Richtung zur Östersjön, der Ostsee, hinaus. Berit brachte drei Gläser Schwedenpunsch, zur Auswahl: pur, mit Rum oder mit Amaretto? Helen nahm ohne Alkohol, Johanna mit Amaretto. Als sich Johanna und Helen an einen der freien Tische setzen wollten, zog Berit sie weiter, zu den anderen. Dort wurden sie mit Hallo begrüßt – warum sie so spät kämen, was sie trinken möchten, ob sie schon gegessen haben.

Auf den langen Bänken wurde zusammengerückt. Der Borgmästare von Vaxholm machte für Helen zwischen sich und seiner Frau Platz und schickte seinen halbwüchsigen dicken Sohn zum Grill, um Würstchen für die Gäste aus Deutschland zu holen. Berit hakte Johanna unter, zog sie zum Nebentisch, der etwas weiter vom Feuer entfernt stand, und klopfte einem großen, grauhaarigen Mann auf die Schulter.

„Gunnar, das ist Johanna aus Ost-Berlin, Dozentin an der Humboldt-Universität. Johanna, das ist mein alter Deutschlehrer Gunnar Larson. Lehrer mit Leib und Seele und ein Freund der DDR."

Gunnar stand zur Begrüßung auf und drückte Johanna herzlich die Hand. Wieder wurde gerückt, ein Kissen für Johanna geholt und die Gläser mit heißem Punsch nachgefüllt. Gunnar wollte wissen, ob sie auch Lehrerin sei. Naja, nicht direkt – Hochschullehrerin an der Juristischen Fakultät, halb Forschung, halb Lehre. Aber sie habe zwei schulpflichtige Kinder, elf und dreizehn und außerdem sei es ja auch noch nicht so ewig her, dass sie selbst in die Schule gegangen ist.

Gunnar sprach fast akzentfrei deutsch. Seit drei Jahren war er in Pension und lebte seitdem im Sommer hier draußen in seinem kleinen Sommerhaus. 40 Jahre hatte er in Stockholm Deutsch und Englisch unterrichtet. Vor allem Deutsch gehörte seine Liebe, ganz besonders der deutschen Literatur und Kunst, aber auch der Musik. Die DDR-Literatur kannte er gut, Christa Wolf, Hermann Kant, Brigitte Reimann, Ulrich Plenzdorf hatte er gelesen. Vor fünf Jahren sei er bei der Neueröffnung der Dresdner Semperoper dabei gewesen. Carl Maria von Weber, Der Freischütz – ein Traum. Und das originalgetreu wieder aufgebaute Haus, da hätte die DDR wirklich Großes geleistet.

Johanna wusste natürlich, dass sich in Schweden viele für die DDR interessierten. Das Kulturzentrum der DDR in Stockholm, das mittlerweile fast 25 Jahre existierte, bot anspruchsvolle Ausstellungen, Buchlesungen und Musikveranstaltungen und auch die DDR-Wochen in Trelleborg und drei anderen Städten waren immer gut besucht. Trotzdem erstaunte sie Gunnars beinahe verliebter Blick auf ihr Land.

Sie musste nicht nachfragen. Wie es einsame alte Menschen gern tun, nutzte er die Chance, eine geduldige Zuhörerin zu haben und erzählte ungefragt weiter. Nein, es war nicht nur die Literatur und Musik, die ihn mit der DDR verband. Seit langem gab es über den schwedischen Deutschlehrerverband verschiedene Kontakte in die DDR. Zusammen mit anderen Lehrern war er in Ost-Berlin, in Dresden, in Erfurt und an der Pädagogischen Hochschule in Potsdam gewesen und hatte das Schulsystem direkt vor Ort kennengelernt. Vor allem der polytechnische Unterricht, das lange gemeinsame Lernen und auch das intensive Kümmern um schwache Schüler wäre Vorbild für Schweden.

Als Johanna Einwände machte und von Problemen in Saschas Schule erzählte, wehrte Gunnar unwillig ab. Er sei nicht allein mit dieser Meinung, bei den Deutschlehrerkursen wären sie sich da einig. Johanna hatte den Eindruck, dass Gunnar die ostdeutschen Kollegen sympathischer waren als die Berufskollegen aus der Bundesrepublik. Manche Westdeutsche würden sich den Menschen aus dem kleinen Schweden überlegen fühlen und gern mit ihrem Wohlstand angeben.

Johanna hatte sich hilfesuchend nach Helen und Berit umgesehen. Gern hätte sie mit jüngeren Leuten gesprochen und bei dieser Gelegenheit ihr Schwedisch trainiert.

Helen stand am Feuer und wärmte sich die Hände, Johanna hatte das Gefühl, dass sie einen Moment allein sein wollte. Berit war verschwunden. Vielleicht zog sie schon die Fäden für das morgige Treffen. Also blieb Johanna nur die Möglichkeit, Gunnar auf ein anderes Thema zu lenken. Das gelang ihr mit der Frage nach Vaxholm, der Geschichte der Festung, auch nach Kinderbetreuung, Schule und Arbeitslosigkeit.

Gunnar nahm das Angebot gern an, er wäre kein guter Lehrer gewesen, wenn er nicht hätte interessant erzählen können. Nach einer halben Stunde war Johanna Expertin der kleinen Gemeinde mit ihren fünftausend Einwohnern, den vielen winzigen Inseln, auf denen Menschen lebten, und wusste, dass deren Kinder jeden Tag mit dem Boot zur Schule geholt wurden. Auf einer weit entfernten Insel gab es ein einziges schulpflichtiges Kind, ein Mädchen, aber auch sie wurde täglich kostenlos transportiert. Auf die sozialen Leistungen, den schönen Kindergarten, die neue Schule waren die Vaxholmer Sozialdemokraten besonders stolz – wie Gunnar meinte, zu Recht.

Kurz vor elf war Berit wieder aufgetaucht und bat Johanna, sich von Gunnar zu verabschieden. Gunnar nahm die junge Frau herzlich in den Arm, bedankte sich fürs Zuhören und versprach, wenn er im Herbst wieder seinen Lehrerkollegen in Dresden besucht, in Berlin auf einen Kaffee bei ihr vorbeizuschauen.

„Und", fügte er hinzu, „passt mir auf die DDR gut auf, es wäre schade um sie."

Johanna wäre gern noch beim Maifeuer geblieben, wo sich inzwischen eine kleine Gruppe junger Leute um eine Gitarrenspielerin geschart hatte und wehmütige Lieder sang. Aber es war spät geworden und morgen würden sie einen anstrengenden Tag haben.

Johanna und Helen mussten mit dem Bus nach Stockholm fahren, die nächste Fähre ging erst mittags um zwölf. Im Bus, er war halb leer, der Berufsverkehr offensichtlich vorbei, fragte Johanna Helen nach dem Kind. Erst als Johanna gestern Abend nach der Maifeier in das Kinderzimmer kam, war ihr wieder eingefallen, dass sie Berit hatte fragen wollen.

Helen war erstaunt, dass Johanna es nicht wusste. Ja, Linda ist Berits Kind, sie kommt in diesem Jahr zur Schule. Die Frau am Hafen, Berits Schwester Ingrid, kümmert sich um Linda, wenn Berit unterwegs ist.

Johanna rechnete nach: im Sommer 1983 war Berit mit Christoph zusammen, irgendwann im Herbst hatten sie sich getrennt. Könnte es sein, dass Linda Christophs Tochter ist? Schade, dass sie das Mädchen gestern nur von weitem gesehen hatte, vielleicht hätte sie gemerkt, ob sie Christoph ähnlich sieht. Sie wusste, dass Christoph in Bonn zwei Kinder hatte, der jüngere Sohn müsste ungefähr genauso alt wie Berits Tochter sein, vielleicht etwas älter. Aber was ging sie das eigentlich an?

Helen und Johanna trennten sich am Busbahnhof in Stockholm. Um 18 Uhr würden sie sich in Berits Büro im Reichstag treffen.

Als Johanna mit Erhard Weiß, dem Botschafter der DDR, kurz vor sechs in Berits Büro kam, hörte sie schon auf dem Flur laute Stimmen. Es war eng in dem Raum, Berit musste Stühle aus dem Nebenzimmer holen, um alle unterzubringen. Johanna zählte sechs Frauen und fünf Männer, dazu der Botschafter und eine junge Frau vom Stockholmer Büro der Friedrich-Ebert-Stiftung, die Helen mitgebracht hatte. Und natürlich sie drei, Helen, Berit und Johanna. Das ergab ein leichtes weibliches Übergewicht – vielleicht war das ein gutes Omen!

Berit stellte zuerst die Schweden vor, die meisten Außen- und Wirtschaftspolitiker aus der Fraktion der regierenden Sozialdemokratischen Arbeiterpartei SAP, eine Ministerin, ein Staatssekretär. Einige waren zugleich Mitglied des Parteivorstandes der SAP, sie kannten Helen seit Jahren. Zu dem Treffen hatte Berit vor allem Vertreter des linken Flügels der SAP eingeladen. Sie glaubte, dass diese Politiker, die im eigenen Land und auch innerhalb der Partei gegen neoliberale Entwicklungen der schwedischen Innen- und Außenpolitik kämpfen mussten, am ehesten für das Anliegen der Deutschen aufgeschlossen waren.

Johanna war überrascht, wie herzlich der DDR-Botschafter begrüßt wurde. Alle wussten natürlich, dass Erhard Weiß Mitglied der SED gewesen war. Sicher wussten sie auch, dass er sich nicht als Wendehals gedreht hatte, sondern nach wie vor Mitglied der Partei war, die jetzt Partei des Demokratischen Sozialismus hieß.

Johanna hatte Erhard Weiß heute Mittag zum ersten Mal gesehen. Nach den Telefongesprächen in der vergangenen Woche hatte sie ihn sich größer, kräftiger vorgestellt und war überrascht, dass er sie ganz unkonventionell wie eine alte Bekannte umarmte.

Sie waren um zwölf verabredet gewesen, also hatte Johanna genügend Zeit gehabt, zur Botschaft in der Bragevägen zu Fuß zu gehen. Wahllos war sie durch die Straßen der Altstadt gelaufen, hatte lange am Wasser eine Schwanenfamilie mit ihren vier Jungen beobachtet, die der Schwänin wie von einem unsichtbaren Seil gezogen hinterher paddelten.

Vor sieben Jahren, als sie während ihres Studienaufenthaltes drei Monate in Stockholm war, hatte sie in diesen mittelalterlichen Gassen, den kleinen Bars, den Studentenkneipen völlig unbeschwert die warmen Sommerabende genossen, oft gemeinsam mit Berit und Christoph. Was für ein Unterschied zu heute!

Das kleine Café am Järntorget, wo das italienische Eis besonders gut schmeckte, gab es nicht mehr. Eine Vietnamesin verkaufte jetzt in dem Eckladen billige Textilien, bunte Gläser und Kunstblumen. Ein Stück die Österlanggatan hinauf, hatte ein griechisches Restaurant neu eröffnet, dunkelblaue Markisen an den Fenstern, blau-weiße Fähnchen über den Holztischen auf dem Bürgersteig. Johanna bestellte bei dem vorbei eilenden Ober grünen Tee, ein Smörebröd und schwarze Oliven. Am letzten Tisch fand sie einen ruhigen Platz, weit entfernt von der lärmenden Touristengruppe, die direkt neben dem Eingang Tische und Stühle zusammenschob.

Hatte sie sich vielleicht doch für das falsche Tuch entschieden? In der Boutique in der Österlanggatan war sie noch sicher gewesen, dass die gebrochenen Farben gut zu dem hellgrünen Jäckchen passen, das sie in der vergangenen Woche im Exquisit gekauft hat.

Zu Hause fand in den Geschäften seit Wochen ein hektischer Ausverkauf statt, alles musste raus, um für die bald kommenden Westprodukte Platz zu machen. Johanna beteiligte sich daran nicht. Es schmerzte sie, wenn die Goldpunkt-Schuhe und die Handtücher aus der Oberlausitz auf großen Wühltischen für Pfennige verscherbelt wurden. Als sie aber in einem Schaufenster Unter den Linden die Jacke in dem herrlichen Grün sah, der Preis von 130 auf 30 Mark gesenkt, war sie schwach geworden.

Jetzt in der Sonne sah das Tuch anders aus als in der Boutique, die Farben weniger dezent, viel greller. Zu der neuen Jacke wird es sicher nicht passen, vielleicht zu ihrem hellen Leinenkostüm, das sie sich vor zwei Jahren für die Konferenz in Moskau gekauft hatte.

Ach ja, Moskau! Berits gestriger Bericht über ihre Moskaureise hatte Johanna schockiert.

Versorgungsprobleme hatte es immer gegeben. Martin bekam seit Jahren vor jeder Dienstreise von Galja und Jurij eine lange Bestellliste – Brillen, Unterwäsche, Salami und vor allem warme Stiefel und Kinderschuhe. Jetzt aber funktionierte nichts mehr. Selbst Mehl und Milch fehlten, und das sogar in Moskau, wo die Versorgung bisher immer noch besser war als draußen im Lande.

Die Leute gaben Gorbatschow die Schuld. Er hatte viel geredet und große Versprechungen gemacht. Aber der Alltag der Menschen verbesserte sich nicht, im Gegenteil! Unter der Losung von Perestroika waren die staatlichen Versorgungskontore, die die knappen Rohstoffe auf die Betriebe verteilten, aufgelöst worden. In einem Land, wo es fast an allem fehlte, geradezu ein Verbrechen.

Die schwedische Delegation, so Berit, hätte gespürt, dass die Moskauer Führung enorm unter Druck stand. Die Sowjetunion brauchte bei Strafe ihres Untergangs sofort wirtschaftliche Hilfe und dafür würden sie alles, wirklich alles, tun.

Große Hoffnungen setzte Gorbatschow auf die Bundesrepublik. Mitte Mai würden zusammen mit hochrangigen Vertretern der Bundesregierung die Chefs der Deutschen Bank und der Dresdner Bank in Moskau erwartet. Unter dem Mantel der Verschwiegenheit wurde erzählt, dass die Sowjetunion bereit wäre, als Gegenleistung für die sofortige Lieferung lebensnotwendiger Waren die DDR der Bundesrepublik zu überlassen. Wahrscheinlich würde man dann auch der NATO-Mitgliedschaft Ostdeutschlands zustimmen, Außenminister Schewardnadse hätte das indirekt bereits zugesagt.

„Wenn das stimmt, was will ich dann noch hier in Stockholm?", ging es Johanna durch den Kopf. Sie sollte nach Hause fahren und sich um ihre eigenen Probleme kümmern. Ihre Dozentur in der Universität war in Gefahr, fremde Leute aus Husum wollten ihnen das Haus wegnehmen, Martins Arbeit hing ohnehin seit Wochen an einem seidenen Faden. Und sie hatte nichts Besseres zu tun, als zu versuchen, ein wenig Schicksal zu spielen? Johanna fröstelte und auch der Tee, den ihr der flinke Ober gebracht hatte, wärmte sie nicht.

Als sie auf die Uhr sah, war es halb zwölf. Eilig lief sie die Västerlanggatan hinauf und musste am Ende noch den Bus nehmen, um pünktlich zu sein.

Vor dem repräsentativen Gebäude der Botschaft in der Bragevägen Nummer 2 standen drei junge Männer, dunkle Anzüge, kurzer Haarschnitt, Aktenkoffer – offensichtlich warteten sie auf jemanden.

Als Johanna am Eingang des Botschaftsgebäudes auf die Klingel drückte, meldete sich sofort eine Stimme: ja, sie würde erwartet. Der Türöffner summte und gleichzeitig öffnete sich die Tür. Der Botschafter habe Besuch bekommen, es würde nicht lange dauern, er entschuldige sich vielmals. In seinem Büro sei ein kleiner Imbiss für sie vorbereitet.

Zwanzig Minuten später stand Erhard Weiß vor ihr.

„Tut mir leid, aber das war sehr wichtig. Komm rein, setz dich, was möchtest du trinken?"

Während er seine Jacke auszog und auf den Bügel hängte, den Schlips lockerte und den obersten Hemdknopf öffnete, erzählte er Johanna, dass er jetzt reichlich ein Jahr die DDR in Schweden vertritt, dass Schweden nach der Bundesrepublik, Frankreich und Japan der wichtigste westliche Handelspartner der DDR sei und dass die DDR in Schweden als zuverlässiger und interessanter Handelspartner gilt.

„In der Zahlungsbilanz zwischen Schweden und der DDR gibt es einen Überschuss von reichlich 116 Millionen Valutamark zugunsten der DDR! Im Klartext: wir liefern mehr an sie als sie an uns. Das ist vielleicht nicht unwichtig für unser Gespräch heute Abend."

Inzwischen war der Handelsrat hereingekommen und hatte sich zu ihnen an den Tisch gesetzt. Erhard Weiß wollte den Gesprächskreis klein halten, denn die Mitarbeiter der Botschaft und des Handelszentrums in Göteborg waren angesichts der Ereignisse zu Hause verunsichert. Manche versuchten, bei schwedischen Konzernen oder diplomatischen Vertretungen westlicher Länder Fuß zu fassen. Erhard Weiß hatte Verständnis dafür, denn bei einem Anschluss an die Bundesrepublik müssten die Diplomaten der DDR wahrscheinlich mit Berufsverbot rechnen.

Johanna informierte kurz über die Ergebnisse des Gesprächs in Berits Ferienhaus. Die Vorarbeiten, an denen der Botschafter und der Handelsrat über Telefon und Telefax mitgearbeitet hatten, waren in ihrer gestrigen Dreierrunde akzeptiert und in einigen Punkten präzisiert worden. Die noch offenen Fragen waren leicht zu beantworten, bis zur Beratung im Reichstag würden sie das schaffen.

Was wollten sie heute Abend erreichen? Sie wussten, dass sich Schweden nicht aus Liebe zur DDR engagieren wird. Wenn überhaupt, dann vor allem, um das militärische und politische Gleichgewicht in Europa zu erhalten. Ginge dieses Gleichgewicht verloren, wäre vielleicht auch das schwedische Konzept der Bündnisfreiheit im Frieden mit dem Ziel der Neutralität im Krieg in Gefahr.

Und, darauf machte der Handelsrat aufmerksam, man sollte hinsichtlich der schwedischen Neutralität keine Illusionen haben. Im Grunde seien sie Meister der Anpassung und verstünden, das internationale Kräfteverhältnis geschickt zu ihrem Vorteil auszunutzen. Während des zweiten Weltkrieges zum Beispiel blieb Schweden nicht wirklich neutral, sondern erklärte sich lediglich zur nicht kriegsführenden Partei. Sie unterstützten Finnland im Krieg gegen die Sowjetunion und lieferten Kugellager nach Deutschland, ohne die nach 1943, als Kugelfischer in Schweinfurt zerstört worden war, kein deutscher Panzer mehr gefahren wäre. Also Vorsicht – keine Illusionen!

Interessant wären nach seiner Meinung die Vorstellungen der Schweden über Alternativen zum drohenden Anschluss der DDR an die Bundesrepublik. Konföderation und Bund deutscher Länder, wie es Günter Grass vorgeschlagen hatte? Als Vorbild vielleicht der österreichische Staatsvertrag von 1955, also Neutralität für das ganze Deutschland. Die deutsche Wiedervereinigung schrittweise als Teil einer gesamteuropäischen Einigung im Verlaufe von fünf, zehn oder fünfzehn Jahren? Und was würden sie von der etwas bizarren Idee eines politischen Bündnisses der DDR mit Schweden halten?

Nein, über all das könnte man später reden, hatte Erhard Weiß eingeworfen. Wenn die Schweden tatsächlich bereit sein sollten, sich – aus welchen Motiven auch immer – für die DDR zu engagieren, dann interessiert jetzt nur eine Frage: wie kann der Verfall der DDR-Wirtschaft aufgehalten werden? Ohne internationale Hilfe wird das nicht gelingen. Also müssen Partner gesucht werden, die uns Kredite geben, unsere Waren kaufen und in der DDR investieren. Auf dieses Thema hatte er sich vorbereitet, darüber musste heute gesprochen werden.

Berit hatte inzwischen die Vorstellung der in ihrem Büro versammelten Männer und Frauen beendet. An der Art, wie sie sprach, und wie die anderen auf ihre Worte reagierten, spürte Johanna, dass Berit im Kreis ihrer politischen Freunde Autorität besaß. Sie kannte wenig Menschen, die, schon wenn sie den Raum betraten, ganz selbstverständlich die Aufmerksamkeit der Anwesenden auf sich zogen. Ohne dass sie es selbst wussten, hatte dadurch ihr Wort besonderes Gewicht. Helen gehörte dazu, und, wie es schien, auch Berit.

Die Schweden hatten am Nachmittag in einem kleinen Kreis beraten, berichtete Berit. Ja, man könnte sich unter Umständen vorstellen, dieses mutige Vorhaben zu unterstützen, vielleicht sogar helfen, Verbündete in anderen Ländern zu suchen. Wenn man Erfolg haben wollte, müssten vor allem die Großen – sie dächten in erster Linie an Frankreich und Großbritannien, vielleicht auch an Japan, mit dem die DDR seit Jahren gute Wirtschaftsbeziehungen hat – mitziehen.

Aber da wären eine Reihe offener Fragen, die zuvor geklärt werden sollten. Die allerwichtigste war: Was wollen die DDR-Bürger selbst? Nein, sie fragen nicht, was die Deutschen wollen, denn diese Entscheidung muss ausschließlich vom Willen der Ostdeutschen abhängig sein. Es geht um ihren Staat, ihre Zukunft und auch um die Bewertung ihrer Vergangenheit.

Doch bevor Johanna und Erhard Weiß sich verständigen konnten, wer auf die Frage antwortet, mischte sich Helen ein.

„Ihr habt zweifellos recht, dass die Ostdeutschen die Entscheidung treffen müssen. Aber das, was dort passiert, geht uns im Westen genauso an. Wenn sich die Bundesrepublik die DDR einverleibt, bleibt die Bundesrepublik wie sie ist. CDU und FDP regieren, dem Großkapital verpflichtet, bürgerlich-konservativ. Oder nein, sie bleibt nicht wie sie ist, sondern sie wird wirtschaftsliberaler, unsozialer, wenn der andere deutsche Staat verschwindet. Man kann es sich an fünf Fingern abzählen, dass uns ein kräftiger Sozialabbau erwartet. Nicht nur in Deutschland, auch euer Wohlfahrtsstaat könnte unter diesem Druck weiter austrocknen.

Dabei bestünde jetzt die Chance, die Bundesrepublik nach links zu bewegen. Wir könnten die politische, die wirtschaftliche, die ökologische Erneuerung der DDR zu einem internationalen sozialdemokratischen Projekt machen, schließlich regieren zur Zeit in vielen westeuropäischen Ländern sozialdemokratische oder sozialistische Parteien. Wenn dann in fünf, zehn oder fünfzehn Jahren die deutsche Einheit käme, das wäre etwas ganz anderes als heute."

Und warum erzählt Helen das den Schweden, warum nicht ihren Sozialdemokraten zu Hause? Hat sie natürlich längst. Aber zu viele von ihnen wollen davon nichts hören, weshalb sie jetzt auf Unterstützung der Schweden hofft.

Erhard Weiß wiederholte in einwandfreiem Schwedisch Berits Frage:

„Ja, was wollen die DDR-Bürger? Das ist in der Tat die Kernfrage, und sie ist schwer zu beantworten."

Alle sahen ihn erwartungsvoll an. Auch Johanna, die sich nicht sicher war, ob er von Stockholm aus die Stimmung zu Hause richtig einschätzen konnte. Mit dem Geschick des geschulten Diplomaten schilderte er in knappen Sätzen die Lage im Land.

„Tatsache ist, dass die Menschen in der DDR im Moment für sich keine Perspektive sehen. Deshalb wandern noch immer Tausende von Ost nach West. Allein in den ersten drei Monaten dieses Jahres waren es zweihunderttausend. Die Bundesregierung zog daraus den Schluss, es gäbe keine Alternative zum schnellen Anschluss der DDR an die Bundesrepublik. Das ist falsch, es gab die ganze Zeit Alternativen und es gibt sie auch heute noch. Eine wäre übrigens die Anerkennung der Staatsbürgerschaft der DDR durch die Bundesrepublik mit all ihren Konsequenzen. Der Menschenstrom würde sofort schwächer werden und allmählich versiegen. Die Details dazu spare ich mir jetzt, vielleicht bietet sich später noch Gelegenheit, es zu erklären.

Wir fordern eine Volksabstimmung, damit alle DDR-Bürger entscheiden können, wie es weitergehen soll. Im ZDF-Politbarometer im März haben 80 % auf die Frage: Halten Sie es für notwendig, dass die Bevölkerung zur Vereinigung in einer Volksabstimmung gefragt wird? mit Ja geantwortet. Nur 20 %, also jeder Fünfte, hat Nein gesagt. Wenn man es mit der Demokratie ernst meint, muss es eine Volksabstimmung geben. Oder etwa nicht?"

„Aber diese Volksabstimmung würdet ihr verlieren", erwiderte Berit, und die anderen Schweden nickten zustimmend.

„Ja, jetzt würden wir sie verlieren", stimmte Erhard Weiß zu. „Aber das würde sich ändern, vorausgesetzt, wir finden die richtigen Partner. Und deshalb sind wir hier. Die Uhr tickt, in zwei Wochen soll der Staatsvertrag über die Wirtschafts- und Währungsunion zwischen der Bundesrepublik und der DDR unterschrieben werden. Uns bleibt also wenig Zeit. Lasst mich bitte in aller Kürze unsere Überlegungen vorstellen."

Johanna war beeindruckt, wie konzentriert und für jeden verständlich Erhard Weiß die Hauptpunkte vortrug: mehrjährige Übergangszeit für die DDR-Wirtschaft, so wie es die Bundesrepublik in den fünfziger Jahren mit dem Saarland praktiziert hat; Beibehaltung der DDR-Mark, bis die Produktivität in Ost und West annähernd angeglichen ist und die DDR-Betriebe international konkurrenzfähig sind; keine einseitige wirtschaftliche und politische Bindung an die Bundesrepublik, sondern Reformierung der DDR als ein EUROPÄISCHES PROJEKT in einem gesamteuropäischen Vereinigungsprozess.

Dabei, und das wäre heute ihr Thema, brauchten sie die Unterstützung der schwedischen Freunde und auch von Parteien und Unternehmen in anderen Ländern, die bereit sind, sich an diesem europäischen Projekt für eine neue Deutsche Demokratische Republik zu beteiligen.

Im Moment sei das Wichtigste, das Sterben der Industriebetriebe und der landwirtschaftlichen Genossenschaften zu stoppen, aber auch der kleinen privaten Geschäfte, der Bäcker und Fleischer, deren Existenz von den großen Handelsketten bedroht wird. Konkret müsste man also in den nächsten Tagen über Kredite reden, über die Erhaltung und Erweiterung der Handelsbeziehungen, über Lizenzverträge und Kooperationen, über Joint Ventures und auch über ausländische Investitionen in der DDR.

Erhard Weiß hatte eine Liste von Namen schwedischer, finnischer, dänischer und norwegischer Unternehmen vorbereitet, mit denen die DDR Handelsbeziehungen pflegte. IKEA zum Beispiel, wollte schon seit langem ein Werk in der DDR bauen, jetzt wäre der Weg dafür frei. Oder die schwedische Bauwirtschaft, die die modernen Interhotels in der DDR gebaut hat, könnte sofort bei der dringenden Sanierung der Stadtzentren einsteigen. Dafür legte er eine zweite Übersicht von Unternehmen auf den Tisch, die aufgrund ihres Produktionsprofils als Warenlieferanten oder Abnehmer von DDR-Produkten infrage kämen und an Kapitalbeteiligungen in der DDR oder an gemeinsamen Projekten interessiert sein könnten – unter anderem für den großen sowjetischen Markt. Er nannte als Beispiel die leistungsstarke Thüringer Spielwarenindustrie oder das Elektromotorenwerk in Wernigerode.

„Wenn wir mit internationaler Unterstützung den DDR-Bürgern wieder eine Perspektive geben, dann – davon sind wir überzeugt – geht die Volksabstimmung am Ende positiv aus. Wir werden in die Werften nach Wismar und Stralsund fahren, zu den Maschinenbauern in Chemnitz, in die Textilbetriebe in die Lausitz, und nachweisen, was die schnelle D-Mark für die Arbeitsplätze und vor allem für die Würde der DDR-Bürger bedeutet. Die Leute sind nicht dumm, sie werden es verstehen."

Obwohl Berit Fenster und Türen weit geöffnet hatte, war die Luft in dem engen Büro verbraucht. Viel wurde nachgefragt, widersprochen und präzisiert. Offensichtlich hatten Johanna, Helen und Erhard Weiß die schwedischen Genossen und Freunde nachdenklich gemacht.

Sie konnten heute nichts dazu zusagen, würden sich aber noch in dieser Woche melden.

Die Fenster der Residenz in der obersten Etage der Botschaft waren hell erleuchtet, als der Citroen des Botschafters in der Bragevägen 2 durch das Tor rollte.

Helen hatte zuerst gezögert, ob sie das Angebot von Erhard Weiß annehmen konnte, gemeinsam mit Johanna in der Gästewohnung der DDR-Botschaft zu übernachten – er würde sie dann morgen früh beide zum Flughafen Stockholm-Arlanda bringen.

Musste sie als Mitglied des Parteivorstandes der SPD nicht die Einladung des ehemaligen SED-Mitglieds Weiß ablehnen? Vor einem Jahr wäre das zumindest im internen Kreis der SPD kein Problem gewesen, denn bis weit in den September 1989 hatte es ein dichtes Netz von Arbeitskontakten zwischen den Parteiführungen von SPD und SED gegeben. Noch im vergangenen Sommer hatte Helen nach einem gemeinsamen Seminar von SPD und SED bis in die Nacht mit dem Politbüromitglied der SED Egon Krenz über europäische Sicherheit diskutiert. Niemand fand damals etwas Anstößiges daran. Aber inzwischen hatte sich das geändert. Mit der Nachfolgerin der SED, der nicht mehr staatstragenden Partei des Demokratischen Sozialismus, sprach man offiziell nicht. Es grenzte fast schon an Gotteslästerung, wenn jemand auch nur ihren Namen in den Mund nahm.

Helen blieb nicht viel Zeit zum Überlegen. Sie wusste, wenn sie, Johanna und Berit, Erfolg haben wollten, mussten sie dieses Tabu aufbrechen.

Erhard Weiß's Frau hatte nach seinem Anruf eine Fischsuppe gekocht, Baguette aufgebacken und Smörrebröd vorbereitet. Zur Auswahl einen trockenen Saalewein, Radeberger Pilsner oder kräftigen schwedischen Absolut-Wodka. Helen und Erhards Frau Uta tranken Saalewein, Johanna und Erhard ein Radeberger.

Die Anspannung der letzten Stunden war verflogen. Erhard erzählte, wie er vor zwei Jahren in einer noblen Kutsche und Ehreneskorte von acht Pferden im Schloss von König Carl XVI Gustaf zur Übergabe seines Akkreditierungsschreibens empfangen worden war. Obwohl er schon in China und in Dänemark als Diplomat gearbeitet hatte, war dieses Erlebnis für ihn, den Sohn aus einer armen Bauernfamilie im Sudetenland, aufregend gewesen. Einem Monarchen hatte er bisher nicht die Hand gegeben. Der König, von dem es hieß, er sei nicht sehr gesprächig, war gerade von den Olympischen Winterspielen in Calgary zurück gekommen und erzählte begeistert von den Spielen und dass er ein großer Verehrer des DDR-Sports sei. So war es ein freundliches und lebhaftes Gespräch geworden, und maulfaul war der König keineswegs. Damals hatte Erhard den König mit „Eure Majestät" angesprochen. Bei offiziellen Essen und bei einem familiären Kaffeenachmittag, an dem auch die Königin teilnahm, war er dem König im letzten Jahr mehrmals begegnet. Jetzt duzte ihn der König, und auch er duzte inzwischen den König. Das war zwar in Schweden allgemein üblich, aber für den König galt das normalerweise natürlich nicht.

Es war spät geworden. Uta hatte schon Gute Nacht gesagt, sie musste noch Mathematik-Klausuren korrigieren, die sie morgen ihren Schülern zurückgeben wollte. Erhard füllte noch einmal die Wodkagläser nach – den Scheidebecher. „Es gibt noch etwas, was ihr wissen solltet", bremste Helen den Aufbruch.

„Der Anruf während unserer Beratung im Reichstag kam aus der Baracke in Bonn. Ich wollte es in der Runde mit den Schweden nicht sagen: bei der Ost-SPD gibt es keine Bereitschaft abzuwarten. Sie setzen auf Biegen und Brechen auf die schnelle Einheit und die DM. Aber auch bei uns im Westen konnten wir bisher nicht viel Boden gut machen. Die Mehrzahl im und rund um den Vorstand glaubt, dass der Zug nicht mehr aufzuhalten ist."

Johanna war schon aufgestanden, sie setzte sich wieder „Das heißt, wir haben keine Chance!"

„Nein", entgegnete Helen „so sehe ich das nicht. Wenn es gelingt, die Leute bei euch in der DDR für den vernünftigen Weg zu gewinnen, ist alles offen."

138

Erhard Weiß nickte. „Du hast wahrscheinlich recht, Helen. Wenn die DDR-Bürger begreifen, was mit ihnen passiert, dann haben wir eine Chance. Vorausgesetzt natürlich, dass die Schweden Ja sagen und wir mit ihrer Unterstützung wirtschaftliche Hilfe und politischen Rückenhalt bekommen. Ich bin eigentlich optimistisch, denn auch die Schweden haben große Sorgen."

Im nächsten Jahr werden in Schweden Reichstagswahlen stattfinden. Wenn sich nicht ganz schnell etwas ändert, erleben die Sozialdemokraten einen Erdrutsch. Die Arbeitslosigkeit beträgt im Moment zehn Prozent und das Bruttoinlandsprodukt sinkt. Für Schweden ein unglaublicher Schock und für die konservativen Kräfte willkommene Gelegenheit, die Wirtschaft zu liberalisieren und den Wohlfahrtstaat anzugreifen.

Neue Märkte in der DDR, in der doppelt so viel Menschen leben wie in Schweden, gemeinsames Auftreten auf dem sowjetischen Markt, in Polen, der Tschechoslowakei – das könnte den Sozialdemokraten neuen Aufwind bringen und vielleicht sogar das sogenannte schwedische Modell retten.

Johanna, die sonst wie ein Murmeltier schlief, hatte eine unruhige Nacht. Sie träumte, dass Sascha vom Fahrrad gestürzt war, an beiden Knien blutete und einen Schneidezahn ausgeschlagen hatte. Stefan, noch ganz klein, stand daneben und weinte. Johanna rief nach ihrer Schwester, aber die war nicht da und auch Maxi war verschwunden. Johanna hatte den Schlüssel für ihr Haus verloren und lief atemlos durch Berlin. Plötzlich konnte sie nur noch kriechen und kam nicht vom Fleck. Sie schrie Hilfe, Hilfe, aber niemand antwortete. Hatte sie tatsächlich um Hilfe gerufen? Offensichtlich nicht, denn im Nebenzimmer, wo Helen schlief, war alles ruhig. Gegen vier schlief sie endlich ein. Sie wusste, dass in zwei Stunden der Wecker klingeln würde.

3. Mai, Humboldt-Universität/
Berlin-Karlshorst

Die Maschine aus Stockholm war pünktlich 9.20 Uhr in Schönefeld gelandet. Johanna fuhr nicht nach Hause, Sascha und Stefan waren jetzt in der Schule, Maxi im Kindergarten und Martin wird ohnehin erst am späten Abend aus Moskau zurückkommen.

Sie hatte Andreas Neufeld vom Flughafen aus angerufen, um zwölf wollten sie sich in der Mensa treffen. Johanna blieb genügend Zeit, im Institut vorbei zu schauen, zumindest ihre Post zu holen und Rita guten Tag zu sagen.

Mit Rita war nicht zu reden, sie stand ratlos vor dem neuen Kopierer und versuchte vergebens das Papierfach zu öffnen.

„Scheißding! Die Hälfte ist kopiert und jetzt ist das Papier alle. Was nützt mir die tolle Technik, wenn ich jedes Mal den Monteur bestellen muss, um Papier nachzufüllen."

Johanna nahm die Gebrauchsanleitung, blätterte, las, tippte auf die Taste „Paper" und schon öffnete sich das untere Fach. „Na, geht doch!"

Von Danke oder Ähnlichem hörte sie nichts, dafür drückte ihr Rita mit vieldeutigem Blick ein dicht beschriebenes Blatt Papier in die Hand: „Kannst dein Exemplar schon mitnehmen. Du wirst dich freuen!"

Ein Brief des Rektors mit gestrigem Datum an die „Sehr geehrte Frau Ritter".

Frau Ritter? Das war neu. Bisher hieß es in solchen Schreiben immer Frau Dr. sc. Ritter oder zumindest Frau Dr. Ritter. Ach was, sie sollte nicht so empfindlich sein, vielleicht hatte sich nur die Sekretärin geirrt.

Ihre Augen flogen über den Text, in zwei Minuten hatte sie die Botschaft verstanden: das Institut wird

„abgewickelt", ihr Arbeitsverhältnis ruht ab sofort. Das heißt: keine Rechte, keine Pflichten, und in sechs Monaten endet ihre Tätigkeit an der Universität ohne besondere Kündigung. Umgehend soll sie sich beim Arbeitsamt melden und bitte ihren Arbeitsplatz ordnungsgemäß übergeben. Der Rektor bedauert, dass er ihr keinen anderen Bescheid geben kann – mit freundlichen Grüßen – im Auftrag!

Johanna fragte Rita „Alle?"

„Ja alle!"

Die Tür zum Büro des Institutsdirektors war einen Spalt weit offen, Johanna klopfte leise an den Türrahmen: „Darf ich?"

Die Antwort kam prompt „Hanna, komm rein, setz Dich."

Johanna legte das Schreiben des Rektors auf den Tisch. „Hast du damit gerechnet? Die Ergebnisse der Evaluierung des Instituts klangen doch bisher sehr gut. Ich war überzeugt, dass wir nach der freiwilligen Selbstüberprüfung aller Mitarbeiter eine Chance haben. Und unser neues Lehr- und Forschungskonzept haben die Kollegen der Freien Universität noch vor sechs Wochen über allen Klee gelobt."

„Die Hoffnung stirbt zuletzt – und nun ist sie gestorben", antwortete der grauhaarige Mann resigniert.

„Der Rektor leidet genauso wie wir. Nicht zufällig unterschreibt er ,Im Auftrag'.

Hast du übrigens schon die Berliner Zeitung gelesen? Dort steht es schwarz auf weiß, dass sie mit dem Abwicklungstrick nicht nur uns Gesellschaftswissenschaftler entsorgen – das könnte man sogar noch zum Teil verstehen – sondern Mediziner, Ingenieure, Mathematiker, die ganze Ostintelligenz."

Er hatte die Zeitung über den Tisch geschoben und sie las das mit Rotstift eingekreiste Bekenntnis des neuen Ostberliner Oberbürgermeisters Tino Schwierzina:

141

„Es ist einfach so, dass man belastete Professoren einer Universität im Einzelfallverfahren nur sehr schwer los wird. Deshalb wollen wir abwickeln und sofort neu gründen."

Ja, dachte Johanna, mich in die Arbeitslosigkeit schicken und den jungen dynamischen Typ von der Freien Universität, ohne Promotion, ohne Habilitation, ohne Lehrerfahrung, auf meine Dozentenstelle berufen. Das könnte euch so passen!

Sie sah auf die Uhr, es war kurz vor zwölf.

„Rüdiger, tut mir leid, ich muss gehen – lass uns morgen weiterreden."

Im Zimmer 410, das Johanna mit Claas und Birgit teilte, setzte sie sich für einen kurzen Moment an ihren Schreibtisch. Die breiten hellen Fenster, in der Ecke der üppige dunkelgrüne ficus benjaminus, den Birgit vor Jahren nach den Semesterferien als halb vertrocknetes Pflänzchen aus einem Seminarraum mitgebracht hatte, die Bücherregale, die bunten Plakate an den weiß gestrichenen Wänden, alles sah heute anders aus. Vertraut und plötzlich so fremd.

Johanna rückte den hölzernen Zettelkasten, das Keramiktöpfchen mit den Stiften und den Kaktus auf ihrem Schreibtisch zurecht. Sie nahm die Jeanne dÀrc, die ihr die Kollegen nach ihrer Wahl zur Stellvertreterin von Professor Rüdiger Klare geschenkt hatten, in die Hand. Vielleicht sollte sie die kleine Mädchenfigur mit der langen wehenden Fahne in der einen und dem mächtigen Schwert in der anderen Hand besser heute mit nach Hause nehmen?

Johanna stand auf, stellte die Jeanne dÀrc wieder auf den Schreibtisch neben den Kaktus und steckte die Hausarbeiten ihrer Studenten, die sie im Sekretariat aus dem Postfach genommen hatte, in die Tasche.

Unter den Arbeiten der Studenten lag ein Blatt Papier, das sie bisher übersehen hatte. DIN A 4, feiner Karton mit Wasserzeichen, URKUNDE, gedruckt in Gold, unten links Siegel mit Hammer, Zirkel und Ährenkranz:

Dr. sc. Johanna Ritter

Aus Anlass Ihrer 10-jährigen Tätigkeit an der Humboldt-Universität sprechen wir Ihnen für die geleistete Arbeit zum Wohle unserer Deutschen Demokratischen Republik Dank und Anerkennung aus.

Berlin, den 11.04.1990, Humboldt-Universität Berlin

Hochschulgewerkschaftsleitung, Rektor

War das ein Witz? Die Unterschriften waren echt, blaue Tinte, gut lesbar. Einen Moment zögerte Johanna, dann schob sie das Papier zwischen die Hausarbeiten.

In der Studentenmensa stand eine lange Schlange vor der Essenausgabe, junge Leute liefen mit vollen Tellern und Schüsseln hin und her. Johanna war froh, dass sie, ohne einen Fleck von der dicken Bratensoße abbekommen zu haben, die Tür zur Professorenmensa erreichte. Andreas wartete schon am letzten Tisch am Fenster auf sie. Neben ihm Verena und Claas, die gemeinsam mit Johanna und Andreas die Gespräche in Stockholm vorbereitet hatten.

Auch Professor Dieter Groß, der Prorektor, saß mit am Tisch. Dieter Groß hatte Mitte der 80er Jahre junge Dozenten und Assistenten aus verschiedenen Fachdisziplinen der Universität um sich geschart und sie angeregt, kühn und undogmatisch über Alternativen zur DDR-Wirklichkeit nachzudenken. Und wenn dieses Nachdenken Gefahr lief, mit der offiziellen Parteilinie in Konflikt zu geraten, hatte er schützend die Hand über seine jungen Leute gehalten.

Andreas holte einen fünften Stuhl an den Tisch und schob Johanna den Kaffee herüber, den Vera Hefter, die nicht mehr junge Serviererin der Professorenmensa, vor zwei Minuten gebracht hatte.

„Schieß los Hanna, wir sind gespannt."

Johanna berichtete konzentriert über die Ergebnisse ihrer Reise nach Schweden.

143

Punkt eins: Helen und Berit sind bereit, gemeinsam mit uns für das Überleben der DDR zu kämpfen. Helen streitet weiter für den Kurswechsel der SPD. Das ist, wie zu erwarten, außerordentlich schwierig, der ganze Vorstand ist vom Einheitstaumel infiziert. Und Berit bemüht sich um politische und wirtschaftliche Unterstützung durch Schweden – wenn möglich, auch durch Frankreich, Finnland, Dänemark und andere Staaten.

Zweitens: Erhard Weiß, unser Botschafter, hat ausgehend von seiner Kenntnis der Bedingungen in Schweden und anderen skandinavischen Ländern konkrete Vorschläge für wirtschaftliche Kooperationen ausgearbeitet und den Schweden übergeben. Er wird seine guten Kontakte zu Banken und Großunternehmen, wie IKEA, Stena Line, dem Baukonzern SIAB, dem Autohersteller Volvo, die seit Jahren mit der DDR im Geschäft sind, aber auch zu den schwedischen Parteien nutzen, um für die Wirtschaftsbeziehungen mit der DDR zu werben. Ob er Erfolg haben wird? Er ist sich nicht sicher, aber versuchen wird er es.

Und das Allerwichtigste: gestern Abend hatten wir ein langes Gespräch mit Mitgliedern des Parteivorstandes der regierenden Sozialdemokratischen Arbeiterpartei Schwedens und mehreren Abgeordneten im Schwedischen Reichstag. Sie haben verstanden, was für Abrüstung und Sicherheit in Europa auf dem Spiel steht, wenn die DDR an die NATO verkauft wird. Wir hatten den Eindruck, dass sie, vielleicht auch wegen der drastisch zunehmenden Arbeitslosigkeit im eigenen Lande, vielleicht nicht uninteressiert sind, ein wenig Schicksal zu spielen. Noch in dieser Woche sollen wir eine Antwort bekommen. Bedingung ist aber, und dabei sah Johanna die Frau und die drei Männer am Tisch der Professorenmensa nacheinander an, dass es uns gelingt, die DDR-Bürger zur Vernunft zu bringen.

Im Klartext heißt das: keine D-Mark am 1. Juli, keine deutsche Einheit noch in diesem Jahr, sondern Vertagung der Einheit, bis gleiche Augenhöhe zwischen Ost und

West erreicht ist. Ob das Volk so viel Vernunft aufbringen wird, um das zu akzeptieren?

Ein Moment des Schweigens folgte auf Johannas Bericht. Verena, die Optimistin, war die Erste, die sich zu Wort meldete.

„Ich glaube, die Zeit arbeitet für uns. Seht euch nur mal in der Uni um: Abwicklung der Institute – die blanke Angst geht um. Die neuen Professoren aus dem Westen sind, als Entwicklungshelfer getarnt, längst da. Bei meiner Mutter im Textilbetrieb in Zittau arbeiten inzwischen, bis auf den Pförtner, alle Kurzarbeit Null. In der LPG im Nachbardorf schütten sie die Milch weg, weil die Molkerei nichts mehr abnimmt. So kannst du alle Bereiche durchgehen, alles geht den Bach runter, dabei ist die D-Mark noch gar nicht da. Das muss doch den Dümmsten nachdenklich machen."

Johanna nickte: „Du hast ja recht, aber was nützt die Erkenntnis, wenn du keine Alternative hast? Nur wenn die Schweden zusammen mit anderen Ländern einsteigen, haben wir eine Chance, die Leute umzustimmen und in der Wirtschaft den Supergau aufzuhalten."

Claas stand auf und schob Johannas halb volle Kaffeetasse in die Mitte des Tisches. Mit beiden Händen griff er nach seiner Tasse und der von Verena und stellte sie so hin, dass zwischen allen drei Tassen ein gleichmäßiger Abstand entstand.

„Was seht ihr hier?"

„Drei mehr oder weniger leere Kaffeetöppe, dekorativ auf den Tisch verteilt?", antwortete Verena flapsig.

„Quatsch", konterte Claas „das sind die drei Bausteine für unsere Strategie – ein magisches Dreieck! Alle hängen sie voneinander ab und sobald eines davon ausfällt, ist der Traum von einer sozialen, ökologischen, demokratischen DDR ausgeträumt.

Hier oben in der Mitte: die wirtschaftliche Hilfe von außen. Das ist die alles entscheidende Bedingung, ohne sie geht gar nichts. Wären wir gläubig, dann sollten wir beten, dass Schweden, Frankreich und wenigstens zwei, drei andere Länder mitmachen.

Links unten: der Stimmungswandel in der DDR. Wie Johanna sagte, gelingt er nur, wenn die DDR-Bürger eine Alternative zur D-Mark sehen. Bekommen wir eine positive Antwort aus Stockholm, dann ist es unsere Aufgabe, die DDR-Bürger für diese Alternative zu gewinnen und eine Volksabstimmung zu erzwingen. Das ist unser Part.

Und rechts unten Punkt drei: der Strategiewechsel in der SPD. Im Moment werden sie nichts gegen den Einheitstaumel tun, dafür kennen wir die Sozialdemokraten zu gut. Aber wenn sie in der Baracke merken, dass wir durch Vermittlung ihrer Genossen in Skandinavien wirtschaftliche Hilfe bekommen und die Stimmung in der DDR kippt, werden sie sich vielleicht korrigieren. Wenn die SPD nicht den Mut aufbringt, sich gegen den rasenden Einheitszug zu stemmen, auch dann fällt unser Dreieck in sich zusammen."

Johanna schaute Claas bewundernd an. Er hatte im Grunde nichts Neues gesagt, aber offensichtlich in Politischer Ökonomie gut aufgepasst und mit dem, was er dort über magische Drei- und Vierecke gelernt hatte, ihre Gedanken auf den Punkt gebracht. Sie bat ihn, sein Dreieck aufzuzeichnen, wenn möglich bis morgen.

Dieter Groß, der bisher schweigend zugehört hatte, sah auf die Uhr. Wiederholten sie nicht gerade den alten Fehler? Fünf Jahre hatten sie an der Universität diskutiert, wie ein demokratischer menschlicher Sozialismus in der DDR aussehen könnte, aber sie waren immer unter sich geblieben, hatten nicht gefragt, was die Bürgerbewegungen, die Kirchen, die Mitglieder der Blockparteien wollten. Und als die dann den Ton auf der Straße bestimmten, war es zu spät, dann wollten sie nichts mehr mit den rebellischen Genossen der Universität zu tun haben.

Dieter Groß sprach es aus: „Wir müssen raus aus dem akademischen Zirkel und mit den anderen Parteien, den Kirchen, mit Vereinen und Bündnissen zusammen kommen. Johanna, du warst in der Verfassungsgruppe des Runden Tisches – wären nicht die Teilnehmer des Runden Tisches die richtige Adresse? 16 Parteien und Organisationen saßen dort über drei Monate zusammen, das ganze Spektrum der politischen Bewegung des Landes."

Nach einer Stunde waren die Aufgaben für die nächsten Tage verteilt. Sobald ein positives Signal aus Schweden kommt, sollte Kontakt zu den Teilnehmern des Runden Tisches aufgenommen werden. Da würde sich zeigen, wem es im Herbst 1989 mit einer anderen besseren DDR ernst war, und wer nur das Mäntelchen der Demokratie benutzt hat, um seine Schäfchen ins Trockene zu bringen. Viele Männer der Kirche waren inzwischen in Ämter gekommen – in der Regierung, im Parlament, in den Parteien. Jetzt werden sie christliche Nächstenliebe zum Wohle ihrer Gemeindemitglieder und ihrer Wähler beweisen können.

Als Johanna am Nachmittag die Haustür aufschloss, fiel sie beinahe über einen Berg von Schultaschen, Turnbeuteln, Rucksäcken und Schuhen. Wo, um Gottes Willen, kamen bloß diese vielen Schuhe her?

Drinnen war es erstaunlich ruhig, ungewöhnlich für diese Zeit. Johanna stellte ihr Reiseköfferchen und die Umhängetasche im Treppenhaus ab und öffnete leise die Tür zum Wohnzimmer. Auf der Couch mit dem Rücken zur Tür saß Martin, rechts und links die beiden Jungen und auf Martins Schoss Maxi. Im Fernseher lief ein Märchenfilm und weil die Guten gerade mit großem Lärm die Bösen besiegten, hatten die vier nicht bemerkt, dass Johanna ins Zimmer gekommen war.

Einen Moment blieb sie still an der Tür stehen und genoss das friedliche Bild, aber dann hielt sie es nicht mehr aus.

„Ja, begrüßt einen denn hier niemand?"

Mit einem Aufschrei sprangen alle vier auf, umarmten Johanna und sofort musste sie Maxis windschiefes Haus bewundern, das sie heute im Kindergarten geknetet hatte.

Die Verhandlungen in Moskau waren schon gestern Abend zu Ende gegangen. Martin hatte auf die Frühmaschine umgebucht und war nur eine Stunde später als Johanna in Berlin gelandet. In der Treuhandanstalt erwarteten sie ihn erst morgen, also fuhr er nach Hause und holte Maxi vor dem Mittagsschlaf vom Kindergarten ab. Als zwei Stunden später die Jungen aus der Schule kamen, stand ein großer Teller Eierkuchen plus selbst gemachte Sauerkirschmarmelade und Zucker-Zimt auf dem Tisch.

In der Universität hatte Martin Johanna nicht erreicht. Von Rüdiger Klare wusste er, dass sie zu einem wichtigen Termin wollte. Rüdiger hatte Martin auch erzählt, dass sie jetzt mit der Abwicklung des Instituts ernst machen.

Martin nahm seine Frau zärtlich in den Arm und wiegte sie ein wenig hin und her. „Lass mal, wir schaffen das schon. Gemeinsam sind wir stark."

Johanna spürte, gleich wird sie weinen. Ein Hilferuf aus der Küche rettete sie. Stefan war das Marmeladenglas herunter gefallen. Überall auf den Fliesen lagen Glassplitter und dicke rote Marmelade, sogar bis zum Kühlschrank hatte es gespritzt.

Als Johanna in den Keller kam, um Eimer und Schrubber wegzuräumen, sah sie die Bescherung. Neben der Waschmaschine – ein Berg Jeans, T-Shirts, Socken, Schlüpfer. Daneben ein ordentlicher Stapel mit Martins Hemden. Die Kinder hatten offensichtlich jeden Tag frische Wäsche aus dem Schrank genommen, das war ja viel einfacher, als abends Hosen und Pullover ordentlich über den Stuhl zu hängen. Und Judith hatte es geschehen lassen oder vielleicht gar nicht bemerkt.

Johanna begann mit routiniertem Blick zu sortieren: hell – dunkel, Wolle – 40 Grad – Kochwäsche. Plötzlich richtete sie sich auf und ließ Maxis Kniestrümpfe fallen, die sie gerade in den Händen hielt. Nein, nicht jetzt! Bin ich denn noch zu retten?

Sie brachte ihren Koffer ins Schlafzimmer und verteilte die Stockholmer Mitbringsel. Für Sascha ein kleines Transistorradio, nicht größer als zwei Radiokassetten, für Stefan einen Mercedes Oldtimer. Und Maxi bekam die langersehnte Barbie-Puppe, gegen die sich Johanna bisher immer erfolgreich gewehrt hatte. Die Kinder waren drei Tage mit Judith allein, Grund genug, einmal inkonsequent zu sein.

„Eis essen oder an die Wuhle?", fragte sie Martin, der auf der obersten Stufe saß und das Aufräumen der Taschen und Schuhe im Treppenhaus beaufsichtigte, leise. Maxi hatte es gehört und ließ ihm keine Chance. „An die Buhle, an die Buhle", rief sie, vor Aufregung in die Zeit zurückfallend, als sie das Wort Wuhle noch nicht aussprechen konnte.

Martin hatte den Kompromiss gefunden: zwei Stationen mit der U-Bahn, in der Eisdiele am Bahnhof für jeden eine Eiswaffel zum Mitnehmen und dann auf kurzem Wege durch das Wilhelm-Griesinger-Krankenhaus hinunter zur Wuhle.

Sascha war wegen der Hausaufgaben und des verstauchten Knöchels zu Hause geblieben. In Wahrheit hatte er keine Lust auf einen Ausflug mit den kleinen Geschwistern, viel interessanter war es, das neue Radio auszuprobieren.

In der naturbelassenen Auenlandschaft des Wuhletals war es für die Jahreszeit erstaunlich warm. Die Sonne hatte über den Tag Büsche und Gräser aufgeheizt, Schmetterlinge und große Mückenschwärme surrten durch die Luft. Oben auf dem Kienberg, ursprünglich ein kleiner Hügel, der durch die Trümmer der von amerikanischen und englischen Bombern zerstörten Stadt Berlin und durch den Erdaushub der neu entstandenen Wohnsiedlung Marzahn auf stattliche 102 Meter angewachsen war, nahm Martin den Rucksack ab. Als Belohnung für den Aufstieg gab es für jeden zwei Mischki und einen Belotschka – russisches Konfekt mit einer zuckersüßen Nussfüllung, das Martin immer aus Moskau mitbringen musste. Zur Erfrischung noch einen Schluck Cola aus den bunten Plastebechern, ein Blick über die Großsiedlung Marzahn und der wie immer vergebliche Versuch, das eigene Dach in Karlshorst zu finden.

Den Berg hinunter liefen Stefan und Maxi weit voraus. Martin hatte den Arm um seine Geliebte gelegt und beide gingen langsam den kurvenreichen schmalen Pfad hinunter. Es gab so viel über die letzten Tage zu erzählen, aber keiner von beiden wollte die friedliche Abendstimmung zerstören.

Martin war enttäuscht aus Moskau abgeflogen. In der Schuhindustrie der DDR sah es inzwischen hoffnungslos aus, schlimmer noch als vor zwei Monaten, als sie zum Geburtstag der Mutter in Schwarzenfels waren. Das Kombinat war aufgelöst, 130 Schuh-GmbH's entstanden, aber die Maschinen standen still – keine Aufträge.

Bisher ließ der baden-württembergische Schuhkonzern Salamander große Teile seines Sortiments in der DDR produzieren. Die Qualität der Schuhe war tadellos, Salamander hat damit über viele Jahre in der Bundesrepublik und anderen westeuropäischen Ländern gute Geschäfte gemacht und auch in der DDR wurden viele Salamander-Schuhe aus hiesiger Produktion verkauft. Ausgerechnet jetzt, wo die DDR-Betriebe den Absatzmarkt dringend brauchten, stoppte Salamander die Lizenzproduktion. Aber es kommt noch schlimmer! Künftig liefert Salamander Schuhe aus seinen Betrieben Kornwestheim, Pirmasens und Türkheim in die DDR und nimmt den Ostbetrieben die Kundschaft weg. Mit 250 ostdeutschen Einzelhändlern hatte Salamander in der vergangenen Woche Verträge über 15 Millionen D-Mark abgeschlossen. Damit wird den DDR-Betrieben auch noch der Rest des eigenen Marktes streitig gemacht.

Und nun der Reinfall in Moskau! Noch kauft die Sowjetunion Gott sei Dank Schuhe aus der DDR, Jürgen Lenz konnte gestern einen Vertrag über mehr als sechs Millionen Paar Schuhe abschließen. Solange Gorbatschow wirtschaftliche Probleme hat und die ostdeutschen Schuhe mit dem weichen transferablen Rubel bezahlen kann, ist die DDR ein akzeptabler Partner für ihn. Wenn aber hier die D-Mark kommt, werden die Karten neu gemischt und was das heißt, hatte Martin zu spüren bekommen.

Er war bei der Vorstellung seines Konzepts für eine langfristige Kooperation mit der sowjetischen Schuhindustrie bei den Mitarbeitern des Ministeriums für Leichtindustrie auf offene Ohren gestoßen. Jurij Krasikow und Galja Rjabowa waren oft schon in Schwarzenfels, Erfurt und Berlin gewesen. Sie kannten die Betriebe und schätzten die Zuverlässigkeit der deutschen Partner. Gemeinsam wollten sie heute Morgen mit dem stellvertretenden Minister über Martins Konzept sprechen, aber der Minister hatte keine Zeit für sie. Jurij gestand Martin beim Abschied am Flughafen Scheremetjewo, dass in der Chefetage bereits seit Tagen Vertragsverhandlungen mit den großen westdeutschen Schuhproduzenten stattfinden, die mit Investitionen und Kreditzusagen großer Banken, aber auch mit lukrativen Managergehältern und Urlaubsreisen nach Las Vegas winken. Was hatte Martin dagegen zu bieten?

Jurij versuchte, ihn zu trösten: „Du kennst doch den russischen Spruch: den Armen bittet niemand zur Hochzeit."

Die Sonne war untergegangen, als sie kurz vor acht nach Hause kamen. Höchste Zeit für Abendessen, Mappen packen, frische Wäsche für den morgigen Schultag, ein Gute-Nacht-Lied mit Maxi.

Judith rief an und schien erleichtert, als Johanna am Telefon war. Die Kinder sind also versorgt, dann brauchte sie wohl heute nicht mehr nach Karlshorst zu kommen. Das passte gut, denn am Wochenende will sie mit Christoph in den Harz fahren, und morgen muss noch ein Beitrag für die Susi-Frauen fertig werden.

„Wer bitte sind die Susi-Frauen?"

„Nicht Susi, sondern S Punkt, U Punkt, S Punkt, I Punkt, heißt Solidarisch. Unabhängig. Sozial. International. Du wirst bestimmt noch von ihnen hören."

Martin holte den Alten Wilthener und zwei Gläser. Als er wieder in das Wohnzimmer kam, war Johanna auf dem Sofa eingeschlafen.

4. Mai, Berlin-Karlshorst/ Berlin-Friedrichshain

Am nächsten Tag hatte das Wetter umgeschlagen. Der Regen peitschte ans Fenster und der Wind schob dunkle Wolken von West nach Ost.

Es war kurz nach zehn. Johanna saß am Schreibtisch und bereitete ihre Vorlesung für Montag vor. Der Rektor hatte sie und ihre Kollegen zwar von allen Rechten und Pflichten entbunden, aber solange die Studenten zu den Vorlesungen kommen, werden sie weitermachen.

Das Telefon klingelte. Es war Helen – nur kurz zur Information: Sie hatte mit Berit gesprochen, es gibt grünes Licht aus Schweden. Auch andere Länder signalisieren, verhalten zwar, Interesse. Vor allem Finnland, Frankreich und Großbritannien. British Airways, zum Beispiel, denkt über eine Kooperation mit der Interflug nach.

Die Genossen der SAP und auch die schwedische Linkspartei lancieren noch heute erste Informationen über das internationale wirtschaftliche Engagement in der DDR in die Wochenendzeitungen.

Das heißt, es kann losgehen.

Helen wird die Botschaft in die SPD tragen – die werden staunen!

Johanna und ihre Freunde sollen sofort in der DDR starten, was und wie wurde in Stockholm besprochen. Alles andere müssen sie selbst wissen, wenn sie Hilfe brauchen – anrufen! Johanna hatte Mühe, Helens Stenogrammstil zu folgen.

„Und was ist mit Christoph? Judith und er wollten am Wochenende in den Harz fahren und bei meinen Eltern in Bischofferode vorbeischauen."

„Ich rede mit Christoph, Du hörst von mir. Ach ja, und bitte versuche, abends immer so gegen elf zu Hause zu sein, damit wir telefonieren können. Nächste Woche bringe ich Dir ein Funktelefon, dann sind wir unabhängig. Viel Glück Johanna, ich muss los."

Einen Moment war es Johanna schwindlig, in ihrem Kopf drehte sich alles. War es Wirklichkeit oder nur ein Traum? Dass nun alles so schnell ging, damit hatte sie nicht gerechnet.

Ihre Hände zitterten, als sie ihr Vorlesungsmanuskript durchblätterte, hier einen Abschnitt durchstrich, dort eine Randbemerkung anfügte, Zeitschriftenausschnitte und Folien für den Polylux zwischen die Seiten legte. Nach einer Stunde klappte sie die Mappe zu. Fertig, das musste reichen, so konnte sie am Montag vor den Studenten bestehen.

Johanna ging in die Küche und brühte sich einen Kaffee, wie üblich türkisch mit Kaffeesatz und viel Zucker. Dann nahm sie ein Blatt Papier und notierte die Anrufe, in der Reihenfolge, wie sie sie abarbeiten wollte.

Als erstes die Mitstreiter der gestrigen Mensarunde. Lange Erklärungen waren nicht nötig, jeder von ihnen wusste, was er zu tun hatte.

Als nächstes Pfarrer Buntenbach, einer der Moderatoren des Runden Tisches. Sie hatte Glück, Gotthold Buntenbach war selbst am Telefon. Ja, natürlich, Johanna könnte gern zu ihm kommen. Gleich heute? Er muss noch einmal weg, aber 14 Uhr wäre möglich. In seinem Büro in Friedrichshain?

Das Gespräch mit Judith dauerte länger, heute hatte sie Zeit zu reden. Was der Arzt gesagt hat, als sie mit Sascha nach dem Sturz vom Rad in der Unfallstation war, dass Maxi sich nicht gründlich die Zähne putzt, dass im Keller keine H-Milch mehr ist. Johanna hörte geduldig zu, lobte die Schwester und versprach, sich um alles zu kümmern.

Dann erzählte sie Judith von ihrem Treffen mit Helen, den Gesprächen in Stockholm und den Chancen, die sich nun vielleicht doch noch einmal auftaten. Judith war überrascht, das hatte sie der Schwester nicht zugetraut. Aber warum hatte ihr Christoph nichts erzählt? Wusste er nichts davon oder vertraute er ihr nicht? Sie würde ihn noch heute fragen.

Johanna ließ ihr keine Zeit nachzudenken. Am Montagabend soll ein Treffen mit potenziellen Bündnispartnern stattfinden. Wird Judith mitmachen? Könnte sie vielleicht Verena, Johannas Kollegin von der Universität, unterstützen und die Leute von Bündnis 90, den Grünen, dem Unabhängigen Frauenverband und die S.U.S.I. Frauen einladen? Ach ja, und wo sollte man sich treffen – in der Uni, in einer Kirche, im Haus der Demokratie?

„Ja, ja, ja, natürlich bin ich dabei! Gib mir Verenas Nummer, ich rufe sie gleich an", antwortete Judith aufgeregt.

„Und das Treffen – unbedingt im Haus der Demokratie! Seit die Modrow-Regierung das Haus in der Friedrichstraße, wo früher die SED-Kreisleitung Mitte saß, der Bürgerbewegung übergeben hat, ist es zum Symbol für Bürger- und Menschenrechte geworden, und das passt zu dem, was ihr vorhabt."

Johanna sagte Judith die Telefonnummern von Verena, die in der Uni und die von zu Hause und versprach, am Abend wieder anzurufen.

Die Zeit reichte noch, um Martin Bescheid zu geben, dass sie Maxi abholt und danach für das Wochenende einkauft. Sie fährt jetzt nach Friedrichshain und trifft sich um zwei mit Pfarrer Buntenbach.

Martin fragte: „Hast du fünf Minuten Zeit? Ich muss dir etwas erzählen."

Johanna zögerte einen Moment, Martin verstand das als Zustimmung.

„Heute sind die neuen Westberater in der Treuhandanstalt eingetroffen, sechzehn Leute, die meisten zwischen 50 und 60. In unserer Abteilung sind es drei, vier hatten sie schon nach der Volkskammerwahl im März eingeflogen. Der Abteilungsleiter Leichtindustrie, übrigens auch aus dem Westen, sagte bei ihrer Vorstellung etwa Folgendes: für den Bereich Schuhe und Lederwaren stelle ich ihnen Herrn Ritter-Budack aus Herzogenaurach vor, ein ausgezeichneter Fachmann, kennt sich hervorragend in der Branche aus. Wahrscheinlich wollte er einen Scherz machen und fügte launisch hinzu: die Ritters scheinen in Ost und West eine Vorliebe für Schuhe zu haben, hier gibt es auch einen Herrn Ritter, allerdings ohne Bindestrich. Georg stand da und sah mich an. Er sagte nichts, ich sagte nichts und wir gaben uns wie zwei Fremde die Hand.

Später im Treppenhaus, meine Kollegen werden gedacht haben, der Ritter biedert sich bei seinem West-Namensvetter an, haben wir kurz miteinander gesprochen. Der Vorschlag, nach Ost-Berlin zu gehen, wäre sehr kurzfristig gekommen, er wisse auch noch nicht, wie lange er bleibt. Deshalb hat er mich nicht angerufen, er wollte mir nicht zu nahe treten. Er wusste übrigens, dass Norbert unsere Mutter überredet hat, nun doch Vaters Betrieb zu reprivatisieren. Norbert hat vorige Woche mit Georg telefoniert, mich wollten sie angeblich damit nicht belasten."

Johanna war nicht überrascht, dass Martins jüngerer Bruder das väterliche Unternehmen in Schwarzenfels zurückhaben wollte. Aber Norbert als Unternehmer? Nüchtern kalkulieren, strategisch denken? Einen Arbeitstag von 12 bis 14 Stunden und vielleicht Jahre keinen Urlaub? Das würde er nicht schaffen, Norbert war ein Träumer. Ihr tat nur Anni leid, die unter einem Misserfolg ihres Jüngsten am meisten leiden würde. Abgesehen von den Schulden, für die sie wahrscheinlich aufkommen musste.

Viel mehr als diese Nachricht hatte Johanna die andere Geschichte erschreckt. Mit einem Schlag war ihr klar geworden, dass der in Stockholm verabredete Plan einen Konstruktionsfehler hat. Sie hatten nicht beachtet, dass seit März in den Chefetagen der Treuhandanstalt und der DDR-Ministerien westdeutsche Beamte die Macht übernommen haben, unterstützt durch erfahrene Manager von Siemens, BASF, Opel und vielen anderen Konzernen.

Wie konnten sie das vergessen? Sie wussten doch, wie selbstbewusst ihr Freund Christoph Cramer die Feder „seines" SPD-Ministers in der Regierung de Maiziére führte. Sie wussten, dass der Westberliner Cousin des Regierungschefs, Thomas de Maiziére, de facto die Arbeit des DDR-Ministerrates leitete und auf ostdeutscher Seite über den deutsch-deutschen Einigungsvertrag verhandelte. Sie wussten auch, dass die Deutsche Bank, die Commerzbank und die Dresdner Bank in Leipzig, Dresden und Ost-Berlin schon die Fäden in der Hand hatten.

Wenn das so war, dann würden die Vertreter der schwedischen Banken, der französischen oder finnischen Unternehmen bei ihren Verhandlungen über wirtschaftliche Kooperationen mit der DDR überall auf Westdeutsche stoßen. Der Misserfolg war im Grunde vorprogrammiert, denn der Beauftragte der Lufthansa wird den Teufel tun, eine Kooperation von British Airways mit der Interflug zu unterstützen. Und der Vertreter von Siemens in der Treuhandanstalt muss natürlich verhindern, dass Nokia gemeinsam mit dem Mikroelektronikwerk in Dresden die DDR mit den gerade aufkommenden Mobiltelefonen versorgt und anschließend vielleicht noch den russischen, polnischen, ungarischen Telekommunikationsmarkt erobert.

War der Zug tatsächlich abgefahren, ihr wunderschöner Plan eine Luftnummer?

Als Johanna den Lada aus der Garage fuhr, wäre sie beinahe an den Torpfosten gestoßen. Einparken und rückwärts rangieren waren nicht ihre Stärke, und jetzt, so kurz nach dem Gespräch mit Martin und den Kopf voller Fragen, musste sie dreimal zurücksetzen, um auf dem Bürgersteig an der dicken amerikanischen Esche vorbeizukommen. Inzwischen war die Zeit knapp geworden, nur 25 Minuten blieben ihr noch, wenn sie pünktlich bei Pfarrer Buntenbach sein wollte.

In dem alten ehrwürdigen Gemeindezentrum in der Georgenkirchstraße direkt neben der Kirche war alles still. Gilt etwa auch hier der Spruch: Freitag nach Eins macht jeder seins? Johanna klopfte an mehrere Türen, bei der dritten hatte sie Erfolg. Ja, da müsse sie nach oben gehen, im Turmzimmer würde sie den Pfarrer finden.

Pfarrer Buntenbach wartete schon auf sie, mittelgroß, schlank, grauer Pullover, blaues Hemd darunter, offener Kragen. Jetzt, da er Johanna sah, erinnerte er sich. Es waren zu viele Menschen, die ihm in den Monaten am Runden Tisch begegnet waren, sodass er sich nicht alle Namen hatte merken können. Er goss Pfefferminztee aus der Thermoskanne in die bereitstehenden Teegläser und setzte sich, den Blick zu dem hohen Fenster, Johanna gegenüber an den Besprechungstisch.

Anfangs stockend, zunehmend flüssiger, erzählte Johanna über das, was in den letzten zehn Tagen passiert war. Über ihre Begegnung mit Helen, über Martins Berichte aus der Treuhandanstalt und den Betrieben der

Schuhindustrie, die Reise nach Stockholm, das Treffen in der Universität, aber auch über ihre Zweifel, ob nicht längst alles zu spät war. Pfarrer Buntenbach, geübt darin, den Menschen zuzuhören, unterbrach sie nicht. Nur ab und zu eine kurze Notiz in das schmale Heft, das vor ihm lag, oder ein, wohl eher unbewusstes, Zucken der linken Augenbraue.

Als Johanna fertig war, schwieg Gotthold Buntenbach lange, fast zu lange. Bedeutete das, er hält das Ganze für aussichtslos? Oder war er einfach froh, dass die aufreibenden Monate am Runden Tisch vorbei waren und er sich nun endlich wieder auf sein kirchliches Amt konzentrieren konnte?

Es würde nicht zu ihm passen, denn sie hatte aus verschiedenen seiner Äußerungen gespürt, dass er nicht wieder in ein Land wollte, in dem das Geld die Welt regiert, und deshalb den drohenden Anschluss an die Bundesrepublik mit Sorge beobachtete. In einer Pause des Runden Tisches hatte er im kleinen Kreis erzählt, dass er in der vegetarischen Obstbaukolonie Eden bei Oranienburg aufgewachsen ist, wo privates Eigentum an Boden abgelehnt und solidarisches Miteinander gelebt wurde. Die Erde, das Wasser, die Luft sollten allen gehören, kein Mensch habe das Recht, sie sich persönlich anzueignen.

Warum Johanna von ihm Hilfe erwartete, musste sie dem Pfarrer nicht erklären. In den vergangenen Monaten hatte sich gezeigt, dass in der aufgeheizten politischen Atmosphäre der letzten Monate allein die Vertreter der Kirche in der Lage waren, alle Parteien und Bürgerbewegungen an einen Tisch zu bringen. Nur wenn die Kirche einlädt und die Zusammenarbeit moderiert, werden alle die mitmachen, die die Hoffnung auf eine Erneuerung der DDR noch nicht aufgegeben haben.

„Meine liebe Frau Ritter, ich bewundere Sie. Woher nehmen Sie die Kraft, so beherzt gegen den Strom zu schwimmen? Verstehen Sie mich bitte richtig, ich sage damit nicht, dass ich Ihnen helfen kann. Es ist nicht Sache der Kirche, die Menschen gegen ihren Willen auf den rechten Weg zu zwingen. Sie kann nur bitten und mahnen. Zudem steht die evangelische Kirche in der DDR unter heftiger Kritik durch die eigenen Brüder und Schwestern im Westen, weil sie sich vor 20 Jahren als Kirche im Sozialismus erklärt hat. Also Kirche nicht neben, nicht gegen, sondern Kirche *im* Sozialismus. Auch deshalb gibt es jetzt, nachdem das Volk demokratisch sein Parlament gewählt hat und die neue Regierung bestätigt ist, bei uns Christenmenschen eine berechtigte Scheu, uns in die Politik einzumischen.

Ihren Plan habe ich im Wesentlichen verstanden, er scheint mir nicht unlogisch zu sein. Aber die Logik ist das eine, das reale Leben das andere. Darf ich Ihnen ein paar ganz einfache Fragen stellen?"

Johanna wusste, dass die Fragen nicht einfach sein würden. Trotzdem war sie erleichtert, dass Pfarrer Buntenbach sie nicht wegschickte.

„Drei Fragen vor allem sind mir wichtig: Erstens – wie soll sie aussehen, ihre reformierte DDR? Wenn die DDR-Bürger ihre Absicht ändern und sich statt des sofortigen Anschlusses an die Bundesrepublik für einen eigenen, vielleicht einen dritten Weg entscheiden sollen, müssen sie wissen, was sie erwartet.

Zweitens – verstehen Sie und Ihre Freunde die demokratische Erneuerung der DDR als Weg zur deutschen Einheit oder bedeutet sie die Zementierung der Teilung Deutschlands?

Und drittens – kann Helmut Kohl, selbst wenn er es wollte, die Abstimmung der DDR-Bürger mit den Füßen überhaupt noch aufhalten? Sie laufen nach wie vor in Massen weg. Ein Stopp der Währungsunion, das wäre die Konsequenz Ihrer Vorschläge, hieße, dass morgen weitere Millionen in die Bundesrepublik übersiedeln.

Natürlich erwarte ich von Ihnen keine Patentantworten, die hat heute niemand. Trotzdem bitte ich Sie, mir zu sagen, was Sie darüber denken."

Pfarrer Buntenbach war erstaunt, dass Johanna mit der letzten, der, wie sie meinte, leichtesten Frage begann.

„Es gibt keine Alternative, die Leute haben keine Geduld mehr, sie laufen weg. Helmut Kohl hat keine Wahl, ihm bleibt nur der schnelle Anschluss der DDR an die Bundesrepublik. Genau so reden die meisten heute, selbst jene, die den Anschluss eigentlich nicht wollen.

Sie haben nicht recht! Politik ist mehr als abwarten und Tee trinken. Bei der Umsetzung des NATO-Doppelbeschlusses, sicher ein böses Beispiel, hat die Bundesregierung 1983 unter dem SPD-Kanzler Helmut Schmidt gezeigt, dass sie sehr wohl entgegen der Stimme der Massen handeln kann, wenn sie es für notwendig hält.

Die weitere Abwanderung der DDR-Bürger zu verhindern, wäre verblüffend einfach: die Bundesrepublik müsste als erstes die Staatsbürgerschaft der DDR anerkennen. 40 Jahre hat sie das nicht getan. Was aber spricht jetzt dagegen? Parlament und Regierung der DDR wurden demokratisch gewählt, die führende Rolle der SED ist aus der Verfassung gestrichen und jetzt auch die Bezeichnung der DDR als Arbeiter- und Bauernstaat. Das Land wird unter Führung eines CDU-Ministerpräsidenten von einer großen Koalition aus CDU und SPD regiert! Die DDR ist also ein Land wie andere auch – sicher mit großen wirtschaftlichen Problemen, aber die sind in Griechenland, Spanien, Ungarn und Polen wahrscheinlich nicht geringer."

Johanna merkte, dass Gotthold Buntenbach nicht verstand, warum die Anerkennung der Staatsbürgerschaft eine Lösung wäre. Als Juristin war sie gewohnt, komplizierte Zusammenhänge am Beispiel zu erklären.

Also: Wenn ein österreichischer Kraftfahrzeug-Mechaniker von Salzburg nach Köln ziehen will, muss er in Köln eine Arbeitserlaubnis beantragen. Später kann sich das in der Europäischen Gemeinschaft möglicherweise ändern, aber im Moment ist es so. Sind in der Bundesrepublik viele Kfz-Mechaniker arbeitslos oder will man, aus welchem Grund auch immer, im Moment in Köln keine österreichischen Zuwanderer aufnehmen, bekommt er diese Erlaubnis nicht. Um nicht arbeitslos zu werden, wird der österreichische Kraftfahrzeug-Schlosser also höchstwahrscheinlich in Salzburg bleiben.

Und selbst wenn er die Arbeitserlaubnis erhält, bleibt er österreichischer Staatsbürger mit allen Rechten und Pflichten. Er wählt in Österreich, muss dort, wenn nötig, für die alten Eltern sorgen, seinen Armeedienst leisten. Wird er arbeitsunfähig, sorgt nicht die deutsche Versicherung, sondern seine Versicherung in Salzburg für ihn und auch für seine spätere Rente ist letztendlich der österreichische Staat zuständig. Da Österreich im Unterschied zur Bundesrepublik nicht Mitglied der NATO ist, bleibt er Bürger eines neutralen Landes. Angesichts der heraufziehenden militärischen Konflikte auf dem Balkan ist das für ihn vielleicht sogar eine gute Lebensversicherung!

Fazit: Wenn die Bundesregierung will, kann sie genauso den Exodus der DDR-Bürger stoppen. Vielleicht nicht vollständig, aber im Wesentlichen schon.

Und nun zu den viel schwierigeren Fragen – wie könnte die erneuerte DDR aussehen und was wird aus dem Traum von der deutschen Wiedervereinigung?

Das Dümmste wäre im Moment, perfekte Antworten zu geben, das wird Gotthold Buntenbach sicher nicht von ihr erwarten. Die Verfassung des Runden Tisches könnte die Grundlage sein. Dort ist eine demokratische, soziale und ökologische Republik beschrieben, in der das Recht auf Arbeit und Wohnen garantiert wird und jeder jedem die Anerkennung als Gleicher schuldet. Von Sozialismus ist in dieser Verfassung nicht die Rede. Wahrscheinlich ist es gut so, wenn nicht über Ismen gestritten, sondern gemeinsam versucht wird, dieser anderen, erneuerten DDR ein unverwechselbares menschliches Gesicht zu geben. Man wird sich umschauen müssen, welche Erfahrungen es in anderen Ländern gibt, zum Beispiel in Skandinavien oder in der Schweiz, und dann konkrete

Schritte erproben. Vielleicht gelingt es uns mit einer erneuerten DDR sogar, den immer wieder beschworenen, aber bisher nirgends erprobten dritten Weg zu finden.

Gotthold Buntenbach stimmte Johanna zu und beantwortete selbst seine Frage nach der deutschen Einheit: „Es wäre gut, wenn wir Zeit gewinnen würden, darin bin ich mir mit Monsignore Ducke einig. Wir könnten etwas Eigenes erproben und dann mit erhobenem Haupt in die deutsche Einheit gehen." Und mit einem versteckten Lächeln fügte er hinzu: „Dafür müsste sich dann aber auch die Bundesrepublik verändern. Ich bezweifle, dass die Westdeutschen das schon wissen."

Gotthold Buntenbach sah auf die Uhr. „Was genau erwarten Sie von mir?"

Und hier war Johanna wieder beim Anlass ihres Besuches: Die Volkskammer hat den Volksentscheid über die neue Verfassung torpediert und so den DDR-Bürgern das Recht genommen, demokratisch über ihre Zukunft zu entscheiden. Also müssen die Parteien und Bürgerbewegungen die Sache selbst in die Hand nehmen. Würde er zu einem ersten Treffen in das Haus der Demokratie einladen und die Moderation übernehmen?

Johanna hatte auf eine Zusage gehofft und war enttäuscht, dass Gotthold Buntenbach um einen Tag Bedenkzeit bat.

8. Mai, Berlin-Karlshorst/ Haus der Demokratie

Schon eine Stunde wartete Johanna, dass Helen anruft. Wegen der Beratung im Haus der Demokratie hatten sie ihren heutigen Telefontermin auf 23 Uhr verschoben, aber bisher hatte Helen sich nicht gemeldet.

Martin war inzwischen ins Bett gegangen. Er musste früh aufstehen, weil er morgen nach Schwarzenfels fahren will. Sein Bruder Norbert hat für zehn Uhr einen Notartermin vereinbart, um Martins Verzicht auf das Erbe an der väterlichen Fabrik beurkunden zu lassen. Auch Judith schlief schon.

Gestern, nach der Vorlesung, hatte sich Johanna mit Judith in der Stadt getroffen. Sie waren zusammen nach Marzahn in die Sauna gefahren, aber aus der erhofften Entspannung war nichts geworden.

Normalerweise herrschte montags in der Frauensauna himmlische Ruhe. Man nickte einander freundlich zu, und nur, wenn ein Handtuch die letzte freie Liege blockierte, gab es einen kurzen Wortwechsel. Seit einigen Wochen hatte sich das geändert. Die sonst so schweigsamen Frauen standen nackt mit ihren Handtüchern in der Hand vor dem Saunaraum und diskutierten erregt miteinander. Nicht selten ging es in der Kabine bei 90 Grad Plus weiter, nur der Ruheraum war tabu.

Gestern war es besonders hitzig geworden. Eine korpulente Mittfünfzigerin hatte sich geweigert, neben einer jungen Frau zu sitzen. Johanna wusste, dass beide sich kennen. Die Junge war Pionierleiterin an der Schule, an der die Ältere als Biologielehrerin arbeitet. Seit Jahren trafen sie sich manchmal in der Sauna und sprachen ab und an im Umkleideraum miteinander. Kaum über Privates, meist über die Schule, die bevorstehende Lehrerkonferenz oder die Vertretung einer kranken Kollegin.

Als sich gestern die junge Frau auf den freien Platz neben ihr setzen wollte, war die Biologielehrerin aufgestanden und hatte sich mit der für alle hörbaren Bemerkung „nicht neben der Roten" eine Stufe höher gesetzt.

Sofort bildeten sich zwei Gruppen. Die eine unterstützte die Biologielehrerin, die andere verteidigte die Pionierleiterin.

Judith, die, wie Johanna wusste, noch vor einem Jahr nicht unbedingt eine Freundin der Pionierleiterin gewesen wäre, fragte die Lehrerin empört, woher sie das Recht nimmt, ihre junge Kollegin öffentlich zu diskriminieren:

„Was hat sie Ihnen getan? Sie müssen bitte konkret werden, wenn Sie solche Geschütze auffahren. Oder wollen Sie sich vielleicht selbst nur absichern, damit man Ihnen keine unangenehmen Fragen stellt?"

Johanna versuchte, Judith zu bremsen. Sie wussten nichts über die Geschichte der Frauen und ihre Erlebnisse in der Marzahner Schule. Vielleicht hatte es Verletzungen gegeben, die die Reaktion der Biologielehrerin rechtfertigten?

Andererseits hatte Judith recht, die Zeit der Wendehälse war gekommen. Die besonders Eifrigen, die immer darauf geachtet haben, dass niemand die Linie der Partei verletzt, seilten sich ab. Vielleicht gehörte die Biologielehrerin zu ihnen und versuchte mit der Attacke auf die Pionierleiterin den Eindruck zu erwecken, dass sie nie dazu gehört hat?

Aus der dritten Saunarunde wurde nun nichts mehr, nach 20 Minuten waren Johanna und Judith nach Hause gegangen.

Nach den Nachrichten, die Kinder waren schon im Bett, hatte Johanna die von den Meißener Großeltern ererbten Rotweingläser geholt und eine Flasche Rosenthaler Kadarka geöffnet. Judith wollte heute und vielleicht auch in den nächsten Nächten bei der Schwester in Karlshorst schlafen, um gemeinsam mit ihr die politischen Aktionen vorzubereiten. Außerdem gab es viel zu erzählen, vor allem über den Besuch bei den Eltern in Bischofferode.

Der Vater hatte in seinem Brief nicht alles geschrieben, aber vielleicht wollte er sich selbst nicht eingestehen, wie ernst die Lage im Eichsfeld war. Die Kasseler Kali und Salz AG, eine Tochter der BASF, saß tatsächlich in den Startlöchern, das Werk in Bischofferode zu schließen, um den Konkurrenten aus dem Osten auszuschalten. Dabei war es ihnen geschickt gelungen, die Kalikumpel in Ost und West nach dem Motto „Ihr oder Wir" gegeneinander auszuspielen, sodass Betriebsräte und Gewerkschafter im Westen aus Sorge um den eigenen Arbeitsplatz nicht bereit waren, gemeinsam mit den Bischofferodern gegen die Schließung des Thomas-Müntzer-Schachtes zu kämpfen. Da war nichts mehr zu spüren von der viel beschworenen Solidarität mit den Brüdern und Schwestern im Osten.

Eigentlich wollten Judith und Christoph noch bis zum Abend bei den Eltern bleiben, stattdessen sind sie schon kurz nach dem Kaffeetrinken in ihr Wochenendhotel nach Schierke gefahren. Selbst Christoph, der im Ruhrgebiet aufgewachsen ist und viele Zechenschließungen miterlebt hat, wusste nicht, wie er dem Vater, dem Bruder und deren Kollegen helfen sollte.

Ach ja – Christoph! Es sei schon ein bisschen komisch mit ihm, irgendwie komplizierter als mit ihren früheren Männern.

„Ich glaube, die Wessis ticken anders als wir. Ich habe ihm sofort mein ganzes Leben erzählt, auch die Geschichte damals mit Gernot. Er hört mir zwar zu, aber er sagt nichts, fragt nichts, und über sich erzählt er kaum etwas. Wenn ich ihn direkt frage, dann bekomme ich nur knappe Fakten zu hören – von Gefühlen, schönen Erlebnissen, Enttäuschungen keine Spur.

Mir ist aufgefallen, aber das habe ich auch schon bei meinen Journalisten-Kollegen festgestellt, die Westdeutschen kümmern sich ganz rührend um ihr eigenes Umfeld, um ihre Familie, vielleicht noch um ihre Freunde, während wir Ostdeutschen uns immer gleich um den ganzen Betrieb, das Dorf, das Land sorgen, uns für alle und alles verantwortlich fühlen.

Vielleicht ist es Zufall, aber als ich mit Christoph im Auto über den Besuch bei den Eltern sprach, ist mir das schlagartig bewusst geworden. Er sprach darüber, was man für Vater und für Bernd tun könnte, während ich die ganze Zeit überlegt habe, was aus den tausenden Menschen werden soll, die in Bischofferode im Schacht, in der Poliklinik, dem Kindergarten, der Berufsschule arbeiten, wenn der Kalibetrieb tatsächlich schließt. Spricht das nun für oder gegen uns Ostdeutsche? Weiß der Teufel!"

Johanna hatte Wein nachgegossen und eine Tüte Engerlinge aus der Küche geholt. Sie war froh, nicht gleich antworten zu müssen. Grundsätzlich wehrte sie sich gegen jede Verallgemeinerung im Sinne: DIE schlimmen Wessis – WIR guten Ossis. In Freudenstadt und auch in Stockholm hatte sie wunderbare Menschen kennengelernt, während sie von so manchem ostdeutschen Kollegen und Freund in den letzten Monaten bitter enttäuscht worden war. Deshalb hatte sie beschlossen, sich vor jeder platten Verallgemeinerung zu hüten. Und trotzdem, wenn man ganz tief in sich hinein horchte, müsste man über Judiths Beobachtung nachdenken. Aber auf Christoph traf sie auf keinen Fall zu.

Vielleicht lagen Judiths Probleme ganz woanders. Johanna kannte ihre Schwester und wusste, dass sie bei jeder neuen Beziehung euphorisch war und ihre Männer sofort uneingeschränkt in Besitz nahm. Sie wollte sie sofort und ganz. Wenn einer dazu nicht bereit war, konnte sie sich nicht damit abfinden und misstraute ihm. Dass sich Christoph nach der gescheiterten Ehe und der Trennung von Berit zögernd an die Beziehung mit Judith herantastete, konnte Johanna gut verstehen. Aber das wollte sie Judith so nicht sagen, zumal sie nicht sicher war, ob er von der kleinen Tochter in Stockholm wusste und falls ja, Judith davon erzählt hatte.

Es war richtig, dass beide sich Zeit ließen, um sich kennenzulernen und auszutesten, wo die Sonnenseiten und wo die Schattenseiten des anderen liegen.

Auch Judith war kein einfacher Mensch, das musste Christoph schon bei Martins Geburtstagsfeier gemerkt haben. Was er sicher nicht wusste, war Judiths Hang zu einsamen Entscheidungen. Sie hatte ihm von Gernot erzählt, das war mutig, denn diese wunderbare zarte Liebe

war vor Jahren an einer solchen Entscheidung gescheitert. Gernot war Judiths Schulfreund schon in der zehn-
ten Klasse gewesen. Als Judith zum Journalistikstudium
nach Leipzig ging, hatte er in Bischofferode an den Wochenenden auf sie gewartet und als sie an der Uni neue
Freunde fand und sich kaum noch zu Hause sehen ließ,
schrieb er ihr lange Briefe. Irgendwann sahen sie sich
zufällig wieder, feierten im Harz gemeinsam die Walpur-
gisnacht und danach pendelten sie auf Gernots Motorrad
zwischen Leipzig und Bischofferode. Die Mutter erzählte
schon ihren Frauen in der Kirche von Hochzeit und hatte
dreimal Bettwäsche und Besteck für 12 Personen gekauft.
Vorsichtshalber, denn manchmal waren Bettwäsche und
vor allem Besteck in der DDR knapp.

Dann die Nachricht: Judith ist schwanger. Zwei Wo-
chen später: Judith kann ein Jahr in die Sowjetunion nach
Sibirien fahren und für den Jugendsender DT 64 vom
Bau der Baikal-Amur-Magistrale, der BAM, berichten.

Aber Judith spricht mit niemandem, nicht mit ihrer
Mutter, nicht mit Johanna, und auch nicht mit Gernot,
sondern treibt das Kind ab und fährt nach Sibirien. Sie
hat Gernot danach nie wieder gesehen.

Johanna wusste, dass Judith diese Entscheidung bitter
bereut hat und noch heute um Gernot und das ungebo-
rene Kind trauert. Aber sie durfte die Geschichte von
damals nicht erwähnen, denn Judith vertrug keine Kritik,
auch nicht in verkleideter Form wie „ich an deiner Stelle
würde vielleicht ...“

Um Judith milde zu stimmen, erzählte Johanna der
Schwester ein paar Geschichten über ihre früheren Begegnungen mit Christoph. Die Wiedersehensfeier im Hotel in
der Nähe von Freudenstadt sparte sie natürlich aus.

Es war zwei Uhr und Helen hatte noch immer nicht an-
gerufen. Wahrscheinlich würde sie mit dem Ergebnis der
Zusammenkunft im Haus der Demokratie zufrieden sein.
Johanna war es nicht. Als alles gesagt war und über den

gemeinsamen Aufruf abgestimmt werden sollte, hatte sich ein junger Mann mit Vollbart und langen lockigen Haaren zur Geschäftsordnung gemeldet. Er beantragte, dass nicht alle Anwesenden abstimmen dürfen, sondern nur die, die am Runden Tisch gesessen haben. Es folgten Reden dafür, Reden dagegen. Bald uferten sie aus in politische Angriffe auf der einen und in persönliche Verletzungen auf der anderen Seite.

Eine Stunde war vergangen, das gemeinsame Anliegen drohte zu scheitern, da machte Gotthold Buntenbach den Vorschlag, zweimal abzustimmen. So geschah es, und niemand war überrascht, als kurz vor 22 Uhr der Aufruf zweimal ohne eine Gegenstimme beschlossen wurde.

Sicher lag es an ihrer Ostmentalität, dass Johanna unter dieser nutzlosen, kräftezehrenden Auseinandersetzung litt. Helen würde das wahrscheinlich viel lockerer sehen, sie war ohnehin der Meinung, dass die Ostdeutschen nicht ordentlich streiten können und jede Meinungsverschiedenheit persönlich nehmen. „Ihr Ossis seid nicht konfliktfähig", hatte sie einmal gesagt.

Über die Beteiligung an der Veranstaltung waren alle überrascht gewesen. Schon vor dem offiziellen Beginn um 19 Uhr waren die Stühle in dem großen Beratungsraum besetzt, viele saßen in den Fensternischen, einige auf dem Fußboden.

Judith und Verena waren in den vergangenen Tagen im Haus der Demokratie von Zimmer zu Zimmer gegangen und hatten für heute Abend eingeladen. CDU, SPD und PDS wurden informiert und die Mitglieder der Volkskammerfraktionen angerufen. Das Wichtigste aber war die Einladung der Teilnehmer des Runden Tisches durch die Kirche gewesen. Thema des Abends: „Was wird aus unserem Verfassungsentwurf – was wird aus dem Land DDR?"

Johanna überflog die Anwesenheitsliste: Vertreter der Grünen, des Neuen Forums, von Demokratie Jetzt, der Initiative Frieden und Menschenrechte, dem Unabhängigen Frauenverband. Drei Mitglieder der Vereinigten Linken, mehrere Leute von der PDS. Eingetragen hatten sich auch einige Pfarrer, bekannte Schauspieler und Musiker, Westberliner Friedensgruppen, zahlreiche Presseleute.

Unter den Frauen vom Unabhängigen Frauenverband hatte Johanna Steffi Frohn, die junge Ärztin aus Buch entdeckt.

Johanna war nach ihrem Krankenhausaufenthalt im März noch einmal bei Steffi Frohn in Buch gewesen. Sie hatten versucht, den Faden des Gesprächs an der gleichen Stelle wieder aufzunehmen, aber es war ihnen nicht gelungen. Die Ärztin hatte wie vor einer Woche das Fenster geöffnet, die Stühle zurecht gerückt und Konsü-Waffeln auf den Tisch gelegt, sogar die Vögel zwitscherten in den Bäumen. Aber Johanna war schon meilenweit weg von ihrer damaligen Hilflosigkeit, sodass die Stimmung jenes sonnigen Nachmittags nicht wiederkehrte.

Johanna hatte es zuerst bemerkt. Um das Gespräch nicht abbrechen zu lassen, erzählte sie über die vergangenen Tage in der Universität, am Runden Tisch, mit den Kindern. Steffi Frohn merkte, die Frau braucht sie im Moment nicht. Vielleicht später einmal, falls, was sie nicht hoffte, deren bewundernswertes Engagement erfolglos bleiben sollte.

Beide Frauen hatten sich herzlich verabschiedet. Unbedingt müsste man sich wiedersehen, nicht hier im Krankenhaus, sondern irgendwo in der Stadt und vielleicht gemeinsam mit Judith. Schon im Stehen schrieb Johanna die Telefonnummer vom Unabhängigen Frauenverband auf den Rand der Berliner Zeitung, die auf Steffi Frohns Schreibtisch lag.

Heute Abend hatte Johanna im Saal nach der Ärztin gesucht und sie im Gespräch mit Judith gefunden. Sie hatten sich zugewinkt und mit der linken Hand am linken Ohr signalisiert: Wir telefonieren!

Die Offiziellen von CDU und SPD waren nicht gekommen. Damit hatten sie gerechnet – wer waren sie denn schon? In der letzten Reihe saßen zwei gut gekleidete ältere Herren und eine etwa 40-jährige Frau. Dieter Groß machte Johanna auf die drei aufmerksam, sie waren in der alten Volkskammer Abgeordnete der CDU gewesen.

Dass niemand von der SPD-Basis dabei war, stimmte nicht optimistisch. Helen hatte Christoph gebeten, bei seinen Freunden von der Ost-SPD Lobbyarbeit zu machen, aber offensichtlich ohne Erfolg. Als Johanna ihn nach Ende der Beratung daran erinnern wollte, hatte er sich aus dem Staub gemacht.

Gotthold Buntenbach begrüßte die Gäste.

Bürgerinnen und Bürger seien an die Kirche herangetreten, die heutige Veranstaltung, so wie schon den Runden Tisch, zu moderieren. Er tue das gern und habe dafür die ausdrückliche Zustimmung der Bischöfe beider Kirchen, der evangelischen und der katholischen, weil Kirche, wenn es notwendig ist, sich in politische Fragen einmischen muss. Einmischen ohne Gewalt natürlich, nur mit dem Wort.

Er erinnerte daran, dass es die Kirchen der DDR waren, die im Sinne von Dietrich Bonhoeffer auf dem Weltkirchenrat 1983 in Vancouver die Verurteilung der Stationierung von Massenvernichtungswaffen als Verbrechen gegen die Menschheit erreichten. Seither gelten weltweit Gerechtigkeit, Frieden und Bewahrung der Schöpfung als vordringliche Aufgaben gemeinsamen kirchlichen Handelns.

Die Ereignisse der letzten Tage seien Anlass gewesen, die in den vergangenen Wochen geübte Zurückhaltung fallen zu lassen und sich als christliche Kirchen in der DDR wieder in das politische Geschehen einzumischen.

Nicht nur Gerechtigkeit und sozialer Frieden seien in Gefahr, die Zeichen in den Betrieben und den Städten und Dörfern des Landes sind seit Monaten nicht zu übersehen. Jetzt drohe eine noch viel größere Gefahr: die Übernahme der DDR durch das westliche Militärbündnis, die NATO. Und das, so Pfarrer Buntenbach, wollten die Kirchen nicht stillschweigend geschehen lassen.

Johanna war, wie die meisten Zuhörer im Saal, von der Ankündigung des Widerstandes der Kirchen überrascht worden. Sie wartete gespannt auf Gotthold Buntenbachs Begründung für diesen Sinneswandel.

Am vergangenen Donnerstag hatten die NATO-Außenminister beschlossen, dass ein geeintes Deutschland ohne Einschränkungen Vollmitglied der NATO sein soll, eine neutrale, atomwaffenfreie Zone also nicht infrage kommt.

Einen Tag später, am Freitag war der amerikanische Botschafter James Baker bei Bundeskanzler Kohl. Wieder war man sich einig, dass Gesamtdeutschland Teil der NATO sein müsse. Kohl hatte dazu bemerkt, er sei sich dabei der Unterstützung der DDR-Regierung völlig sicher.

Sofort nach Weggang Bakers kam, als wäre es abgesprochen, der sowjetische Außenminister Schewardnadse ins Kanzleramt. Man sprach über dies und das und dabei berichtete Eduard Ambrosejewitsch Schewardnadse, dass sich die Sowjetunion in großen Schwierigkeiten befindet. Es fehle am Nötigsten, in den Geschäften kein Fleisch, kein Brot, keine Milch und auch die internationalen Zahlungsverpflichtungen könnten nicht mehr erfüllt werden. Eine NATO-Mitgliedschaft der DDR käme natürlich nicht in Frage, aber – hatte er mit einem Lächeln hinzugefugt: man könne vielleicht nach Kompromissen suchen.

Viel Phantasie brauchte es nicht, um herauszufinden, worin die Kompromisse bestehen. Das Paket für die Lösung der sowjetischen Schwierigkeiten wurde inzwischen geschnürt: heute Nachmittag hat Bundeskanzler Kohl mit der Deutschen Bank und der Dresdner Bank die Rettung Moskaus vor dem finanziellen Ruin verabredet.

Der „Kompromiss", mit dem diese Rettung bezahlt wird, ist perfekt – die Übergabe der DDR an die NATO scheint besiegelt.

Wenn die DDR-Bürger nicht aufwachen, wird dieser 8. Mai 1990, genau 45 Jahre nach dem Ende des faschistischen Krieges, als schwarzer Tag in die Geschichte eingehen.

Wir als Kirche wollen an diesem Tag nicht stumm bleiben und erinnern deshalb daran, was wir im Verfassungsentwurf des Runden Tisches verabredet haben:

Die Staatsflagge der Deutschen Demokratischen Republik trägt die Farben schwarz-rot-gold. Das Wappen des Staates ist die Darstellung des Mottos „Schwerter zu Pflugscharen."

Im Saal herrschte betroffenes Schweigen. Ratlosigkeit. Zögernd war Steffi Frohn aufgestanden und zum Mikrofon gegangen.

„Die DDR in die NATO? Ein schrecklicher Gedanke. Aber lohnt es überhaupt, darüber nachzudenken? Ist nicht längst alles zu spät?"

Mehr als zehn Redner hatten sich gemeldet, stellten Fragen, machten Vorschläge. Eigenartig war, dass diejenigen, die im Herbst 1989 die Veränderungen ins Rollen gebracht hatten, heute kaum noch ins Gewicht fielen. Einige hatten nach der Volkskammerwahl enttäuscht aufgegeben und sich ins Private zurückgezogen. Andere, vor allem viele Pfarrer, waren inzwischen in Minister- und Parteiämter gewählt worden und hatten überraschend schnell ihren Frieden mit den neuen Verhältnissen gemacht. Allen voran der neue Außenminister Markus Meckel und Rainer Eppelmann, der Verteidigungsminister. Geblieben waren einige wenige aus der Bürgerbewegung, vor allem die Frauen, die sich hier an der Diskussion beteiligten.

Das überraschende Engagement der Kirchen wurde von allen gelobt, aber welche Alternative gab es zum Beitritt zur Bundesrepublik und zur NATO? Jeder wusste, dass die Sowjetunion die DDR aufgegeben hatte und das kleine Land allein, ohne leistungsfähige Partner, keine Chance hatte.

Erhard Weiß gab Pfarrer Buntenbach ein Zeichen. Ein Raunen ging durch den Raum, als er sich vorstellte – Botschafter der DDR im Königreich Schweden.

Er kam sofort zum Kern der Sache: die schwedische Regierung und eine Reihe großer schwedischer Unternehmen sind bereit, der DDR Kredite und wirtschaftliche Unterstützung zu geben. Sollte die DDR als souveräner und militärisch neutraler Staat weiter bestehen, würde die Regierung ein Industrieförderprogramm auflegen und über Jahre bei allen Geschäften der schwedischen Unternehmen in der DDR 50 % der Kosten übernehmen. Den Rest sollen Banken und Unternehmen tragen, zum Beispiel das Energie- und Automatisierungsunternehmen ABB und Skanska, ein multinationales Bauunternehmen mit fünfzigtausend Beschäftigten weltweit.

Da Schweden ein kleines Land ist, etwa die Hälfte der DDR-Bevölkerung, wird es Partner für diese Kooperationen suchen. Beispielsweise in Finnland, Dänemark, aber möglicherweise auch in anderen Ländern, die der großdeutschen Vereinigung skeptisch gegenüber stehen.

Schweden ist neutral, nicht Mitglied der NATO, und deshalb an einer neutralen DDR interessiert. So könnte Olof Palmes Idee von einem 150 Kilometer breiten chemiewaffen- und atomwaffenfreien Korridor zwischen den Militärbündnissen des Warschauer Vertrages und der NATO doch noch verwirklicht werden.

Offizielles Motiv des schwedischen Angebots an die DDR ist, einen Beitrag zur Stärkung der Demokratie und der Marktwirtschaft in Osteuropa zu leisten. Aber natürlich wollen die Unternehmen auch Geschäfte machen, da solle man keine Illusionen haben. Das Interesse Schwedens am DDR-Markt und an dem viel größeren sowjetischen Markt ist nicht zu unterschätzen.

Für die DDR bedeute das Angebot eine Alternative zum bedingungslosen Beitritt zur Bundesrepublik. Es würde die Tür für einen dritten Weg aufstoßen. Gewerkschaften zum Beispiel bekämen Mitspracherechte über Ländergrenzen hinweg.

Erhard Weiß wurde mit Fragen überhäuft: Wie zuverlässig sind diese Angebote? Heißt das, die DDR gehört künftig zu Schweden? Was wird aus der Wiedervereinigung Deutschlands? Was sagt die de Maiziére-Regierung zu den Vorschlägen? Wie reagiert die Bundesregierung?

Auch vereinzelte Rufe „Keine Experimente!" gab es. Sie gingen in der Fülle der Fragen unter.

Noch sei gar nichts entschieden. Die Bürgerinnen und Bürger müssten gefragt werden, niemand sonst könnte diese Entscheidung treffen, hatte sich Gotthold Buntenbach eingemischt.

Am Ende wurde ein Appell „Für unser Land" beschlossen. Darin wird eine Volksabstimmung gefordert, so wie es der Verfassungsentwurf vorsah. NATO-Mitgliedschaft ja oder nein, für oder gegen diese Verfassung und damit auch für oder gegen den mutigen Versuch, einen dritten zu Weg zu suchen.

Alle die Männer und Frauen werden hinausfahren und auf den Demonstrationen, die am 10. Mai, also übermorgen landesweit gegen Sozialabbau, für Erhalt der Arbeitsplätze, für den Schutz des Binnenmarktes stattfinden, den Appell verteilen. Judith hat sich für Bischofferode eingetragen, Steffi Frohn für Brandenburg, Johanna wird nach Schwarzenfels fahren.

Inzwischen war es zwei Uhr geworden. Noch immer hatte Helen nicht angerufen, aber nun lohnte es nicht mehr zu warten. Johanna ging in ihr Arbeitszimmer und steckte die Hausarbeiten der Studenten und ihr Notizheft für die morgige Institutssitzung in die Tasche. Im Seitenfach zwischen Portemonnaie, Lippenstift und Büroklammern lag ein gefaltetes Blatt Papier, das sie zum Schluss der Beratung im Haus der Demokratie noch in die Tasche gesteckt hatte. Eine Journalistin aus Bremen hatte eine Schmähschrift verfasst, die im Land verteilt werden sollte.

Johanna überflog noch einmal den Text und musste lächeln.

SCHMÄHSCHRIFT

Du lebst in Erfurt, Leipzig oder Schwerin, am Rennsteig, auf Rügen oder in Zittau. Du willst die D-Mark! Du willst die Alpen sehen, New York und Paris. Du willst einen Golf fahren und nicht zehn Jahre auf den neuen Trabant warten. Du willst nicht mehr Deutscher zweiter Klasse sein, wie Du es oft im Sommer am Balaton erlebt hast.

Das alles möchtest Du lieber heute als morgen, denn Du bist jung und willst nicht länger warten. Oder Du bist nicht mehr jung und meinst, Du kannst nicht mehr länger warten.

Du siehst nur eine Lösung: wir schaffen die DDR ab und werden Bundesrepublik Deutschland. Passieren kann Dir nichts, denn der Bundeskanzler hat dem Osten blühende Landschaften versprochen. Und dass es niemandem schlechter gehen wird. Ihm vertraust Du.

Lass uns zwanzig Jahre weiter denken. Du warst in New York und in Paris. Du hast Kaufland, Aldi und IKEA vor der Tür. Du kannst zwischen 100 Käsesorten wählen. Du kaufst alle fünf, sechs Jahre einen neuen Golf, wenn alles gut läuft, einen Audi. Wenn es eher schlecht läuft, vielleicht alle zehn Jahre einen Renault Clio. Du zahlst mit der EC-Karte in Euro und wirst damit in der ganzen Welt akzeptiert. Vorausgesetzt natürlich, Du bist nicht arbeitslos, aber arbeitslos werden ja nur die anderen.

An Bettler, Obdachlose und arme Kinder hast Du Dich gewöhnt, hast gelernt, wegzusehen. Dass Du Deinem Chef nicht widersprechen und den Kollegen, die nun Deine Konkurrenten sind, nicht zu viel erzählen darfst, wirst Du spätestens nach dem ersten Reinfall begreifen.

Dass es in der Fußball-Bundesliga keine Mannschaft aus dem Osten gibt und kein einziger Minister der Bundesregie-

*rung im Osten geboren wurde, stört dich zwar, aber Du hast
Dich noch nie für Fußball interessiert. Und Minister wolltest
Du sowieso nicht werden.*

*Und was ist aus Deiner Würde und Deinem Wunsch nach
gleicher Augenhöhe geworden?*

*Die meisten Unternehmenschefs, Bankdirektoren, Hoch-
schulprofessoren in Berlin, Leipzig, Erfurt, Schwerin sind
aus dem Westen. Die sagen Dir jetzt, wo es lang geht.*

*Die volkseigenen Betriebe gehören wieder den Siemens und
Krupps. Und eh Du das begreifst, haben sie die Werften,
Kalischächte und Schuhfabriken im Osten geschlossen. Die
Fördermillionen und Auftragsbücher nehmen sie natürlich
mit. Auch die Urenkel derer von Bismarck und zu Putlitz
sind wieder da und holen sich die Schlösser und Äcker zurück. In ganz Europa gibt es keine Region, wo den Bewoh-
nerinnen und Bewohnern so wenig vom Reichtum des Landes gehört wie jetzt in Ostdeutschland.*

*Und weil die Leute hier keine Arbeit finden, ziehen Jahr
für Jahr 100 Tausend Menschen von Ost nach West, fast
doppelt so viele wie damals zu DDR-Zeiten. Der Osten
wird leer und vergreist. Die traditionsreiche Industriestadt
Chemnitz verliert ein Viertel seiner Bevölkerung, hat die
niedrigste Geburtenrate und die meisten Rentner aller
deutschen Großstädte.*

*Einstmals weltbekannte Namen wie Pentacon, Veritas,
Zekiwa, Narva, Interflug kennt niemand mehr. Leipzig liegt
inzwischen im Produktivitätsniveau hinter Galicien, Dresden
hinter Slowenien und das stolze Sachsen hinter Süditalien.*

So wird Ostdeutschland zum deutschen Mezzogiorno.

*Und weil die Leute wegziehen und kaum noch Kinder haben,
gibt es in den Dörfern keine Schule mehr, keine Feuerwehr,
keinen Bäcker, keine Post, keinen Kindergarten, keine Knei-
pe. Polikliniken und Gemeindeschwestern sowieso nicht.*

*Wir könnten noch über vieles reden: über ungleiche Löhne
und ungleiche Renten zwischen Ost und West. Über ungleiche Bildungschancen zwischen Reichen und Armen. Über den
schleichenden Übergang zu einem Zweiklassen-Gesundheits-*

system. Über das Sterben von Theatern und Orchestern.
Über Moral und Würde!
Und auch darüber, dass der Sohn Deiner Nachbarn irgend-
wo in Afrika oder Asien Krieg führt. Auch der Sohn der
anderen Nachbarn, denn zwei Drittel der Soldaten der Bun-
deswehr kommen aus dem Osten.
Das alles willst Du nicht? Stimmt!
Aber wenn Du in der Schule nicht geschlafen hast, dann
weißt Du, dass es genau so kommen wird.
Lohnt es wirklich, diesen Preis zu zahlen? Du
musst entscheiden!

Johanna legte das Papier zur Seite. Die Idee einer
Schmähschrift war gut, aber der Text viel zu lang. Warum
mussten sie immer so übertreiben? Das war wieder typisch für die Westlinken. Es fehlte nur noch Lenin über
den parasitären, faulenden und sterbenden Kapitalismus.
Die Bundesrepublik war schließlich nicht die USA und
die Bundesregierung würde solche Zustände niemals zulassen.

Trotzdem, gleich morgen früh wird sie mit Judith
sprechen. Etwas Ähnliches, aber sachlich und ausgewo-
gen, wird gebraucht, um die DDR-Bürger wachzurütteln.

14. Mai, Bonn

Würziger Bratenduft wehte Helen entgegen, als sie ihre
Haustür öffnete. Offensichtlich war bei den Mansteins
die Schwiegermutter aus Nürnberg zu Besuch. Sohn und
Schwiegertochter, beide Mitte dreißig, kinderlos, waren
erfolgreiche Anwälte, die mehr Zeit im Büro, auf Partys
und im Fitnessstudio als in ihrer eleganten Designerwoh-
nung verbrachten. Damit der arme Junge die fränkische
Küche nicht zu sehr vermisste, kam Florian von
Mansteins Mutter mindestens einmal im Monat, manchmal auch zweimal, mit ihrem roten BMW „zu den Kin-

dern" nach Bonn. Und dann roch es immer tagelang im ganzen Haus verführerisch nach Schäufele, blauen Zipfeln oder Karpfen.

Einen Moment überlegte Helen, ob sie klingeln sollte. Nach dem tristen Frühstück im Flieger spürte sie einen unbändigen Appetit auf ein Stück knuspriges Fleisch mit Soß und Kloß. Helen nahm den Finger von der Klingel, jetzt brauchte sie vor allem eine heiße Dusche und frische Wäsche. In der Kühltruhe müsste noch eine Pizza sein, die würde sie sich anschließend warm machen.

Als sie oben in der zweiten Etage ihre Wohnung aufschloss, merkte sie, dass die Tür nicht abgesperrt war. Hatte die Putzfrau am Freitag vergessen abzuschließen, oder war sie selbst Dienstagabend bei ihrem überstürzten Aufbruch unaufmerksam gewesen? Denkbar wäre es. Ursprünglich sollte sie am Mittwoch mit der Mittagsmaschine fliegen, aber in letzter Minute war es dem Büro gelungen, ihren Flug nach New York auf die Nachtmaschine umzubuchen. So hatte sie Zeit gehabt, vor Beginn der Konferenz mit einigen Teilnehmern zu sprechen, was sich als sehr nützlich erwies. Den großen weißen Hibiskus auf dem Südbalkon könnte es das Leben gekostet haben, denn in der Nacht hatte sie es nicht mehr geschafft, ihre Töpfe und Schalen zu wässern.

Alles war wie immer. Die Türen zu Küche, Bad und zu den drei Zimmern geschlossen, keine Unordnung in der geräumigen, sparsam möblierten Diele. Erleichtert zog sie die hochhackigen Pumps aus, schob sie ins Schuhregal und schlüpfte in die bequemen Birkenstock-Clogs.

Als sie ihren Trenchcoat an die Garderobe hängen wollte, sah sie den dunkelblauen Parka. Deshalb also war die Tür nicht verschlossen! Aber wo war er und warum war er nach Bonn gekommen? Helen öffnete leise die Wohnzimmertür und schloss sie sofort wieder. Der Fernseher lief ohne Ton. Herbert Haller saß im Sessel, die Beine auf dem gepolsterten Hocker. Nur der

Haarschopf und die Bügel der Kopfhörer waren zu sehen. Offensichtlich war er über dem Mittagsprogramm eingeschlafen.

Helen war froh, dass sie ein Stündchen für sich haben würde, denn wenn ihr Vater erst einmal schlief, dann dauerte es für gewöhnlich.

Das heiße Wasser war ein Genuss. Stück für Stück schob Helen den Hebel weiter nach links, bis es auf der Haut schmerzte. Beim Abtrocknen drehte sie dem großen Spiegel den Rücken zu, sie wollte ihr Gesicht nicht sehen. Vor fünf, sechs Jahren hatten ihr der Konferenzstress und eine im Flugzeug durchwachte Nacht nichts ausgemacht, aber jetzt, mit über Fünfzig, waren die müden Augen und die kleinen Fältchen um den Mund nicht zu übersehen. Im Alltag konnte sie mit Farbe, hübschen Ohrringen und einer eleganten Brille die kleinen Fassadenschäden vertuschen, hier aber war ihr Gesicht erbarmungslos nackt.

Helen zog den seidenen Hausanzug an, den sie in einer Boutique am New Yorker Flughafen gekauft hat, wickelte ein weißes Tuch um die nassen Haare und tupfte etwas Rouge auf Wangen und Kinn. Sie sah in den Spiegel – passt! Und schon fühlte sie sich besser.

Um den Vater nicht zu stören, nahm sie das Telefon mit auf den Küchenbalkon. Auf dem Anrufbeantworter 18 Anrufe. Johanna, der Hausmeister, das Büro des Parteivorsitzenden – interessant, offensichtlich wusste nicht einmal ER, dass man in diesem Jahr sie, Helen Haller, zur Bilderberger Konferenz eingeladen hatte. Wieder Johanna und noch einmal Johanna. Sie drückte die Rückruftaste, aber in Berlin nahm niemand ab.

Helen wusste, dass Johanna durch ihr plötzliches Verschwinden verunsichert sein musste. Als sie am vergangenen Dienstag abflog, war die Veranstaltung im Haus der Demokratie noch im vollen Gange gewesen, und von unterwegs hatte sie nicht anrufen können. Kontakte nach außen oder gar Informationen darüber, wo man sich befand, waren während der Treffen der Bilderberger nicht erwünscht. Obwohl die jährlichen Konferenzen schon seit 1954 stattfanden, hatte es bisher nie offizielle Protokolle, Teilnehmerlisten oder Pressemitteilungen gegeben. Vertraulichkeit war das Fundament dieser Beratung der Mächtigen aus Wirtschaft, Politik, Medien, Militär und Adel. Möglicherweise hätte Helen durch einen Anruf in Berlin ihre Teilnahme an der Konferenz, die für ihr gemeinsames Vorhaben außerordentlich wichtig war, gefährdet. Dieses Risiko wollte sie auf keinen Fall eingehen.

Ein Handicap für ihre Gespräche am Rande der Bilderberger Konferenz im Harrison Conference Center Glen Cove auf Long Island war, dass sie wegen des vorverlegten Abflugs nichts über die Veranstaltung im Berliner Haus der Demokratie erfahren hatte. Wie war die Stimmung? Bekannte sich die Kirche zu ihrer Verantwortung? Immerhin war sie es gewesen, die der Bürgerbewegung im vergangenen Jahr unter ihrem Dach Raum und Stimme gegeben hatte. Also dürfte die Kirche jetzt, wo es um den Arbeitsplatz, die Wohnung, vielleicht sogar um Krieg oder Frieden ging, die Menschen nicht im Stich lassen.

Helen hatte gestern Abend auf dem New Yorker Flughafen einen dicken Packen Zeitungen gekauft, die New York Times, die Financial Times, Le Figaro, Dagens Nyheter aus Schweden und noch einige andere, weniger bekannte, um sich zu informieren, was während ihrer Reise in der DDR passiert war und welches Echo die angekündigte Wirtschaftshilfe ausgelöst hat.

In den deutschen Zeitungen, die ihr der Steward gebracht hatte, wurde über Demonstrationen berichtet, die am vergangenen Freitag in Ostdeutschland stattgefunden haben. Zum ersten Mal nach dem heißen Herbst waren wieder Tausende auf der Straße gewesen. Unmut und

Existenzangst hatten sich Luft gemacht, in vielen Betrieben hatte es Warnstreiks gegeben. Vor der Treuhandanstalt in Berlin waren Zelte aufgebaut worden, Männer und Frauen aus den bedrohten Unternehmen waren in Hungerstreik getreten.

Bei den Demonstrationen und Kundgebungen waren auch Redner aus dem Westen dabei gewesen. Ihren warnenden Worten schenkten viele Ostdeutsche offenbar im Moment mehr Glauben als den eigenen Leuten. Grüne, die als einzige Westpartei die Wiedervereinigung ablehnten, Feministinnen, linke Musiker, Friedensaktivisten, Gewerkschafter hatten auf den Kundgebungen gesprochen.

Westdeutsche Politiker reagierten überrascht, vor allem über die Organisiertheit und das Ausmaß des Widerstandes. Die CDU war empört – wie undankbar und naiv sind doch die Ostdeutschen! Sozialdemokraten zeigten sich eher nachdenklich, fragend – was bedeutete das, was wollten die Leute wirklich?

Die Nachricht von den Angeboten aus Westeuropa und Skandinavien zur Wirtschaftszusammenarbeit mit der DDR war in Dagens Nyheter und der Financial Times groß aufgemacht. Bankenkonsortien hatten sich gebildet, Summen für Kreditgewährungen an die DDR und Beteiligungen an ostdeutschen Unternehmen wurden genannt. Große Unternehmen überlegten, mit welchen Betrieben sie kooperieren, was sie in der DDR kaufen und was sie dorthin liefern könnten. Auch japanische Firmen interessierten sich, unter anderem für Kontakte mit Pentacon Dresden und dem Robotron Büromaschinenwerk Sömmerda, um gemeinsam auf dem osteuropäischen Kamera- und Elektronikmarkt aktiv zu werden.

Als Helen las, dass Schweden, das selbst kaum Schuhe produzierte, mit den DDR-Schuhbetrieben zusammenarbeiten und gemeinsam mit ihnen den russischen Markt erschließen möchte, wusste sie: Martin war schnell gewesen und hatte nach der Moskauer Enttäuschung nicht aufgegeben.

War das die Wende der Wende? Bundesregierung und Opposition waren verunsichert, und die Journalisten trauten sich nicht, der Politik vorzugreifen. Morgen, spätestens übermorgen würde sich das ändern.

Helen hatte die ganze Nacht gelesen. Erst als sie den Ärmelkanal überflogen, war sie ein wenig eingeschlafen.

Plötzlich stand ihr Vater hinter ihr auf dem Balkon.

„Du bist ja da – warum weckst du mich denn nicht?"

Helen sprang auf, gab dem Vater einen flüchtigen Kuss auf die Wange.

„Erst einmal guten Tag! Und Gegenfrage: Was machst du in Bonn? Ist etwas passiert?"

Herbert Haller winkte beruhigend ab, nein, es ist nichts passiert, er wollte nur etwas klären. Und übrigens, das Büro hat angerufen. Morgen 16 Uhr ist Vorstandssitzung, alle werden da sein.

Helen ging in die Küche, brühte eine Kanne weißen Tee, nahm die flachen chinesischen Schalen aus dem Schrank und stellte einen Teller mit Currant Bread auf den Tisch. Die Pizza würde warten müssen, ihr Vater mochte Pizza nicht.

„Grüße von Henry und auch von anderen, die dich kennen. Ich habe die Namen aufgeschrieben."

Helen wusste, dass der Vater alles über die Bilderberger Konferenz wissen wollte. 1981 in Bürgenstock in der Schweiz und 1982 in Norwegen war er selbst dabei gewesen. Damals ging es um den NATO-Doppelbeschluss, die Stationierung der Mittelstreckenraketen und die Palme-Kommission. Heute war sie zu müde und zu sehr auf die aktuellen Probleme konzentriert, um ihm alles ausführlich zu erzählen.

Obwohl die meisten Teilnehmer der Konferenz aus NATO-Staaten kamen und sich aufgrund ihrer politischen und wirtschaftlichen Funktionen der NATO verpflichtet fühlten, hatte Helen in persönlichen Gesprächen, die sie bei Spaziergängen am Strand, in der wunderschönen hoteleigenen Parkanlage oder abends im Pub geführt hat, Interesse an alternativen Überlegungen zur deutschen Wiedervereinigung gespürt.

Egal, ob die Konservativen oder die Sozialisten regierten, im Grunde wollten sie alle kein neues Großdeutschland. Es waren nicht nur die Erfahrungen der zwei Kriege und die durch die Vereinigung der beiden deutschen Staaten zu erwartende Zunahme der Wirtschaftskraft Deutschlands, sondern auch die bundesdeutsche Arroganz, die international auf Widerstand stieß. Wenn es gelänge, Großdeutschland zu verhindern, die Militärs würden offenbar stillhalten und aus der Wirtschaft käme ohnehin Unterstützung. Konkrete Angebote wurden, wenn auch vorsichtig, angedeutet.

„Und waren noch andere Frauen da?"

Helen musste lachen, wieder versuchte der Vater seine längst erwachsene Tochter unter die Haube zu bringen.

„Diesmal waren wir drei, eine mehr als im vorigen Jahr. Immerhin ist es schon ein Fortschritt, dass Frauen überhaupt Zugang haben, in den ersten 20 Jahren war, wie du weißt, die Bilderberger Konferenz ein reiner Männerverein."

Es wäre nicht das erste Mal, dass aus mehrtägigen Konferenzen in edlen Hotels Beziehungen zu interessanten Männern entstehen. Helen wusste, dass sie Chancen hatte – schlank, sportlich, gut gekleidet und Partnerin nicht nur für das Bett, sondern auch für Gespräche und politische Projekte. Viele verheiratete Männer hatten zu Hause nur das eine oder das andere, selten eine Gefährtin, die all das in sich vereinte.

Als im vergangenen Herbst Ekkehard, ihr langjähriger Geliebter, nach einer gemeinsamen Dienstreise überraschend erklärte, dass er sich ab jetzt nur noch seiner Frau, dem Grundstück und den Enkeln widmen will, hatte sie den Entschluss gefasst, sich auf die Rolle als Zweitfrau nicht mehr einzulassen.

Auch in Glen Cove hatte es ein gut aussehender, sympathischer Italiener versucht, aber nach dem dritten Glas Champagner hatte sie ihm einen flüchtigen Kuss auf die Wange gegeben und war auf ihr Zimmer gegangen.

Herbert Haller merkte, Helen wollte über dieses Thema nicht sprechen.

„Weshalb ich hier bin: es geht um deine Frage, wer von den ostdeutschen Politikern nicht echt ist – du verstehst? Ich war bei Hannes und er hat in meiner Anwesenheit die Personaldaten durchlaufen lassen. Interessant, wie viele von denen bei uns und beim CIA in Lohn und Brot stehen – manche schon seit zehn und mehr Jahren. Betroffen sind alle Parteien, bei der CDU, dem Demokratischen Aufbruch mehr, bei den anderen weniger, aber immer noch genug.

In der Führungsmannschaft der Ost-SPD sind es zwei, und dann gibt es noch einen wichtigen Menschen in der Wissenschaft, der schon seit Jahrzehnten dabei ist. Namen kann ich dir nicht sagen, ich schreibe die Anfangsbuchstaben auf und du vernichtest bitte das Papier, wenn du sie identifiziert hast."

Herbert Haller nahm einen kleinen Notizzettel und schrieb mit seiner steilen altmodischen Schrift drei Monogramme darauf.

„Es gibt übrigens noch einen in unseren Unterlagen, der dich interessieren wird – nicht aus dem Osten."

Er drehte das Papier um und schrieb: C. C. Dahinter machte er ein Ausrufezeichen. Helen wusste bei allen sofort, wer sich hinter den Anfangsbuchstaben verbarg. Sie zerriss den Zettel in kleine Schnipsel und spülte sie durch die Toilette. Dass auch die Frau dazu gehörte, enttäuschte sie. Über C. C. allerdings war sie nicht so sehr überrascht, den Verdacht hatte sie schon lange.

Helen bestellte ein Taxi für ihren Vater. Heute war sie zu müde, um ihn selbst nach Bad Neuenahr zu fahren.

15. Mai, Bonn

Es war nach zehn, als das Telefon klingelte.

Helen hatte unruhig geschlafen. Mehrmals war sie in der Nacht aufgestanden und hatte in der Hoffnung, den Kopf frei zu bekommen, Stichworte in ihr Notizheft gekritzelt. Die Zeitumstellung machte ihr zu schaffen, aber noch mehr quälte sie die Gewissheit, dass die heutige Vorstandssitzung über Erfolg oder Niederlage ihres Vorhabens entscheiden wird.

Am Abend hatte sie noch lange mit Johanna telefoniert. Die Nachrichten aus der DDR klangen nicht schlecht. Die Leute begannen nachzudenken und Vor- und Nachteile einer überstürzten Vereinigung abzuwägen. Aber noch war die Stimmung nicht gekippt. Viel wird davon abhängen, welche Alternativen in den Betrieben angeboten werden.

Bischofferode war ein Paradebeispiel dafür. Ihr Kali war auf dem Weltmarkt gefragt und wurde zu 95 Prozent nach Westeuropa exportiert. Die Düngemittelproduzenten in Finnland, Schweden, Norwegen und Österreich brauchen diesen speziellen Kali K 60 für ihre Produktion. Wird Bischofferode geschlossen, können sie alle ihre Ausrüstungen verschrotten und die BASF macht mit dem Kieserit-Kali ihrer Tochter Kali und Salz aus Hessen das Geschäft. Die Kalikumpel waren für den Erhalt ihres Betriebes in den Hungerstreik getreten. Viele Bischofferoder – Kirchenleute waren dabei, auch Johannas Vater und ihre Schwester Judith – marschierten von Bischofferode nach Berlin, um bei der Treuhandanstalt gegen die Schließung zu protestieren.

Johanna hatte Berit und Erhard Weiß in Stockholm um Hilfe gebeten. Durch Kooperation mit den nordeuropäischen Abnehmern könnte der Kalibergbau in Bischofferode gerettet werden und die BASF-Leute müssten unverrichteter Dinge abziehen. Wenn das gelänge, dann wäre die Volksabstimmung im Eichsfeld schon so gut wie gewonnen.

Helen hatte versprochen, am Mittwoch nach Berlin zu kommen. Es gäbe viel zu berichten, Amerika, Parteivorstand vor allem, und auch, warum sie ohne Ankündigung für mehrere Tage verschwunden war. Sie verabredeten sich für den Abend in Karlshorst. Johanna wollte zu Hause bei den Kindern bleiben, denn Martin wird die ganze nächste Woche in Helsinki sein. Ja, die Schuhgeschäfte liefen gut an. Auch Finnland und Norwegen waren an einer Kooperation für den russischen Markt interessiert. Schließlich brauchte man in dem langen skandinavischen Winter das gleiche wetterfeste Schuhwerk wie in Sibirien, Moskau und Leningrad.

Es war Oskar. Er rief an, weil er nicht an der Vorstandssitzung teilnehmen konnte, das lebensgefährliche Attentat lag noch nicht drei Wochen zurück. Konzentriert informierte ihn Helen über das, was nicht in der Zeitung stand.

Er bat sie, stark zu bleiben und alle Geschütze aufzufahren, damit die SPD heute Abend in der Einheitsfrage vernünftig entscheidet. Helen versprach, alles dafür zu tun.

Sie fragte ihn, ob noch immer gilt, dass er bei der nächsten Bundestagswahl nur dann als Kanzlerkandidat antritt, wenn die SPD im Bundestag den Staatsvertrag mit der DDR ablehnt.

Ja, das gilt. Nach zehn Minuten legten beide auf.

Normalerweise war Helen bei der Auswahl ihrer Garderobe treffsicher. Heute zauderte sie und hängte den Hosenanzug, den karierten Blazer und auch die neue beige Wildlederjacke zurück in den Schrank. Es war nicht ihr Stil und hätte auch nicht zu ihr gepasst, mit kurzem Röckchen ihr Gegenüber beeindrucken zu wollen. Aber heute war es etwas Anderes. Sie wollte, sie musste ihre Männer gewinnen und in dem Fall war alles erlaubt. Wenige im Vorstand waren jünger als sie, die meisten gleichaltrig oder älter, der Vorsitzende sogar zehn Jahre älter als Helen. Alle waren sie anfällig für eine schöne Frau, auch weil zu Hause die treusorgende Gattin inzwischen schon etwas in die Jahre gekommen war.

Helen entschied sich für den schmalen weißen Rock mit dezentem Schlitz an der Seite und die schwarz-weiß karierte Seidenbluse, die viel Arm – dank Hanteln und Gymnastikband hatte sie noch immer schlanke Arme – und auch etwas Ausschnitt frei ließ. Weiße Schuhe, schwarze Kollegmappe, die Sonnenbrille in die Haare gesteckt, schloss sie kurz nach zwei ihre Tür ab.

Im Erdgeschoss bei den Mansteins roch es heute nach fränkischem Kirschkuchen.

Die Genossen waren in Hochstimmung. In Niedersachsen hatte die SPD am Wochenende die Landtagswahlen gewonnen. Nicht ganz so bravourös wie 1988 Björn Engholm in Schleswig-Holstein und Anfang des Jahres Oskar Lafontaine im Saarland, aber immerhin gut zwei Prozent mehr als die CDU. Nun wird also endlich die 14-jährige CDU-Herrschaft in Niedersachsen beendet und Gerhard Schröder Ministerpräsident.

Helens Freude hatte noch andere Gründe. Mit dem Erfolg von Gerd würde die Gruppe der jungen SPD-Ministerpräsidenten gestärkt, die die übereilte Wirtschafts- und Währungsunion zwischen der Bundesrepublik und der DDR ablehnte.

Und, was vielleicht noch wichtiger war: das Gewicht der SPD im Bundesrat nahm zu, die Konservativen wurden geschwächt. Schon bisher hatten die SPD-regierten Länder im Bundesrat mehr Sitze als CDU und FDP und konnten eigene Gesetzesinitiativen, zu denen der Bundesrat verfassungsmäßig berechtigt war, auslösen. Die zusätzlichen Stimmen der neuen rot-grünen Regierung Niedersachsens würden es jetzt leichter machen, über den Bundesrat einen Kurswechsel in der deutsch-deutschen Frage zu erreichen.

Nach dem heiteren Teil der Festreden und Trinksprüche wurde es still im Raum.

Helen hatte gebeten, dass vor ihr Christoph über die Arbeit der Berater bei den SPD-Ministern in Ost-Berlin und über die Atmosphäre in der de Maiziére-Regierung berichtete. Während Christoph sprach, beobachtete sie aufmerksam die Reaktionen der Zuhörer. Auf welcher Seite standen sie? Begriffen sie die Tragweite der Entscheidung, die heute zu treffen war? Wussten sie überhaupt, was auf dem Spiel stand?

Helen hatte am Morgen die Pressestelle beauftragt, alle Nachrichten, auch die von heute, zusammenzustellen und sie den Vorstandsmitgliedern rechtzeitig vor der Beratung per Fax zu schicken. So konnte niemand sagen, er wisse von nichts.

Sie beobachtete Christoph, was er sagte, wie er es sagte, welche Untertöne, welche Absicht erkennbar war. Er machte es gut, genau in ihrem Sinne. Offensichtlich waren die geheimen Dienste, zumindest in diesem Fall, nicht stromlinienförmig mit der Regierungslinie gleich geschaltet. Helen war erleichtert.

Als sie nach vorn ging und ihr Manuskript auf den Tisch legte, spürte sie die Spannung im Raum. Die Rücken strafften sich. Damit jeder gut sehen konnte, wurden Stühle gerückt, Tassen und Gläser zur Seite geschoben.

Was sie sagte, war nicht neu: Die übereilte Vereinigung ist Schwachsinn – politisch, militärisch und vor allem wirtschaftlich. Mit der Einführung der DM wird die Wirtschaft der DDR ruiniert, Millionen Arbeitsplätze werden vernichtet. Jahrelange Transferleistungen von West nach Ost werden die Folge sein.

Helen schaltete den Bildwerfer ein und an der Stirnwand erschienen vier Worte: Wir sind ein Volk!

„Wir sind ein Volk? Nein, wir sind heute nicht ein Volk. Ein Volk kann aus den beiden deutschen Staaten nach 40 Jahren Trennung nur auf gleicher Augenhöhe entstehen, wo jede Seite sich in Würde und gegenseitiger Achtung der anderen nähert. Also braucht die DDR Zeit, um sich zu öffnen und ihre Wirtschaft auf den internationalen Wettbewerb einzustellen. Und die Bundesrepublik braucht Zeit, die DDR-Bürger zu akzeptieren und als gleichwertige Partner zu begreifen. Anderenfalls gibt es ein auf Jahrzehnte zerrissenes Volk von westdeutschen Siegern und ostdeutschen Besiegten.

Wir, die Sozialdemokratische Partei Deutschlands wissen das alles. Aber wir stecken den Kopf in den Sand und handeln nicht. Wir verspielen die Chance, Deutschland friedlicher, sozialer und demokratischer, sozial-demokratischer zu machen. Sind wir es nicht den Menschen in Deutschland schuldig, mit Herz und Verstand zu entscheiden?"

Helen setzte sich. Fair war es nicht, hier abzubrechen. Aber sie wusste, wenn sie Erfolg haben wollten, dann durfte sie die politikerfahrene Führungsriege der SPD nicht belehren. Sie musste warten, musste ihnen Zeit lassen nachzudenken und Vorschläge zu machen. Am Ende musste es so aussehen, als wären sie selbst auf die Idee gekommen, den Einheitszug in allerletzter Minute zu stoppen.

Nach kurzem, betretenem Schweigen entbrannte eine heftige Diskussion. Stimmte es etwa nicht, dass die DDR pleite war und die Wirtschaft jeden Tag zusammenbrechen konnte? Man hatte viel gehört von maroden Volkseigenen Betrieben, unfähigen Chefs, versteckter Arbeitslosigkeit und trägen Menschen, die nie gelernt haben, ordentlich zu arbeiten. Wenn das so ist, dann hat die Bundesrepublik keine Wahl und muss so schnell wie möglich die Brüder und Schwestern im Osten auffangen.

Helen und Christoph hatten vorgesorgt und einen renommierten Professor eingeladen, der sich mit der DDR-Wirtschaft auskannte. Kein Ostdeutscher selbstverständlich, sondern ein Volkswirtschaftler von der Universität Bremen, altgedientes Mitglied der SPD. Also unverdächtig, die wirtschaftlichen Probleme der DDR zu vertu-

189

schen, aber auch frei von Verpflichtungen gegenüber westdeutschen Konzernen, die im Osten ihr Schnäppchen machen wollten. Er stellte die Fragen knallhart und für alle gut verständlich:

Erstens – Pleite?

Schulden bei den westlichen Ländern – ja. Von 50 Milliarden DM ist offiziell die Rede, sicher eine bedrohliche Zahl. Aber man vergisst, Guthaben und Forderungen an diese Länder abzuziehen. Verbleiben 20 Milliarden DM. Berücksichtigt man auch die Forderungen an die Sowjetunion und die anderen osteuropäischen Länder in Höhe von etwa zehn Milliarden DM, wird sich das Defizit von 20 Milliarden noch einmal halbieren.

Und was die Lasten pro Einwohner betrifft, sollten wir im Westen zurückhaltend sein. Die offizielle Staatsverschuldung der Bundesrepublik, dividiert durch die Zahl unserer Bevölkerung besagt, dass im Moment auf jeden Bundesbürger 16.586 DM Schulden entfallen. Die Staatsschulden der DDR, dividiert durch deren Einwohnerzahl ergeben 5.298 DM Schulden pro DDR-Bürger. Der Witz besteht darin, dass bei einem Beitritt der DDR zur Bundesrepublik die pro-Kopf-Verschuldung der DDR-Bürger über Nacht von 5.298 auf 12.841 DM steigen und die der Bundesbürger von 16.586 auf 12.841 sinken.

Beachten muss man, dass dem Staat DDR die Volkseigenen Betriebe, Volkseigenen Güter, riesige Waldflächen, viele Immobilien, auch die attraktiven Botschaftsimmobilien im Ausland gehören. Zusammen geschätzte 1,5 Billionen DM, die als Sicherheiten oder als Verkaufsobjekte genutzt werden könnten.

Resümee: Geldsorgen – ja; Pleite – nein.

Zweitens – marode?

Ja, es gibt veraltete Technik, marode Gebäude, stinkende Flüsse. In Bitterfeld hängt niemand ein weißes Tischtuch auf die Leine, es wäre in drei Stunden schwarz.

Zugleich gibt es moderne Betriebe mit neuester Technik, zum Teil importiert aus dem Westen, zum Teil selbst produziert. Reisezugwagen, Fischverarbeitungsschiffe, Krane, Chemieanlagen werden in Riesenserien produziert, von denen wir hier nur träumen können. Und wer seinen Kühlschrank, seine Kaffeemaschine, den Staubsauger, die Nähmaschine, den Rasierapparat bei Quelle oder Neckermann gekauft hat, weiß, dass die DDR-Betriebe Qualität produzieren können.

Das Produktivitätsniveau der DDR liegt etwa bei der Hälfte der Bundesrepublik, aber ist deshalb die DDR-Wirtschaft marode? Wenn das stimmt, müssten Russland, Tschechien, Ungarn, Polen sofort Konkurs anmelden. Spanien, Griechenland und Portugal übrigens auch, man sieht es als Urlauber überall, und die offiziellen Berechnungen belegen, dass sie zum Teil beträchtlich hinter dem DDR-Niveau liegen.

Drittens – die Wirtschaft bricht zusammen?

Nein, tut sie nicht, wenn sie geschützt wird und sich Schritt für Schritt den Weltmarktbedingungen anpassen kann.

Beispiel Saarland: Sieben Jahre hat Ludwig Erhard das Saarland geschützt, als es in den 50er Jahren von Frankreich zu Deutschland kam. Das waren noch Zeiten, als den Produzenten jede Schraube, jede Maschine, jeder Schuh aus den Händen gerissen wurde. Heute ist der Markt übersättigt, alle suchen nach Käufern für ihre Schrauben, ihre Maschinen, ihre Schuhe. Und weil es jetzt viel komplizierter ist, internationale Marktanteile zu gewinnen, müsste die Zeit des Schutzes der DDR-Wirtschaft im Grunde viel länger dauern als damals im Saarland.

Oder Beispiel Spanien: Spanien begann 1959 den Weg von dem abgeschotteten Wirtschaftssystem der Franco-Diktatur in den Weltmarkt und erst mit dem Beitritt Spaniens zur EG im Jahre 1986 wurde dieser Prozess abgeschlossen. 27 Jahre hatte Spanien Zeit für die Umstellung und Anpassung an den freien Weltmarkt!

Letztes Beispiel Frankreich: Frankreich ist immer ein offenes Land gewesen, hat aber trotzdem seine Wirtschaft rigoros geschützt. Lange Zeit war die Einfuhr von Computern nach Frankreich nur über einen einzigen Grenzübergang möglich – der lag ausgerechnet in den Pyrenäen.

Jetzt, wo erbittert um jeden Absatzmarkt gekämpft wird, sollen die DDR-Betriebe über Nacht und ohne Schutz dem Weltmarkt preisgegeben werden? Ich wage für den Fall der Einführung der D-Mark eine Prognose: Die Industrieproduktion wird Ende dieses Jahres halbiert sein, die Textilindustrie auf ein Drittel, die Bauwirtschaft auf ein Viertel sinken.

Und das wird sich in den folgenden Jahren fortsetzen. Die bundesdeutschen Konzerne werden das Land überschwemmen und gute Geschäfte machen, immerhin hat die Bundesrepublik im Moment zwei Millionen Arbeitslose. Aber am Ende werden die einfachen Leute, die Steuerzahler in Ost und West die Rechnung bezahlen müssen, denn der Osten wird über Jahrzehnte am Tropf hängen.

Helen spürte, dass längst noch nicht alles gesagt war. Trotzdem schnitt sie mit einer entschuldigenden Handbewegung dem Professor das Wort ab. Sie wusste, dass er gern noch über sein Lieblingsthema, die unterschiedlichen Bedingungen der wirtschaftlichen Entwicklung in Ost und West gesprochen hätte. Die DDR hatte kein Ruhrgebiet, keine Marshallplanhilfe, keinen freien Zugang zum Weltmarkt. Spitzentechnologien zu kaufen, verhinderten die Embargobestimmungen des Westens, und für die Eigenentwicklung fehlten im Osten die leistungsfähigen Partner.

Alle Ostländer, die Sowjetunion eingeschlossen, waren wirtschaftlich schwächer als die DDR. Die Bundesrepublik hingegen hatte starke Partner, vor allem die USA, aber auch Frankreich, Großbritannien, Japan – und für die Förderung des technischen Fortschritts zweifelsfrei das leistungsfähigere Wirtschaftssystem.

Dazu kamen die mehr als 100 Milliarden DM Reparationen, die fast ausschließlich die DDR für die von Deutschland verursachten Kriegsschäden an die Sowjetunion gezahlt hat. Und natürlich die riesigen Verluste durch die Abwanderung und Abwerbung gut ausgebildeter Fachkräfte, Ärzte, Ingenieure, Wissenschaftler in die Bundesrepublik. Der Professor hatte ausgerechnet, dass jeder DDR-Bürger im Vergleich zum Bundesbürger die dreizehnfache Last an Reparationen getragen hat. Rechnet man die kostenlose Nutzung des Fachpersonals und die Zinsen dazu, schuldet die Bundesrepublik der DDR 727 Milliarden DM.

Sein Versuch, mit einer Bremer Initiative zu Beginn des Jahres die Bundesrepublik zu Ausgleichszahlungen an die DDR zu bewegen, war erwartungsgemäß an Bundeskanzler Kohl gescheitert. Zahlungen an die DDR hätten der Übergangsregierung von Hans Modrow genutzt, und das wollte Helmut Kohl auf keinen Fall zulassen. Die Zukunft der Bürgerinnen und Bürger der DDR war ihm dabei gleichgültig.

Es war spät geworden. Ein älterer Genosse gähnte hinter vorgehaltener Hand und Helen war klar, dass sie jetzt auf den Punkt kommen musste.

Sie zog das Tischmikrofon zu sich heran und hielt die Pressemappe über ihren Kopf. Ja, die kleine Gruppe der „Lafontainisten" hatte gehandelt. Ohne Auftrag des Vorstands der Partei, ohne Votum der Mehrheit. Wissend um die politischen und wirtschaftlichen Folgen einer überstürzten Einheit, nur ihrem Gewissen und den Menschen in Ost und West verpflichtet.

Dieses Handeln war erfolgreich. Stündlich gingen Angebote aus dem Ausland ein. Kurz vor Beginn der Sitzung war in Berlin per Fax ein Kooperationsvorschlag der weltgrößten Genossenschaft Mondragon aus dem spanischen Baskenland eingegangen. Und das Wichtigste: die DDR-Bürger wurden langsam vernünftig und begriffen, dass es Alternativen gibt.

Nun liegt es an der stolzen Sozialdemokratischen Partei Deutschlands, ob sie den Mut aufbringt, Nein zu sagen. Tut sie das nicht, waren alle Bemühungen umsonst und, was viel schlimmer ist: die SPD wird sich vorwerfen müssen, dass sie in dieser für die deutsche Geschichte wichtigen Situation wieder einmal versagt hat.

30 Minuten später verließ Helen den Beratungsraum. Der SPD-Vorstand hatte entschieden, dem Einigungsvertrag nicht zuzustimmen und den Vertrag über die Wirtschafts- und Währungsunion zu stoppen.

Die Mehrheit war knapp, aber es hatte gereicht. Den Ausschlag hatten die Worte eines sonst eher stillen, von allen hoch geachteten Vorstandsmitglieds gegeben.

Viele Male schon wäre er einsichtig gewesen, weil es notwendig schien, einsichtig zu sein. Er hatte still gehalten, als die SPD-Regierung unter Willy Brandt den Radikalenerlass beschloss und Berufsverbote bei der Post, in den Schulen, für Straßenbahnfahrer verhängte. Er hatte still gehalten, als Helmut Schmidt den NATO-Doppelbeschluss befürwortete und damit die atomare Aufrüstung der Bundesrepublik auslöste. Und immer hieß es: es gibt keine Alternative.

Er will nicht mehr einsichtig sein, wenn er weiß, dass er den Menschen schadet. Heute hat er begriffen, dass diese überstürzte Einheit einen gewaltigen Schaden anrichten wird. Und damit meine er nicht nur den Verlust von Arbeitsplätzen im Osten, auch die Bundesrepublik wird eine andere sein, wenn der ostdeutsche Konkurrent wegfällt. Kapitalismus pur nach US-amerikanischem Muster wäre dann in Deutschland nicht aufzuhalten.

Aber er wolle nicht nur von Schaden sprechen, sondern auch von Chancen. Wie war das eigentlich mit dem dritten Weg? Noch niemand hat ihn ausprobiert. Jetzt bot sich vielleicht eine Möglichkeit – zunächst im Osten und später in dem wiedervereinten Deutschland. Allein deshalb lohne es sich, den Ostdeutschen Zeit zu lassen und ihnen nicht das bundesdeutsche System überzustülpen. Wenn er jünger wäre, würde er noch heute sein Haus verkaufen, die Koffer packen und mit seiner Frau nach drüben ziehen, um dabei zu sein.

Danach wollte niemand mehr reden, es war alles gesagt. Nach der Abstimmung fragte jemand: „Und wer sagt es Willy?"

Der Vorsitzende wusste, diese unangenehme Aufgabe musste er übernehmen. Wer sonst hätte es tun sollen?

16. Mai, Berlin-Mitte

Dreimal hatte Johanna die Geschichte von Lütt Matten und der weißen Muschel vorgelesen. Inzwischen wusste Maxi alles über Seetang und Reusen und konnte Plötzen, Barsche und Aale unterscheiden. Zwei Stunden warteten sie schon darauf, dass Schwester Gabi sie aufruft, aber noch immer saßen Väter und Mütter mit ihren Knirpsen auf den langen weißen Bänken, die schon vor ihnen hier waren.

Johanna wusste, dass es in der Kieferorthopädie der Charité oft lange dauerte, aber was sich heute abspielte, übertraf alles Bisherige. Von den fünf Behandlungszimmern waren nur zwei besetzt. Vielleicht waren die Ärzte und Schwestern der Universitätsklinik inzwischen in das Westberliner Virchow-Klinikum abgewandert. Oder aber, die neue Leitung der Charité betrachtete auch sie, die die Zähne der ostdeutschen Kinder richteten, als staatsnah und hatte die Kieferorthopäden entlassen.

Maxi wollte nichts mehr von Lütt Matten hören und tobte gemeinsam mit anderen Kindern über den langen Krankenhausflur.

Johanna griff nach den Zeitungen, die auf dem Tisch zwischen Kinderbüchern und Zeitschriften lagen. Überall als Spitzennachricht die gestrige Entscheidung des Vorstandes der SPD. Bild titelte „SPD verrät deutsche Einheit". Bei der Berliner Zeitung hieß es „West-SPD lehnt Einigungsvertrag ab, was sagt die Ost-SPD dazu?" und in der taz stand „DDR – alles nochmal von vorn?"

Eine Frau in Jeansjacke und weißen Adidas-Turnschuhen, die mit ihrem halbwüchsigen Jungen neben Johanna saß, hatte mitgelesen. Mit einem spitzen Aufschrei griff sie nach der Bild-Zeitung, überflog den kurzen Text und schon brach es aus ihr heraus: „Sind die verrückt? Die wollen uns hängen lassen, gönnen uns die D-Mark nicht!"

Erregt hielt sie die Zeitung hoch und zeigte auf die Überschrift. „Wenn die durchkommen, machen wir nüber. Und wenn ich mit den Kindern bei meinem Cousin auf dem Dachboden schlafen muss. Hier bleibe ich nicht."

Eine gut gekleidete, schon etwas ältere Dame, offensichtlich die Mutter der Zwillingsmädchen, die gelangweilt auf dem Fensterbrett saßen, sagte, mehr in die Runde als direkt zu der aufgeregten jungen Frau: „Die SPD hat gar nichts zu sagen. Der Bundeskanzler entscheidet und auf ihn ist Verlass."

Ein junger Mann mit runder Nickelbrille mischte sich ein. „Vielleicht irren sie sich da auch, meine Beste." Sprach es und vertiefte sich wieder in sein Buch. Offensichtlich hatte er keine Lust, im kieferorthopädischen Wartezimmer Volksaufklärung zu betreiben.

Aber es war schon zu spät. In dem großen kahlen Raum, wo bis zu diesem Moment nur leise mit dem eigenen Kind oder der Nachbarin gesprochen worden war, stritten plötzlich wildfremde Menschen schräg über die Köpfe anderer hinweg miteinander. Wer kein Gehör fand, versuchte es lauter als die anderen. Ganz zaghaft meldeten sich auch ein paar nachdenkliche Stimmen: Hat die SPD nicht recht? Es wäre doch besser, wenn wir Zeit bekämen, erst unsere eigenen Sachen in Ordnung zu bringen. Im Übrigen sei Beitritt immer schlecht, wer beitritt, kann keine Bedingungen stellen, das ist bei jedem

Verein so. Und sollen die von drüben im Ernst die Volkseigenen Betriebe zurückbekommen, das mühsam instand gesetzte Häuschen und die Datsche dazu?

Darauf hatte die Turnschuhfrau nur gewartet. Scheiß egal wäre ihr das, lange genug hätte sie sich das Gelaber angehört. Jetzt will sie davon nichts mehr hören, endlich leben will sie. Schluss! Aus! „Komm Enrico, wir gehen. Deine Zähne richten sie dir drüben viel besser als hier."

Der Kreis der Beteiligten war immer größer geworden und der Lärmpegel bedrohlich angestiegen. Nur der Herr mit der Nickelbrille blieb ungerührt in sein Buch vertieft.

Geräuschvoll ging die Tür zum Behandlungszimmer 1 auf. Schwester Gabi rief Maxi Ritter auf, und im Übrigen bittet der Doktor dringend um etwas mehr Ruhe, er könne sein eigenes Wort nicht mehr verstehen.

Johanna kannte Doktor Fiedler schon seit Jahren. Mit Stefan war sie wegen seiner vorstehenden Schneidezähne, die Kieferorthopäden nannten es ein Hasengebiss, in die Charité überwiesen worden. Doktor Fiedler musste damals bei Stefan alle vier hinteren Backenzähne ziehen, noch heute zitterten ihr die Knie, wenn sie an die Angst des Kindes bei dieser Tortur dachte. Seither trägt Stefan eine Zahnspange und weil er das sehr diszipliniert tut, sind seine Zähne inzwischen beinahe perfekt.

Johanna befürchtete, dass bei Maxi das gleiche Problem droht. Deshalb war sie mit ihr heute in die Sprechstunde gekommen. Doktor Fiedler beruhigte sie, nein, soviel er an Maxis ersten Zähnen erkennen konnte, würde bei ihr später keine Extraktion notwendig sein. Die normale Zahnspange wird genügen. Aber Johanna solle schon mal sparen, denn ob die Kassen das künftig noch bezahlen, sei im Moment recht ungewiss.

Und wie viel könnte die Zahnspange kosten?

Das kann er nicht genau sagen. Sein neuer Westchef hat kürzlich von achttausend D-Mark gesprochen.

Teufel nochmal, dafür bekommt man ja ein gut erhaltenes gebrauchtes Auto.

197

Sicher ja, aber mit dem können sie nicht ein Leben lang gut beißen – konterte der Doktor lächelnd beim Abschied.

Johannas Zeitplan war durch das lange Warten durcheinander geraten. Nun lohnte es nicht mehr, nach Karlshorst zu fahren, um Maxi in den Kindergarten zu bringen. Auch hätte sie es nicht geschafft, rechtzeitig zu ihrer Verabredung im Haus der Demokratie zurück zu sein. Also musste sie Maxi mitnehmen, vielleicht konnte Sascha die kleine Schwester am Nachmittag abholen.

Was sollte sie mit der gewonnen Zeit anfangen? Johanna ließ den Bus fahren und entschied sich, mit Maxi zu Fuß zur Friedrichstraße zu gehen.

Am Ausgang des großen alten Charitégeländes aus dem 18. Jahrhundert liefen sie über den Karlplatz, den Brecht mit seinem Kindergedicht „Die Pappel vom Karlsplatz", Karlplatz mit „s" geschrieben, berühmt gemacht hatte. Jedes Mal, wenn sie mit Stefan nach der Zahnbehandlung aus der Charité gekommen war, hatte er das Gedicht, das früher auch in ihrem Schulbuch stand, hören wollen. Aber Maxi war noch zu klein, um Brechts schöne Sprache zu verstehen, deshalb musste Johanna für sie eine eigene Fassung erfinden.

Und sie erzählte: Nach einem schlimmen Krieg gab es einen eiskalten Winter, und alle Kinder haben gefroren, weil die Eltern kein Holz und keine Kohlen zum Heizen hatten. Auf diesem Platz hier stand eine große dicke Pappel und die Männer hatten schon die Säge und das große Hackebeil in der Hand, um Feuerholz aus der Pappel zu machen. Da kamen die Kinder und sagten: nein, lasst die Pappel leben – wir wollen tanzen, dann werden wir nicht mehr frieren. Und sie tanzten und hüpften und sprangen, und ihre Füße und Hände wurden ganz warm. Die Pappel freute sich sehr, dass sie nicht in den ollen Ofen musste und bekam im nächsten Sommer viele kleine Pappelkinder. So ging es Jahr für Jahr, und obwohl die alte Pappel schon lange, lange gestorben ist, gibt es immer wieder neue Pappeln am Karlplatz. Zum Dank spenden sie im Sommer, wenn die Sonne zu heiß scheint, den Kindern Schatten und im Winter dürfen die Kinder unter den Pappeln Schneemänner bauen.

Johanna musste lächeln, als sie spürte, wie ihre kleine Tochter angestrengt nachdachte, welche gute Tat sie vollbringen könnte, um mit den Kindern vom Karlplatz gleichzuziehen. Wahrscheinlich wird es Martin nun schwer haben, den vertrockneten Apfelbaum, der hinten im Garten am Geräteschuppen steht, zu fällen.

Sie liefen die Luisenstraße ein Stück zurück, dann in die Rheinhardstraße, vorbei am Deutschen Theater, den Kammerspielen und der neuen Mensa der Universität. Maxi hielt sich tapfer und schwatzte ununterbrochen. An der Ecke Friedrichstraße war eine kleine Konditorei. Hier machten sie halt – für das Kind einen Windbeutel, für die Mutter Dresdner Eierschecke. Die Serviererin war freundlich und blieb sogar gelassen, als Maxi den Rest vom Kakao auf die weiße Tischdecke kippte.

Inzwischen war die Zeit knapp geworden. Sie mussten mit dem Bus fahren, bis zum Haus der Demokratie würde sie es sonst mit der langsamen Maxi nicht schaffen. An der Bushaltestelle war ein kleiner Laden und weil der Bus noch nicht kam, gingen sie auf einen Sprung hinein. Johanna brauchte Zahnpasta. Heute Morgen hatte Sascha, der wieder als letzter aufgestanden war, festgestellt, dass die Tube leer war.

Die Regale sahen aus wie nach dem Krieg. Als Johanna die Verkäuferin nach ihrer Hausmarke Silka fragte, lachte die nur. „Silka gibt es nicht mehr. Sie können Odol, Colgate oder Signal bekommen, bald gibt es noch mindestens zwanzig andere Sorten." Johanna kaufte nichts, sie würde es woanders versuchen.

Auf den schmalen Holztischen an der Wand standen unter dem handgemalten Schild „Alles muss raus" zerbeulte Pappkartons mit Knöpfen und Nadeln, Plauener Spitze, erzgebirgischen Posamenten, weißer, schwarzer, bunter Wolle – achtlos ausgeschüttet, zerwühlt, die Banderolen aufgerissen. Und Reißverschlüsse, 10 Stück für 80 Pfennige. Johanna brauchte immer Reißverschlüsse, für die Jeans der Jungs, für Anoraks, für ihre Röcke. Sie kaufte zwei 10er Päckchen Reißverschlüsse, Sternchenzwirn, Druckknöpfe – schwarze und helle, zwei Häkelnadeln und drei Rundstricknadeln. Alles zusammen für den lächerlichen Preis von 4,70 Mark der DDR.

Der Bus hielt. Sie hatten Glück und bekamen einen Sitzplatz am Fenster. Johanna nahm Maxi auf den Schoß und drückte sie fest an sich. Das Kind drehte sich zu seiner Mutter um und fragte verwundert „Mama, warum weinst du?"

Als sie an der Ecke Behrensstraße ausstiegen, hatte sich Johanna wieder beruhigt. Nein, es gab keinen Grund, traurig zu sein. Der Anfang war gemacht, die Zeitungsnachrichten klangen gut und morgen, spätestens übermorgen werden Plauener Spitze und weiße, bunte, schwarze Wolle wieder ordentlich sortiert in den Regalen liegen.

Im Haus der Demokratie war es wie immer. Bärtige Männer, junge Frauen in flachen Schuhen, offene Türen und Lärm, viel Lärm. Johanna stieg in den dritten Stock hinauf zu den S.U.S.I.-Frauen. Sie hatte sich nicht getäuscht, für ein, zwei Stunden konnte Maxi hier bleiben, auf ein Kind mehr oder weniger kam es nicht an.

In der zweiten Etage wurden Tische und Stühle transportiert, elektrische Schreibmaschinen und Telefone angeschlossen. Gotthold Buntenbach hatte in der vergangenen Woche dafür gesorgt, dass für alle Parteien, auch die „alten", im Haus der Demokratie Zimmer eingerichtet werden.

Die aus der Bürgerbewegung hervorgegangenen Organisationen und Parteien hatten sich zuerst dagegen gewehrt. Auf keinen Fall wollten sie die PDS, die Nachfolgerin der SED, in ihrem Hause haben, und auch gegen die CDU gab es Widerstand. Aber Gotthold Buntenbach blieb hartnäckig, es sollte eine Geste der christlichen Versöhnung zwischen Gegnern, auch zwischen Feinden sein. Geduldig hörte er sich alle Einwände an und dann fragte er seine Gesprächspartner, was ihnen wichtiger sei: Abrechnung oder das Land und seine Menschen?

Bevor er die Antwort auf seine Frage hören wollte, ließ er sie ein paar Minuten allein und bat sie, den Text der Rede Nelson Mandelas zu lesen, die dieser vor drei Monaten nach 27-jähriger Haft vom Balkon des Kapstädter Rathauses gehalten hatte. So wie Mandela zur Versöhnung und zur Mitarbeit an einem demokratischen Südafrika aufgerufen hatte, genauso verstehe er sein Angebot an alle Menschen guten Willens in diesem Land DDR.

Manchmal waren die Stühle leer, wenn Gotthold Buntenbach zurückkam, aber am Ende waren sie sich einig geworden, dass im Haus der Demokratie alle mitarbeiten sollten.

Johanna öffnete die Tür zum Zimmer der PDS. Andreas und Verena standen auf der Leiter und versuchten, mit viel zu kleinen Nägeln und einem winzigen Hämmerchen ein Plakat aufzuhängen.

Der Karikaturist Roland Beier hatte es im Januar gezeichnet: Karl Marx, trauriges Gesicht, rote Weste, schwarz-weiß gestreifte Hose, Hausschuhe, Hände in den Hosentaschen. Darunter der Text „K. Marx: Tut mir leid Jungs! War halt nur so 'ne Idee von mir ...".

Wie sollte man das Poster verstehen? Als Ermunterung für die, die trotz allem nicht aufgeben wollten? Als Entschuldigung für den misslungenen Versuch? Als Abbitte bei jenen, denen unter seinem Namen Leid zugefügt worden war? Wahrscheinlich würde jeder, abhängig von seinen persönlichen Erfahrungen, eine andere Botschaft herauslesen.

Verena erzählte, dass Judith mit Steffi Frohn und zwei anderen Frauen kurz reingeschaut hatte. Steffi war einverstanden, dass sie nächste Woche zu einer Versammlung der Gewerkschaft nach Brandenburg fahren und dort als Frauenverband/Grüne und PDS gemeinsam auftreten werden. Immerhin ein Anfang, die alten Vorbehalte abzubauen. Vielleicht gelingt es ihnen, noch jemand von der SPD für die Fahrt nach Brandenburg zu gewinnen, aber bisher war bei der Ost-SPD Funkstille.

Die beiden anderen Frauen verhielten sich zurückhaltend, nur ja, nein, danke. Sicher hatten sie böse Erfahrungen gemacht und wollten mit den Nachfolgern der SED nichts zu tun haben.

Johanna verabschiedete sich von Verena. „Was erwartet ihr von den Leuten? Es braucht Zeit, bis sich die PDS von ihrer Vergangenheit befreit hat. Und noch mehr Zeit braucht es, bis sich das rumspricht."

Als Johanna die Treppe hochstieg, ärgerte sie sich über ihre Bemerkung. Woher nahm sie das Recht, Verena zu demütigen? Sie, Johanna Ritter, hatte es sich leicht gemacht, war aus der Partei ausgetreten, weil sie glaubte, es nicht mehr auszuhalten. Verena hatte sich für den schweren Weg entschieden, war geblieben, hatte Verantwortung für die Vergangenheit der PDS übernommen und beteiligte sich an dem schwierigen Versuch eines Neuanfangs. Sie hätte Beistand verdient und keine Belehrungen.

Johanna überlegte, ob sie umkehren sollte, um sich bei Verena zu entschuldigen, verschob es aber dann doch auf später. Vor dem Treffen bei Gotthold Buntenbach wollte sie unbedingt wissen, ob die anderen Parteien schon ihre Räume bezogen hatten.

Das Zimmer der CDU war leer, keine Möbel, nichts. Das überraschte sie nicht.

Bei der SPD war die Tür geschlossen. Johanna klopfte leise und als niemand antwortete, drückte sie die Klinke herunter. Der Raum war riesig, drei große Fenster zur Friedrichstraße ließen helles Tageslicht herein. Vor dem mittleren, weit offenen Fenster, saß Claas an einem

Schreibtisch und telefonierte. Es überraschte sie nicht, Claas hier zu treffen – offensichtlich hatte er sich nun doch für die SPD entschieden. Er war schon immer ein Verehrer von Willy Brandt gewesen und kannte alles von und über ihn.

Claas hatte Johannas Klopfen nicht gehört und zuckte erschrocken zusammen, als sie plötzlich neben ihm stand.

Gratulation – schön, dass sie ihn hier trifft. Nur kurz Guten Tag sagen wollte sie und hören, ob es bei den Sozialdemokraten Neues gibt.

Claas legte den Hörer auf und lehnte sich zurück.

„Johanna, wo kommst du her? Bist du etwa auch ...?"

Als Johanna den Kopf schüttelte, brach er den begonnen Satz sofort ab.

Ja, so genau wisse er auch nicht, was die Führungsetage der Ost-SPD im Moment denkt und tut. Christoph müsse Bescheid wissen, der sitzt doch immer dabei. Auf jeden Fall sei es schwierig, aber eigentlich können sie nicht anders, als sich der großen Schwester anzuschließen. Er jedenfalls wird sein Bestes dafür tun. Manchmal habe er allerdings den Eindruck, die Spitzenleute sind unsicher, vielleicht auch zu wenig gebildet und lassen sich von anderen manipulieren. Die meisten seien bekanntlich Pfarrer und haben naturgemäß von Ökonomie und Organisation nicht viel Ahnung.

Er setze auf die Sozialministerin Regine Hildebrand und Finanzminister Walter Romberg – beide Naturwissenschaftler, sie Biologin, er Mathematiker. Und auf Reinhold Höppner, den Vizepräsidenten der Volkskammer, auch ein Mathematiker. Die drei haben soziales Gewissen und werden sicher auf den Beschluss der großen Schwester in Bonn positiv reagieren. Schaun wir mal, morgen, spätestens übermorgen wissen wir mehr.

Inzwischen musste sich Johanna beeilen, in fünf Minuten begann die Beratung bei Gotthold Buntenbach. Sie wünschte Claas Glück in seiner neuen Partei – und möglichst wenig Enttäuschungen!

17. Juni, Berlin-Mitte

Die Sonne stand noch hoch am Himmel, als Johanna kurz nach halb sechs vor die Tür trat. Der Kontrast zu dem gedämpften Licht im Untergeschoss des Palastes der Republik war so stark, dass sie einen Moment die Augen schließen musste.

Johanna hatte lange vor den Telefonkabinen gewartet, Dutzende Journalisten blockierten die Leitungen. Endlich hatte sie Ellen Glöckner, die Leiterin des Ferienheimes in Schöna am Telefon. Schon oft waren die Ritters über Weihnachten oder Ostern zum Kurzurlaub in das Bungalowdorf des Schuhkombinats nach Schöna, einem beschaulichen Dörfchen im südlichen Zipfel der Sächsischen Schweiz gefahren. Diesmal wollten sie wenigstens eine Woche bleiben, aber weil Johanna wegen des Volksentscheides am Wochenende noch in Berlin sein musste, war Martin am Donnerstagabend mit den Kindern voraus gefahren.

Ellen Glöckner konnte Martin nicht finden. Wahrscheinlich war er vor dem Abendessen zum Joggen gegangen, und falls er die Tour entlang dem deutsch-tschechischen Grenzweg bis zum Großen Zschirnstein vorhatte, würde er nicht vor 19 Uhr zurück sein. Aber auch die Kinder erreichte Johanna nicht, sicher waren sie noch zusammen mit Glöckners Mädchen im Waldbad.

Ellen hatte Johanna beruhigt: hier ist alles in Ordnung – deiner Familie geht es gut. Ganz sicher wird sie Martin ausrichten, dass er Johanna am Montag in Bad Schandau vom Nachmittagszug abholen soll.

Unabhängig vom Ergebnis der Volksabstimmung wollte Johanna morgen zu Martin und den Kindern fahren. Obwohl sie sich nach dem Zusammenbruch damals im März wieder völlig gesund fühlte – gerade so, als hätte sich ihr Körper von ihr gelöst und ein Eigenleben begonnen – brauchte sie ein paar Tage Ruhe. Die nächsten Monate würden, egal wie die Abstimmung ausging, nicht leicht werden.

Außerdem musste sie sich Zeit für Sascha nehmen. Ihr Kind, das schon fast kein Kind mehr war, igelte sich immer mehr ein und wies jeden Annäherungsversuch zurück. Vielleicht konnten sie übermorgen zum Großen Winterberg wandern. Fünf Stunden, ohne Martin, ohne Stefan und Maxi – nur sie beide.

Als sich Johannas Augen an das helle Sonnenlicht vor dem Palast der Republik gewöhnt hatten, erkannte sie die Umrisse ihrer Umgebung wieder deutlich. Ganz links das Staatsratsgebäude mit dem Liebknechtbalkon. Gegenüber das schöne schlanke Gebäude des DDR-Außenministeriums auf seinen weißen Säulen, das einen langen Schatten über den Marx-Engels-Platz warf, aber den Palast nicht erreichte. Und rechts das Museum für Deutsche Geschichte im Schinkelschen Zeughaus.

Johanna lief die große Freitreppe hinunter. Zwischen Übertragungswagen, Bussen und Personenautos, die in dichten Reihen hinter- und nebeneinander auf dem Platz parkten, war es jetzt, fünfundzwanzig Minuten vor der Entscheidung, überraschend ruhig. Johanna brauchte diese Stille, um sich zu konzentrieren.

Um 18 Uhr würden die Scheinwerfer aufleuchten. Aus dem Saal der Volkskammer im Palast der Republik wird der Deutsche Fernsehfunk, das DDR-Fernsehen aus Adlershof, die Prognose des Leipziger Meinungsforschungsinstituts ausstrahlen. Zeitgleich wird ZDF aus der Deutschlandhalle die Ergebnisse der Forschungsgruppe Wahlen bekannt geben.

Dann werden es alle wissen, ob die Bürger der DDR die Kraft und den Mut aufbringen, den Verlockungen der DM zu widerstehen und mit ihrem Ja zur neuen Verfassung der DDR der Utopie von einer solidarischen Gesellschaft noch einmal eine Chance geben.

Johanna war nicht sicher, wie die Volksabstimmung ausgehen wird.

205

Überhaupt: das Volk? Wie berechenbar, wie klug, wie weitsichtig ist DAS VOLK? War die Deutsche Demokratische Republik nicht eine Republik des Volkes? Alles durch das Volk, alles für das Volk – Volkseigentum, Volkseigene Betriebe, Volkswerften, Volkseigene Güter, Volkskammer, Volkspolizei, Volksarmee. Gut gemeint, aber summa summarum nicht gelungen und vom Volk nicht angenommen.

Aber war deshalb die Idee vom Volkseigentum, von der Herrschaft des Volkes falsch?

Es war jetzt nicht die Zeit für solche Fragen, um die die Gespräche mit Martin, den Kollegen und Freunden in den letzten Monaten immer und immer wieder gekreist hatten. In zwanzig Minuten werden die Ergebnisse bekannt gegeben und dann soll sie zusammen mit Politikern und anderen Vertretern des Runden Tisches vor der Kamera stehen.

Wenn man sie fragt, was wird sie sagen? Wie es trotz des Widerstandes der neu gewählten Volkskammer zu einer Volksabstimmung über die Verfassung und den Fortbestand der DDR kam? Warum sie mit Helen in Stockholm war und was danach passiert ist? Warum die SPD ihre Meinung zur deutschen Einheit noch rechtzeitig korrigiert hat? Wie es kam, dass sich die Kirchen der DDR zum zweiten Mal in das politische Geschehen einmischten. Und, sollte die Abstimmung erfolgreich sein, wie sie in den vergangenen Wochen die Bürgerinnen und Bürger der DDR dafür gewonnen haben, ja zu sagen.

Aber wer war sie schon?

Johanna Ritter, eine junge Frau, auf deren Schreibtisch in der Berliner Humboldt-Universität wie zufällig eine kleine Mädchenfigur mit wehender Fahne und langem Schwert stand. Bergarbeitertochter, aufgewachsen in Bischofferode im Eichsfeld, verheiratet mit Martin, dem Schuhmachersohn, Mutter von drei Kindern.

Niemand würde sich für sie interessieren, die Welt schaute heute auf die Großen dieses Landes diesseits und jenseits der Elbe.

Als um 18 Uhr die Scheinwerfer aufleuchteten und die Prognosen bekanntgegeben wurden, war Johanna am Brandenburger Tor. Sie lief und lief, bis ihr die Füße schmerzten. Dann kehrte sie um und ging wieder nach Osten.

Die Sonne über Berlin war schon zur Hälfte verschwunden, Sekunde für Sekunde schmolz der Rest zu einem schmalen Strich und verlosch genau zwanzig Minuten nach acht am Horizont.

In der gläsernen Kugel des Berliner Fernsehturms, dem Wahrzeichen des neuen Berlin, saßen drei Frauen. Sie schwiegen und schauten von ihrem Platz hoch über der Stadt dem grandiosen Naturschauspiel des Sonnenunterganges zu.

Gemeinsam hatten sie in den vergangenen Wochen beherzt am Rad der Geschichte gedreht. Hatten Verbündete gesucht und gefunden. Hat sich ihre Mühe gelohnt?

Endlich klingelte das Telefon. Helen konnte Christoph kaum verstehen, so laut war das Stimmengewirr im Palast. Es war entschieden – eine knappe Mehrheit der Ostdeutschen hatte für die neue Verfassung gestimmt.

Die Hochzeit ist verschoben.

Die Braut sagt nein.

III

Berlin, am 07. Oktober 1990

Liebe Helen,

lass Dich umarmen! Ich freue mich mit Dir, dass die zweite Operation erfolgreich war und Dein Vater nun, nach den vielen Wochen der Ungewissheit, wieder Zukunftspläne machen kann.

Als wir uns in jener denkwürdigen Nacht im Juni am Fuße des Fernsehturmes verabschiedet haben, ahnte niemand, dass Du schon am nächsten Tag im Flugzeug nach San Francisco sitzen wirst, um in den Stunden voller Ungewissheit bei Deinem Vater zu sein.

Aus den geplanten zwei Wochen sind vier Monate geworden – mehr als 100 Tage, in denen sich hier unglaublich viel ereignet hat. Ich kann mir denken, dass Du manchmal bedauert hast, nicht dabei zu sein, aber ich hätte mich an Deiner Stelle nicht anders entschieden.

Heute ist der 7. Oktober, ein Sonntag – und bei uns in der DDR ein Feiertag.

Im Haus ist es still, die Kinder schlafen und Martin hat sich mit Feuchtwangers Jüdin von Toledo ins Schlafzimmer verzogen.

Ich sitze an meinem Schreibtisch, vor mir leere Blätter weißes Papier. Es ist spät, sehr spät sogar, aber heute Nacht will ich Dir endlich den lange versprochenen Brief schreiben, ein bisschen mit Dir plaudern. Wir haben einige Male telefoniert, aber das sind immer nur kurze Momentaufnahmen. Persönliches und was sich hinter den Ereignissen abspielt, lässt sich am Telefon über tausende Kilometer nicht transportieren. Deshalb heute mein Versuch, die letzten Monate für Dich lebendig zu machen.

Wo soll ich anfangen? Beim heutigen Tag und wie es kam, dass wir nicht den dritten Oktober, sondern noch immer den siebenten Oktober, den Gründungstag der DDR feiern? Mit den aufreibenden Auseinandersetzungen über Marktwirtschaft und Brotpreise, über Atomkraftwerke, Klimaschutz, Demokratie und Freiheit in den vergangenen Monaten?

Alles ist denkbar, aber am verständlichsten wird die Geschichte vielleicht, wenn ich sie Dir vom Anfang her erzähle, auch auf die Gefahr, dass Du das Eine oder Andere schon kennst und es in meinem Bericht ein wenig durcheinander geht.

Natürlich hatten wir nicht erwartet, dass die Bundesrepublik und ihre NATO-Verbündeten tatenlos zusehen, wie ihnen die schon sicher geglaubte DDR aus den Fingern gleitet.

Du erinnerst Dich, dass sofort nach der Ankündigung des Volksentscheids Anfang Mai ein Trommelfeuer von Gegenaktionen begann. Androhung eines Wirtschaftsembargos für die Länder, die uns unterstützen, Provokationen bei Veranstaltungen, Verleumdungen unserer Leute in der Presse. Dazu die Bestechungsversuche mit lukrativen Angeboten.

Auch bei mir haben sie es versucht: Eine Stiftung bot mir die Leitung eines Wissenschaftlerteams in Hamburg an, plus Privatschule für die Kinder und gut bezahlte Führungsaufgabe in einem norddeutschen Handelsunternehmen für Martin. Wir haben das Angebot abgelehnt, aber manch einer hat sich kaufen lassen.

Die Reaktionen am Tag nach der Volksabstimmung am 17. Juni waren von einem anderen Kaliber. Die Bundesrepublik Deutschland, die Europäische Gemeinschaft, die USA und sogar die OSZE erklärten unisono, dass sie das Ergebnis des Referendums nicht anerkennen – demokratische Standards seien missachtet worden.

Politiker der CDU drohten noch am selben Tag mit dem Einsatz der Bundeswehr, falls die Regierung den Volksentscheid akzeptiert.

Einen Moment habe ich damals gezögert, ob ich unter diesen Umständen zu Martin und den Kindern in die Sächsische Schweiz fahre oder besser in Berlin bleiben sollte. Den Ausschlag gab eine Fotografie, die Martin im Treppenhaus mit Stecknadeln an die Tapete geheftet hatte: Sascha und Stefan mit Fahrrädern auf einem sonnenbeschienenen Waldweg, dahinter, nur halb zu sehen, Martin mit Maxi im Kindersitz. Ich fehle auf dem Foto – wie so oft in den letzten Wochen.

In zehn Minuten habe ich meine Reisetasche gepackt und bin zum S-Bahnhof gelaufen.

Im Nachhinein muss ich sagen, es war richtig so. Drei Tage nur für uns und die Kinder! Das Wetter war wunderbar, nicht zu warm, nicht zu kalt. Maxi hat im Waldbad schwimmen gelernt und schafft inzwischen schon eine ganze Bahn. Einen Tag war ich mit Sascha allein unterwegs – mit dem Auto ins Kirnitzschtal und dann zu Fuß über den Kuhstall hoch in die Schrammsteine.

Endlich habe ich herausgefunden, warum er sich immer mehr verschließt. In der Schule hatten sie Anfang des Jahres über die neue Verfassung gesprochen und welche Konsequenzen eine Volksabstimmung haben würde. Wie überall im Lande, war auch in seiner Klasse die Meinung zur Zukunft der DDR geteilt. Viele wussten, dass ich an der Verfassung beteiligt war und ließen ihren Frust darüber, dass die D-Mark nun vielleicht doch nicht kommt, an Sascha aus. Sein Unfall am 1. Mai hing übrigens auch damit zusammen. Wir merken, dass er inzwischen selbst nicht mehr weiß, für welche Seite er sich entscheiden soll.

Die Ereignisse in den ersten Tagen nach der Volksabstimmung konnten wir nur am Bildschirm aus der Ferne verfolgen.

Die Volkskammer wurde sofort einberufen und es geschah das Sensationelle: eine deutliche Mehrheit der Abgeordneten, darunter auch einige Abgeordnete der CDU, erkannte das Ergebnis der Abstimmung an. Damit waren die Einwände gegen die Rechtmäßigkeit des Volksentscheids vom Tisch.

Nach einer kurzen Auszeit wurden die Regierungsmitglieder aufgefordert, den Amtseid auf die neue Verfassung zu leisten. Der Ministerpräsident, sein Stellvertreter und auch die anderen Minister von CDU, DSU, DA und wie sie alle heißen, lehnten das ab.

Um kein Machtvakuum zuzulassen, wurde noch am selben Tag die bisherige Sozialministerin Regine Hildebrandt zur Regierungschefin gewählt und mit der Bildung einer neuen Regierung beauftragt. Und was macht diese mutige Frau? Sie holt sich Menschen in die Regierung, denen die Bürger vertrauen – unabhängig von ihrer Parteizugehörigkeit. Sie behält einen CDU-Minister, der sich, wie andere CDU-Abgeordnete auch, aus christlicher Verantwortung zu der neuen Verfassung bekannt hat, macht Wolfgang Ullmann vom Runden Tisch zum Sozialminister, Bärbel Bohley zur Familienministerin und den agilen Rechtsanwalt Gregor Gysi von der PDS zum Justizminister.

Diese Regierung der nationalen Verantwortung, wie Regine Hildebrandt sie nennt, antwortete auf die Drohungen aus dem Westen mit der Ankündigung, den UNO-Sicherheitsrat anzurufen. Die Bundesregierung wusste, dass sie dabei den Kürzeren zieht, denn von den fünf ständigen Mitgliedern des Sicherheitsrates konnte sie nur mit der Unterstützung der USA rechnen. China, Frankreich und Großbritannien hätten sich nicht missbrauchen lassen und auch die Sowjetunion würde sich trotz ihres Deals mit der Bundesrepublik international keine Blöße geben.

Am Ende musste Helmut Kohl akzeptieren, dass die politische Wende in der DDR zu den Wurzeln des Herbstes 1989 zurückgekehrt war. Und dagegen war er machtlos.

Die Nagelprobe für die neue Verfassung folgte sofort danach. Wie lange schon geplant, stimmten Bundestag und Volkskammer am 21. Juni parallel über den Vertrag zur Wirtschafts-, Währungs- und Sozialunion ab. Wie Du weißt, liebe Helen, hatte Willy Brandt ursprünglich der SPD die Empfehlung gegeben, dem Vertrag zuzustimmen. Aber das konnte ja nun nicht mehr gelten. Und so kam es, dass die West-SPD gemeinsam mit den Grünen geschlossen dagegen stimmte. Angenommen wurde der Vertrag trotzdem, denn CDU und FDP haben nun einmal im Bundestag die Mehrheit.

In der Volkskammer hielt Regine Hildebrandt eine temperamentvolle Rede: ja, wir sind für die Einheit beider deutscher Staaten, aber bitte auf gleicher Augenhöhe und nicht nur nach westdeutschem Strickmuster. Dieser Vertrag würde den Menschen im Osten die D-Mark bringen, aber auch den Ruin ihrer Wirtschaft und den Verlust ihrer Wurde. Deshalb: NEIN, so nicht!

Zehn Tage später der 1. Juli, ein sonniger, für die Jahreszeit eher kühler Sonntag. Nichts erinnerte daran, dass nach den Plänen der Bundesregierung an diesem Tag in Ostdeutschland die D-Mark eingeführt werden sollte.

Bei uns gab es zu Mittag in bewährter Tradition Rouladen mit böhmischen Knödeln und eine Markklößchensuppe. Am Nachmittag habe ich meinen Liegestuhl unter den Birnbaum gestellt und endlich einmal zwei Stunden am Stück in der Ästhetik des Widerstands von Peter Weiss gelesen. Sascha und Stefan spielten Tischtennis, Maxi war nebenan bei den Nachbarskindern.

Auch am Montagmorgen war alles wie immer. Der Bäcker verkaufte seine Brötchen für fünf Pfennige und der Fahrkartenautomat druckte brav die S-Bahnkarte, als ich meine zwei Alu-Zehnpfennig-Stücke hineinsteckte.

Vor der Uni standen 40, vielleicht 50 Menschen mit schwarzem Trauerflor und Spruchbändern, auf denen sie ankündigten, dass sie nun, da die D-Mark nicht zu ihnen gekommen ist, zu „Ihr" gehen werden. Die meisten Passanten liefen schweigend vorbei. Sicher bedauerte heute so mancher, dass er sich vor zwei Wochen für die neue Verfassung entschieden hatte.

Nach wie vor verließen in den Sommermonaten täglich mehrere hundert Menschen die DDR. Dabei waren sich alle einig, dass jeder aus der DDR ausreisen kann, wenn er es will – nicht nur zu Besuch bei Freunden oder Familienangehörigen, sondern auch, um in der Bundesrepublik oder in einem anderen Land zu leben. Einer der größten Fehler der DDR war es ja gewesen, dies den Menschen zu verwehren, sodass sie sich eingesperrt fühlten und es im Grunde auch waren.

Wir wussten, dass in den nächsten Wochen und Monaten noch viele das Land gen Westen verlassen werden, vielleicht eine Million Menschen – vielleicht sogar noch mehr. Aber damit mussten wir ohnehin rechnen. Wäre am 1. Juli die D-Mark eingeführt worden, würden nach Schätzungen von Fachleuten allein wegen des Niedergangs der Wirtschaft im Osten voraussichtlich zwei Millionen gut ausgebildete Ostdeutsche den Arbeitsplätzen in die alten Bundesländer hinterherziehen.

Wenn es uns aber gelingt, ein besseres Deutschland zu schaffen – vielleicht nicht reicher, sondern gerechter, demokratischer, menschenfreundlicher als die Bundesrepublik, dann könnte es in der Zukunft passieren, dass Menschen aus anderen Ländern zu uns kommen, weil sie in diesem gerechten, demokratischen, menschenfreundlichen Land leben wollen.

Das gab es schon einmal – in der Zeit der frühen DDR, vor 40 Jahren. Junge Arbeiter und Studenten aus dem Ruhrgebiet, dem Saarland und den Dörfern Norddeutschlands, aber auch bekannte Künstler und Wissenschaftler aus der Bundesrepublik, Österreich und der Schweiz entschieden sich damals für das andere, wie sie es sahen, das bessere Deutschland. Darunter bekannte Künstler wie Brecht, Seghers, Langhoff, Inge Keller, der Rennfahrer Manfred von Brauchitsch, der Physiker Manfred von Ardenne.

Der Streitpunkt ist heute nicht, ob die DDR-Bürger auswandern dürfen, sondern zu welchen Bedingungen sie das Land verlassen können.

Die meisten haben eine gute Ausbildung bekommen, im Unterschied zur Bundesrepublik und anderen westeuropäischen Ländern alles kostenlos und mit Stipendium vom Staat. Bei euch muss der Student das BAföG, wenn er überhaupt eines bekommt, zu großen Teilen zurückzahlen. Das können leicht bis zu 30, 40 Tausend D-Mark sein, Studiengebühren und andere Kosten nicht mitgerechnet.

Deshalb hat die Regierung die Frage gestellt, ob jene, die das Land für immer verlassen wollen, nicht einen Teil der Leistungen zurückzahlen müssten und das Land, das die qualifizierten Ingenieure und Wissenschaftler bekommt, die Ausbildungskosten erstatten sollte. Natürlich müsste dann die DDR auch für Fachkräfte zahlen, die aus anderen Ländern zu uns kommen. Indien, China, Pakistan, deren Hochschulabsolventen überwiegend im Ausland verschwinden, werden uns wahrscheinlich für diese Idee dankbar sein.

Noch ist nichts entschieden. Von Bündnis 90 gibt es heftigen Widerstand. Bildung sei Menschenrecht und niemand dürfe daraus Forderungen ableiten. Ich bin mir nicht sicher, was richtig ist, aber nachdenken sollte man zumindest darüber.

Das ist, wie Du Dir denken kannst, bei weitem nicht das einzige und auch nicht das wichtigste Problem, mit dem wir uns in diesen Wochen herumschlagen.

Wir wollen etwas Eigenes, noch nicht Dagewesenes ausprobieren. Aber wie soll das Eigene aussehen und wie können wir die Menschen erreichen?

Im Grunde wissen alle nur genau, was sie nicht wollen: nicht so weitermachen, wie in den vergangenen 40 Jahren, aber auch nicht zurückkehren zum Tanz um das goldene Kalb nach dem Muster der Bundesrepublik oder gar der USA.

Der Sozialismus ist diskriminiert und die Leute auf der Straße wollen nichts mehr von Sozialismus hören, auch nicht mit dem Zusatz „demokratisch". Noch ist alles offen, alles möglich – eine einmalige Chance, die aber ganz leicht vertan sein kann.

Auf die Frage: wie wollen wir leben?, bekommst Du im Moment hunderte Antworten. Ja, alle möchten die Kindergärten erhalten, qualifizierte Lehrer, motivierte Erzieherinnen und natürlich die vielen guten Theater und Orchester. Und auch den Haushaltstag, das Ferienlager, die Schulspeisung. Und niedrige Preise für Brot, Bücher, Strom, Straßenbahn und billige Mieten.

Aber das genügt ihnen nicht mehr. Sie wollen auch saubere Flüsse, volle Geschäfte, eine Währung, mit der sie in jedes Land der Erde reisen können. Vielleicht auch ein Häuschen, ein größeres Auto, eine eigene Sauna im Keller.

Und da wird es schwierig. Wenn Du Dich umsiehst in der Welt, wo findest Du Vorbilder?

Für die Demokratie vielleicht die Volksabstimmungen in der Schweiz, aber spätestens am Betriebstor ist dort Schluss mit der Demokratie. Viele schwärmen von den nordeuropäischen Ländern, vor allem ihren Sozialsystemen. In den Bereichen Soziales und Bildung brauchen wir aber nicht unbedingt Vorbilder, hier haben wir selbst gute Erfahrungen gemacht. Insbesondere im Bildungssystem, wo Finnland und auch Schweden vieles von der DDR übernommen haben.

Alles zusammenzubringen – demokratische Willensbildung bis hinunter zum Betrieb, sorgsamer Umgang mit der Natur und ihren Ressourcen, ein gutes Sozial- und Bildungssystem, aber auch volle Geschäfte plus konvertierbare Währung – das ist das große Kunststück, das wir vollbringen müssen.

Ich bin überzeugt, dass das für die DDR-Bürger nicht ohne Verzicht und ohne Abschied von lieb gewonnenen Gewohnheiten erreichbar ist. Energiepreise und Wohnungsmieten, aber auch der Preis für Brot werden steigen. Die Schrippe wird künftig deutlich mehr als fünf Pfennige kosten und auch die Sozialleistungen müssen auf den Prüfstand gestellt werden, wenn wir es mit der Erhaltung der Umwelt ernst meinen.

Am schwierigsten ist im Moment die Frage, was mit den Volkseigenen Betrieben werden soll.

Unsere Chance: noch gibt es das Volkseigentum, man muss es nicht schaffen, müsste niemandem etwas wegnehmen. Es wäre eine Torheit, es leichtsinnig aufs Spiel zu setzen.

Ja, es wird auch Privatisierung volkseigener Betriebe geben, aber was die westlichen Länder auf diesem Gebiet anbieten, ist für uns als Vorbild unbrauchbar. Ist es nicht ein Hohn, dass Ende des 20. Jahrhunderts noch einzelne Personen oder Familien, die Albrecht-Brüder, die Familie Otto, die Quandts und wie sie alle heißen, ein Milliardenvermögen angesammelt haben und über das Wohl und Wehe von hunderttausenden Beschäftigten entscheiden? Niemand fragt sie nach ihrer Qualifikation, ihrer sozialen Kompetenz, niemand hat ihnen das Vertrauen ausgesprochen. Allein das Geld, oft nur geerbt von ihren Vätern und Großvätern oder gar vom inzwischen verstorbenen Ehemann, wie die Damen Schaeffler, Dussmann und Springer, macht sie zu Herrschern über das Schicksal tausender Menschen, über die hochsensible Technik und über die Natur.

Wie zu erwarten, gab es in den vergangenen Wochen heiße, und zum Teil konträre Diskussionen über die Zukunft der Volkseigenen Betriebe. Einig sind sich die meisten – alle wird man nie in ein Boot bringen – möglichst viele Unternehmen in die Hände der Städte und Gemeinden zu geben. Verkehrsbetriebe, Energieversorger, Krankenhäuser, Sparkassen, Schulen, Kindergärten.

Genossenschaften sollen besonders gefördert werden, nicht nur wie bisher in der Landwirtschaft, dem Handwerk, im Wohnungsbau oder als Verbrauchergenossenschaft, sondern auch Polikliniken, Kindergärten, Jugendclubs, Verlage, Anwaltskanzleien sollen prüfen, ob für sie die Genossenschaft eine vorteilhafte Organisationsform ist.

Dabei sollen im Interesse der Umwelt möglichst enge regionale Wirtschaftskreisläufe entstehen, der Weg vom Bauern, vom Bäcker, aber auch vom Handwerker, ob Dachdecker, Fensterbauer oder Installateur zum Verbraucher soll möglichst kurz sein.

Die großen, für alle wichtige Betriebe aber, Bergwerke, Stahlproduzenten, Großkraftwerke, die Leitungssysteme der Energieversorgung und des überregionalen Verkehrs, und natürlich die großen Banken und Versicherungen werden im Eigentum der ganzen Gesellschaft bleiben und im vollen Sinn des Wortes Volkseigentum werden.

Daneben wird es viele private Unternehmen geben, für die der Staat Rahmenbedingungen setzen muss.

Über Rahmenbedingungen des Handelns aller Teilnehmer am wirtschaftlichen Leben soll von der Gesellschaft als Ganzes demokratisch entschieden werden. Anders als bisher wird die indirekte Steuerung durch Umweltstandards, Steuern und Abgaben, Kreditrichtlinien, Sozialgesetze, Förderprogramme und Mindestlöhne erfolgen. Der direkte Eingriff des Staates wird abgeschafft und nur noch im Katastrophenfall zulässig sein. Wahrscheinlich wird es auch Obergrenzen der Managergehälter geben, vielleicht das Fünffache oder das Zehnfache der Mindestlöhne? Jedenfalls auf keinen Fall das Hundertoder das Dreihundertfache, wie es bei manchen Bankdirektoren im Westen üblich ist.

Liebe Helen,

Du siehst, ich bin ins Plaudern gekommen – mein Lieblingsthema lässt mich wieder einmal nicht los.

Nun will ich Dir aber noch ein wenig von uns erzählen.

Trotz aller Unruhe und der vielen Arbeit hatten wir einen schönen Sommer. Die beiden Großen waren zwei Wochen im Kinderferienlager und anschließend haben wir alle fünf noch eine Woche in Schöna verbracht. Wir hoffen, dass das Ferienheim erhalten werden kann, einfach wird es nicht und teurer wird der Urlaub in Zukunft auf jeden Fall.

Für Martin waren die Urlaubstage nicht sehr erholsam. Viele der Gäste kamen aus den Betrieben des ehemaligen Schuhkombinates. Die meisten arbeiten Gott sei Dank inzwischen wieder, aber noch weiß niemand, ob das von Dauer sein wird. Beim Frühstück, im Waldbad oder abends beim Bier, jede Gelegenheit wurde genutzt, um von Martin etwas Tröstliches zu hören.

Patentantworten hatte Martin natürlich nicht, aber er versuchte, den Kollegen Mut zu machen und sie für seine Ideen zu gewinnen. Natürlich weiß er, dass die Belieferung des sowjetischen Marktes mit einigen hundert Millionen Paar Schuhen in den nächsten Jahren keine Dauerlösung ist. Sein Konzept sieht gleichzeitig vor, gemeinsam mit den Skandinaviern die Modernisierung der russischen, ukrainischen, lettischen Schuhfabriken zu unterstützen, denn diese Länder werden nicht ewig Schuhe von uns importieren, sondern wollen auch selbst produzieren.

Aber Martin will noch weiter nach Osten! Warum sollen wir nicht auch in Asien produzieren, zusammen mit China und Vietnam? Nicht zu Dumpingpreisen und Hungerlöhnen, sondern in gemeinsamen Unternehmen auf gleicher Augenhöhe. Vielleicht sind unsere Schuhe dann etwas teurer als die von Adidas, aber die Leute werden sie kaufen, wenn sie wissen, dass wir in diesen Ländern faire Geschäfte machen.

Irgendwann, vielleicht in 20 Jahren, werden aber China und Vietnam so weit sein, dass die Menschen nicht mehr mit einem Paar Schuhe auskommen müssen. Wenn dann eine Milliarde Menschen in China sich zwei Paar, vielleicht sogar drei Paar Schuhe im Jahr leisten kann, dann brauchen sie ihre Schuhe selbst und werden sie nicht mehr nach Europa liefern.

Damit schließt sich der Kreis. Hier bei uns werden die Schuhe knapp und alle europäischen Länder schauen neidvoll auf die Betriebe in Schwarzenberg, Erfurt und Berlin, wo es noch Fachleute gibt, die gute Schuhe produzieren können. Ist das nicht eine tolle Vision? Ich hatte den Eindruck, die Kollegen haben Martin verstanden und wollen ihn unterstützen.

Nun aber zurück zu den schönen Sommermonaten!

Im August waren wir in Franken zur Geburtstagsfeier von Martins älterem Bruder Georg.

Ende Juli rief Martins Mutter an und fragte, ob wir bei der Fahrt zu Georgs Vierzigstem bei ihr in Schwarzenfels Zwischenstation machen. Vielleicht könnten wir dann die Strecke über das Hermsdorfer Kreuz, Bayreuth und Nürnberg gemeinsam fahren.

Wir wussten nichts von einer Einladung, hatten sogar vergessen, dass Georg in diesem Jahr 40 wurde. Meine Schwiegermutter spürte sofort, dass sie einen Fehler gemacht hatte und wechselte das Thema – ziemlich heiß im Moment, die Engelstrompete muss sie zweimal am Tag gießen und ach ja, Norbert, ihr Jüngster, arbeitet Gott sei Dank wieder, wenn auch verkürzt.

Als drei Tage später Georgs Brief im Kasten lag, war klar, dass Anni ihren Sohn in Franken angerufen und die Einladung für die Berliner eingefordert hatte.

Sollten wir überhaupt fahren? Wir hätten uns eine Ausrede ausdenken können, oder vielleicht ehrlich sagen sollen, dass wir keinen Streit, keine neuen Missverständnisse wollen und deshalb nicht kommen werden.

Seine Enttäuschung war groß gewesen, als ihn der neue Präsident der Treuhandanstalt wenige Tage nach dem Referendum in sein Büro rief und ihm für die geleistete Arbeit dankte. Georg würde sicher verstehen, dass unter den neuen Bedingungen die weitere Mitarbeit von Beratern aus den Konkurrenzunternehmen in der Treuhand nicht möglich sei.

Das war hart, denn Georg hatte sich von dem Einsatz im Osten große Chancen ausgerechnet und in Berlin bereits den Mietvertrag für eine ziemlich teure Wohnung unterschrieben. Dass er sich danach nicht von Martin, der auf der gleichen Etage, nur ein paar Zimmer weiter saß, verabschiedete, hatte Martin verstanden. Und auch, dass Georg uns nicht zur Geburtstagsfeier einladen wollte, denn er wusste natürlich, dass wir bei der Volksabstimmung unsere Hand im Spiel gehabt hatten.

Wir sind dann doch gefahren – eigentlich vor allem wegen Martins Mutter, die am Telefon weinte, als Martin nicht ja und nicht nein sagte.

Viele Reden wurden gehalten, Lob für Georg, Lob für seinen erfolgreichen Schwiegervater, aber auch für die süße kleine Kim, die so ganz dem Opa ähnelte. Und Dank an die mutigen Menschen drüben, die die Mauer eingerissen haben, sodass heute Gott sei Dank auch die Verwandten aus dem Osten bei dem schönen Fest dabei sein können.

Die Kinder haben sich herrlich amüsiert, es gab eine Hopseburg für die Kleinen und Luftgewehrschießen mit tollen Gewinnen für die Großen. Stefan hat den Hauptpreis abgeräumt, ein gutes Nachtfernglas von Zeiss Jena.

Die Männer drängten sich um Martin, Hauptthema die Volksabstimmung über die DDR-Verfassung. Die Stimmung war eindeutig: unerhört, unklug, undankbar. Offensichtlich hatte Georg niemandem erzählt, dass wir an dem Ausgang des Referendums nicht ganz unschuldig waren. Wenn sie das gewusst hätten, wäre sicher mancher zurückhaltender gewesen. Für uns war interessant, ungefiltert das Echo an den westdeutschen Biertischen zu hören.

Almuth versuchte zweimal, mich zu den Frauen an den anderen Tisch zu holen, aber ich habe freundlich abgewinkt – komme gleich, will nur noch kurz zuhören.

Eigenartig war, dass kein Mensch etwas von uns über die DDR wissen wollte. Im Gegenteil, ein älterer freundlicher Herr, offensichtlich ein Geschäftspartner von Georgs Schwiegervater, erzählte über seinen Besuch auf der Leipziger Messe vor drei Jahren. In Auerbachs Keller hatte er sich mit einem jungen Mann aus Dresden unterhalten und nun wusste er Bescheid, was los war in dem Land jenseits der Elbe. Das Stichwort genügte, jeder hatte schon einmal mit jemandem von drüben gesprochen, war in Ostberlin einkaufen gewesen oder wenigstens auf der Autobahn durch die DDR gefahren und konnte eine Geschichte zur Wahrheitsfindung beitragen.

Martin entschuldigte uns, wir müssten nach den Kindern sehen. Draußen sagte er zu mir: Komm, wir fahren nach Hause. Die wissen offensichtlich besser als wir, wie die DDR war und wie wir gelebt haben. Was wollen wir noch hier? Wir sind dann doch geblieben und später am Abend war es noch richtig schön – gute Musik, guter Wein und nun doch auch gute Gespräche!

Auf der Rückfahrt aus Franken haben wir noch Station bei meinem Bruder Frank gemacht, der seit einem Jahr bei Kali und Salz in Hessen arbeitet. Aber das wäre schon wieder eine andere Geschichte.

Ich habe mich verplaudert, Mitternacht ist längst vorbei. Ein Thema bin ich Dir noch schuldig: den 7. Oktober.

Wenige Tage nach der Volksabstimmung schlug die Hildebrandt-Regierung vor, zügig mit der Bundesrepublik über eine Konföderation zu verhandeln. Beide deutsche Staaten sollten souverän bleiben, aber vieles schon gemeinsam tun – in der Außenpolitik, im Verkehrs- und Nachrichtenwesen, im Umweltschutz.

Die Modrow-Regierung hatte, wie Du weißt, den gleichen Vorschlag schon Anfang des Jahres gemacht und auch Günter Grass nutzte jede Gelegenheit, als Alternative zur übereilten Wiedervereinigung für einen Bund deutscher Staaten zu werben.

Die Idee ist nicht neu. Die USA waren anfangs eine Konföderation, die Beneluxländer sind es noch heute. Auch in Deutschland gab es schon einmal eine Konföderation. Nach dem Wiener Kongress 1815 hatten sich 38 deutsche Staaten im Deutschen Bund zusammengeschlossen – darunter so große wie die Königreiche Preußen, Bayern, Sachsen, Württemberg und das Kaiserreich Österreich. 56 Jahre später entstand daraus das Deutsche Reich.

50 Jahre hätte es nicht wieder dauern müssen, bis die beiden deutschen Staaten eins werden. Aber die Geschichte zeigt, dass eine Vereinigung Zeit braucht.

Am vergangenen Mittwoch sollte nun der Konföderationsvertrag zwischen der DDR und der Bundesrepublik unterschrieben werden und damit der 3. Oktober als Tag der deutschen Einheit in die Geschichte eingehen. Eure Regierung hatte darauf gedrängt, dass der Termin vor dem 7. Oktober liegen sollte, damit die Ostdeutschen nicht auf die Idee kommen, 1990 noch einmal den Jahrestag der DDR zu feiern.

Bis zur letzten Minute wurde über den Vertrag verhandelt. Viele Kompromisse waren gefunden worden, erstaunlich viele sogar. Am Ende blieb nur eine Frage offen: wie halten wir es mit den militärischen Bündnissen? Noch war die Bundesrepublik Teil der NATO, die DDR Teil des Warschauer Vertrages. Die einzig mögliche Lösung war die militärische Neutralität beider deutscher Staaten.

Daran, und nur daran ist das Vorhaben gescheitert. Der Deutsche Bundestag lehnte den Vertrag ab. Begründung: die NATO-Mitgliedschaft steht nicht zur Disposition – auf keinen Fall für die Bundesrepublik, aber auch die DDR als Konföderationspartner muss NATO-Mitglied werden. Komisch, die Berliner Mauer ist weg, aber der Kalte Krieg ist offensichtlich noch immer nicht beendet.

Aus der Konföderation zwischen der Bundesrepublik und der DDR ist also nichts geworden. Aus der Traum. Die Menschen sind enttäuscht, die Feier am Brandenburger Tor und am Reichstag wurde abgesagt, der 3. Oktober bleibt ein Tag wie jeder andere.

Und so kam es, dass auch künftig der 7. Oktober bei uns ein Feiertag ist. Militärparaden gibt es nicht, auch keine Tribünen, keine Spruchbänder.

Das Datum ist geblieben, es steht für die Gründungsidee der DDR damals vor 41 Jahren von einem freiheitlichen, sozial gerechten, friedlichen Staat.

Heute Vormittag waren wir mit den Kindern auf dem Alexanderplatz. Alle waren sie da – Stefan Heym, Christa Wolf, Ulrich Mühe, Heiner Müller, Jens Reich, Gregor Gysi – die dort am 4. November vor einem Jahr das Fenster für die politischen Veränderungen in der DDR aufgestoßen haben. Viele haben spontan das Mikrofon genommen und über ihre Hoffnungen, aber auch über ihre Befürchtungen gesprochen.

Und immer wieder die eine Frage: Wie geht es weiter? Wird es uns gelingen, aus diesem Land ein anderes, ein besseres zu machen?

Ich weiß es nicht, aber ich bin nicht mutlos.

Liebste Helen, komm bald – wir brauchen Dich!

Johanna

Paris, im Juli 2019

Johanna sah auf die Uhr. Die Veranstaltung im Presse-
club sollte längst zu Ende sein, niemand hatte damit gerechnet, dass das Interesse an der DDR-Geschichte so
groß sein würde.

In ihrem Statement hatte sich Johanna auf die wichtigsten Wendepunkte vom November 1989 bis zum Oktober 1990 beschränkt. Berit und Christoph hatten kurz
ergänzt und Juliane Jensen, die Botschafterin, hatte gleich
darauf die Diskussion freigegeben.

Als Erste meldete sich eine junge Französin, Bericht-
erstatterin der L'Humanité, wie sie sagte. Sie stellte Johanna zwei Fragen. Würde sie sich heute, mit den Erfahrungen der vergangenen 30 Jahre, wieder gegen den Beitritt zur Bundesrepublik und für einen eigenen Weg entscheiden? Und: Glaubt Johanna, dass die Hoffnungen der
Menschen in der DDR auf eine andere, bessere Gesellschaft erfüllt worden sind?

Teil eins der Frage war leicht zu beantworten: Ja, sie
würde es wieder tun.

Schwieriger sei es, für alle DDR-Bürger zu sprechen,
eigentlich unmöglich.

Viele Menschen hatten damals Illusionen und glaubten,
sie können die unbegrenzte soziale Sicherheit behalten und
bekommen das neue Auto, die billigen Markenjeans und die
Mallorcareise dazu. Weil aber nur verteilt werden kann, was
zuvor erarbeitet worden ist, in der Familie genauso wie in
der Gesellschaft, musste neu austariert werden, welche soziale Sicherheit und welchen Konsum sich das Land künftig
leisten kann – und leisten will.

In den ersten Jahren, Anfang, Mitte der 90er Jahre,
drohte die Stimmung manchmal zu kippen. Dass es nur
20 Sorten Käse gab und nicht 100 wie im Westen und
dass Äpfel aus Südafrika um ein Vielfaches teurer waren

als Äpfel aus Werder, fanden die Leute vernünftig. Auch, dass niemand versuchte, sie mit Preisen von 9,99 statt 10 Mark für dumm zu verkaufen. Als aber die Preise für Brot und Energie erhöht werden mussten, um die sinnlose Verschwendung zu beenden, und in den Betrieben bei Arbeitsbummelei der Lohn gekürzt wurde, waren viele ernüchtert und enttäuscht. So hatten sie sich die neue Gesellschaft nicht vorgestellt.

Die Wende kam, als Ende der 90er Jahre in der Bundesrepublik die Zahl der Arbeitslosen auf fast drei Millionen anstieg und viele Arbeitslose zu Hartz IV verurteilt wurden. Jetzt spürten die DDR-Bürger die Vorzüge des Lebens in ihrem Land. Sie hatten Arbeit, von der sie leben konnten, und das gute Gefühl, dass sie als Mensch geachtet und gebraucht werden. Und sie konnten mitentscheiden – über das Land, über die Stadt, das Dorf, über den Betrieb.

Die junge Frau hatte nachgefragt. Sie wollte wissen, ob Johanna das, was inzwischen aus dem Land DDR geworden ist, als Sozialismus bezeichnen würde.

Was sollte Johanna auf die Frage antworten? Sozialismus sei kein fertiger Zustand, sondern immer zugleich Weg und Ziel? Und wer wusste eigentlich genau, was DER Sozialismus ist, an dem sich die heutige DDR messen sollte?

Johanna griff zu einem Trick und gab die Frage zurück. Sie war erstaunt, wie unterschiedlich die Antworten ausfielen. Ein junger Mann aus Venezuela erklärte mit erregter Stimme: Solange sich die DDR nicht von der Marktwirtschaft verabschiedet und das verfluchte Geld abschafft, ist sie Lichtjahre vom Sozialismus entfernt. Andere protestierten – zu einfach, zu absolut, was erwartet man eigentlich vom Sozialismus, ein Paradies etwa? Das gibt es nicht, und wer das den Menschen verspricht, ist ein Lügner.

Die meisten jungen Leute hatten sich festgebissen, keiner wollte nachlassen, niemand Kompromisse suchen.

Johanna fühlte sich in die 90er Jahr zurückversetzt, in denen zu Hause genauso heftig gestritten wurde. Irgendwann hatte es dann den klugen Rat gegeben, sich nicht an Begriffen aufzureiben, sondern Punkt für Punkt in Volksabstimmungen zu entscheiden, was gut für die Menschen und gut für das Land ist. Seither wurde in der DDR nur noch wenig über Sozialismus gesprochen. Vielleicht war das der beste Weg.

Als kurz vor zwei Uhr plötzlich im Saal das Licht ausging und auch das Mikrofon nicht mehr funktionierte, nutzte die Botschafterin die Gelegenheit, das Clubgespräch zu beenden. Danke für die interessanten Denkanstöße, vielleicht könnte man die Diskussion beim nächsten Pressetermin in zwei Wochen fortsetzen.

Juliana Jensen hatte Johanna, Berit und Christoph zum Mittagessen eingeladen, aber nach einem kurzen Blickwechsel waren die drei sich einig, dass sie allein sein wollten. Danke für die Einladung, es passt nur im Moment schlecht, sie müssten für den Abend noch einiges vorbereiten.

Zehn Minuten später standen sie vor der Tür und uberlegten: rechts oder links? Berit entschied „Natürlich links!", hakte sich bei Johanna ein und zog sie nach rechts in Richtung des schattigen Parks am Ende der Straße.

Gleich an der Ecke fanden sie ein Fischrestaurant mit einem üppig-grünen Innenhof. Berit bestellte frische Jakobsmuscheln, die es nur im Mittelmeerraum gab und in Schweden sehr teuer waren. Christoph schloss sich ihr an. Johanna aß nicht gern Muscheln und entschied sich für Aal grün in Rotweinsoße, dazu das obligatorische Baguette und einen Krug roten Hauswein für alle.

Die Suche des Restaurants und die Verständigung mit dem Ober, die wegen der Sprache kompliziert und langwierig war, hatten ihnen geholfen, die Verlegenheit des Wiedersehens zu überspielen. Nun aber war alles geklärt, der Wein stand auf dem Tisch und bis zum Essen würde es mindestens eine halbe Stunde, vielleicht auch eine Stunde dauern.

Für einen Moment saßen sie sich schweigend gegenüber, die zwei Frauen auf der einen, der Mann mit dem roten Schal auf der anderen Seite. Drei Jahrzehnte waren seit damals vergangen. Sie waren älter geworden, fast schon alt und konnten mit einer Hand die Jahre bis zum Ende ihres Berufslebens abzählen.

So viele Fragen hingen in der Luft – würden sie es heute schaffen, darüber zu sprechen?

Johanna dachte an Judith. Wusste Christoph, dass ihre Schwester nie verstanden hat, warum er plötzlich aus ihrem Leben verschwunden ist? War Christoph tatsächlich, wie Helen meinte, im Dienste des Bundesnachrichtendienstes – und wenn es so war, worin bestand damals sein Auftrag, was hat er über ihre gemeinsame Zeit berichtet? Was weiß Christoph, was weiß Berit über Helens mysteriösen Tod?

Johanna ahnte, dass sie keine Antwort auf ihre Fragen bekommen wird. Dafür wäre ein bedingungsloses Vertrauen notwendig, das nach all den Jahren nicht mehr existierte.

Zwischen ihr und Berit war der Kontakt nie abgerissen. Jahrelang hatten sie gemeinsam mit Helen den 1. Mai in Berits Häuschen in Vaxholm gefeiert. Seit Helen tot war, trafen sie sich seltener – mal im Urlaub, mal bei einem Kongress in Berlin oder Stockholm. Wenn die Zeit zu lang wurde, griff eine von ihnen zum Telefon und sofort war die alte Vertrautheit wieder da.

Das Problem war Christoph. Damals, Mitte der 80er Jahre bei ihrer ersten Begegnung während der Verhandlungen von SPD und SED in Freudenstadt, war er Johanna durch seine offene und kameradschaftliche Art sofort sympathisch gewesen. Sie hatte ihm viel erzählt – über sich, ihre Familie, die Universität und das Land DDR. Am Runden Tisch arbeiteten sie in der Wendezeit zusammen, stritten manchmal, aber fanden letztlich immer einen gemeinsamen Punkt.

Ihre Schwester Judith verliebte sich in ihn, im Sommer darauf heirateten sie im mittelalterlichen Rathaus in Wernigerode, ohne dass ihre Eltern in Bischofferode oder Johanna, die große Schwester, etwas davon wussten. Kurz danach gab Christoph seinen bundesdeutschen Pass ab und wurde Bürger der DDR. Neun Jahre später, der zweite Versuch einer deutsch-deutschen Konföderation war gerade wegen der Beteiligung der Bundesrepublik am Kosovokrieg und wegen der Hartz-Gesetze gescheitert, war Christoph plötzlich fort. Auf dem Tisch lag ein Zettel für Judith: alles sei ein Irrtum gewesen, sie möge ihm verzeihen, er wünschte ihr Glück.

Später dann hatte Johanna die Begegnungen mit Christoph wie in einem Film noch einmal vor ihrem inneren Auge ablaufen lassen und bemerkt, dass es in diesem Streifen mehrere unscharfe Stellen gab, die sie bis heute nicht deuten konnte.

20 Jahre waren inzwischen vergangen. Judith konnte die Verletzung, die Christoph ihr zugefügt hatte, nie überwinden. Vor einem Jahr haben sie sie auf dem Katholischen Friedhof in Bischofferode begraben. Immer dann, wenn Johanna an Christoph dachte, war die Frage wieder da. Was ist damals passiert? Wie und wo lebt er heute, hat er eine neue Familie, hat er ein Gewissen? Wer ist dieser Mann Christoph Cramer?

Berit übersprang als Erste die Barriere und brach das Schweigen. Von Linda, ihrer schönen stolzen Tochter, sollte sie Johanna grüßen. Seit einem halben Jahr arbeitete Linda bei der Deutschen Bank in London. Vor einigen Tagen war sie mit ihrem Freund, einem Kanadier, zusammen gezogen – vielleicht sei es diesmal etwas Ernstes. Ach ja, damit sie es nicht vergisst: Linda bittet um Maxis Mailadresse. Sie möchte sich mit ihr treffen, vielleicht in Paris oder auch in London.

Johanna griff das neutrale Gesprächsthema dankbar auf. Sie wird Linda die Adresse schicken, aber in den nächsten Wochen ist Maxi in Finnland – vielleicht könnten sie sich auf halber Strecke in Stockholm treffen? Berit spielte den Ball zurück: und was macht Sascha? Ist er noch immer auf der Suche nach dem Sinn des Lebens und der richtigen Frau? Und Stefan? Wie alt sind seine Zwillinge jetzt, es waren doch Mädchen?

Christoph hörte der Plauderei der Frauen interessiert zu. Bei Berits Bericht über Linda hatte Johanna Christoph beobachtet, aber keine Reaktion bemerkt. Bis heute war sie sich nicht sicher, ob er wusste, dass Linda seine Tochter ist.

Das Essen war vorzüglich und der Wein hatte die Stimmung gelockert. Als das Geschirr abgetragen und die Becher leer waren, verabschiedete sich Christoph – er wollte sich noch ein Stündchen aufs Ohr legen.

Auch Berit stand auf und fragte Johanna: „Kommst du mit?"

„Nein, geht mal allein. Ich suche mir drüben im Park ein ruhiges Plätzchen und bin pünktlich um sechs im Hotel."

Sie sah den beiden nach. Als Christoph den Arm um Berit legte, dachte Johanna: warum eigentlich nicht? Sie sind noch immer ein schönes Paar!

Für Samstagnachmittag war es in dem kleinen Stadtpark überraschend ruhig. Nur am Springbrunnen saßen drei alte Damen in Sonntags-Ausgehkleidern und runden Strohhütchen. Zu ihren Füßen dämmerte ein ergrauter Cockerspaniel. Tischtennisplatte und Klettergerüst waren verwaist.

Johanna suchte sich eine Bank abseits des Weges, wo auch Spaziergänger sie nicht stören würden. Eine kräftige Buche und hoch gewachsene Rhododendronbüsche spendeten kühlen Schatten, leise plätscherte aus den über den Kopf erhobenen Händen einer bronzenen Mädchenfigur ein feiner Wasserstrahl. Johanna legte die Beine auf einen der geflochtenen Rattanhocker, die neben der Bank standen, schloss die Augen und ließ ihren Gedanken freien Lauf.

Die Mädchenfigur erinnerte sie an Birgit, vor allem der Schnitt des Gesichts und die graziöse Haltung der Arme. Johanna war mit Birgit befreundet gewesen, in der Universität saßen sie im gleichen Zimmer, Schreibtisch an Schreibtisch. Zweimal waren sie zusammen zu Konferenzen in Moskau und auf dem Zeltplatz an der Ostsee standen ihre Zelte meist nebeneinander.

Im Sommer 1990 erfuhr Johanna, dass Birgit für die Staatssicherheit gearbeitet hatte. Über Beratungen im Institut, über die Parteiversammlungen und auch über die Gespräche der Kollegen in der Mensa soll sie Berichte geschrieben haben. Als Johanna am Abend Martin davon erzählte, versuchte er, sie zu beruhigen. Sie sollte unbedingt mit Birgit sprechen!

Aber Birgit war am nächsten Tag nicht mehr im Institut erschienen und Johanna hatte nicht versucht, sie anzurufen.

Jahre später, an einem unfreundlichen Herbstnachmittag, trafen sie sich zufällig in der Friedrichstraße. Birgit hatte Johanna erkannt und war sofort am Schaufenster einer Buchhandlung stehen geblieben. Johanna hätte an der Frau, die ihr den Rücken zukehrte und scheinbar interessiert die Buchtitel betrachtete, vorbei gehen können. Damals im Sommer 1990 hätte sie es getan, aber nun, nachdem Jahre vergangen waren, blieb sie stehen.

Es wurde ein langer Abend im Café Einstein und als sich Johanna und Birgit am S-Bahnhof trennten, wussten beide, sie werden sich wiedersehen. Johanna war es nicht leicht gefallen, der früheren Kollegin, der sie bedingungslos vertraut hatte, in die Augen zu sehen. Johanna war kein Opfer, durch Birgit war ihr kein Leid geschehen. Trotzdem fühlte sie sich hintergangen, egal, was über sie in den Papieren stand.

Es war das Verdienst der Kirchen, dass in der DDR über das Thema Staatssicherheit offen gesprochen wurde. Nach dem Vorbild Nelson Mandelas hatten die Kirchen um Versöhnung zwischen Opfern und Tätern geworben.

In der DDR-Kirche war diese Versöhnung nach südafrikanischem Vorbild nicht unumstritten. Der Rostocker Pfarrer Gauck, ein gewandter Wortführer der Gegner aller Versöhnungversuche, stritt für Abrechnung mit ausnahmslos allen, die dem politischen System der DDR gedient hatten – egal ob als General oder als Köchin. Dagegen mahnte der Bürgerrechtler Friedrich Schorlemmer, Prediger an der Schlosskirche zu Wittenberg, aus tiefer christlicher Überzeugung die Menschen zum Reden, zum Verstehen. Wenn juristisch nötig, zum Verurteilen. Und wenn möglich, zum Verzeihen.

Plötzlich stand Christoph neben dem bronzenen Mädchen. Johanna war nicht überrascht, sie hatte damit gerechnet, dass er versuchen wird, sie allein zu treffen.

„Hast du geträumt? Ich beobachte dich schon ein paar Minuten.“

Nein, geträumt hatte sie nicht. Er musste ganz leise über den weichen Sandweg gekommen sein, sie hatte ihn nicht gehört.

Christoph setzte sich neben Johanna auf die Bank, stand aber gleich wieder auf und fragte, ob sie nicht ein Stück gehen wollen. Ja, das wäre gut. Im Gehen war es leichter zu reden, und sicher wollte er reden. Außerdem hatte sich der Himmel bedrohlich verdunkelt, nicht auszuschließen, dass es bald einen heftigen Guss, vielleicht sogar Sturm gab.

Sie liefen nebeneinander durch die stillen Straßen. Er sah gut aus, im hellen Sommeranzug, französisch-blauem Schaltuch und eleganter randloser Brille. Christoph steuerte zielstrebig auf ein schönes altes Gebäude zu, es war das berühmte College de France. Hier hatte Frédéric Joliot-Curie gelehrt und geforscht. Vor 20 Jahren erlebte Johanna in diesen ehrwürdigen Hallen einen Vortrag des streitbaren Soziologen und attac-Mitbegründers Pierre Bourdieu.

Sie zog Christoph in den schattigen Hof und zeigte auf ein Denkmal aus grauem Sandstein.

„Wusstest Du, dass dieser nachdenkliche Mann, der Gründer des College de France Guillaume Budé, ein Freund von Thomas Morus war, der vor genau 500 Jahren in lateinischer Sprache die erste Utopia geschrieben hat? Komisch, dieses Zusammentreffen nach einem halben Jahrtausend! Findest du nicht auch?"

Christoph reagierte nicht auf Johannas Bemerkung. Was hatten sie mit der Utopia von Thomas Morus zu tun?

Sie spürte, wie er nach belanglosem Gesprächsstoff suchte, aber sie half ihm nicht. Das Wetter, die gestrige Sonnenturbulenz, die zu Flugzeugverspätungen geführt hat. Ach ja, Martin! Geht es ihm gut?

Alles in Ordnung, er ist gesund, macht regelmäßig Sport, in zwei Jahren geht er in Rente. Christoph hatte gelesen, wo genau, wusste er nicht mehr, dass ein internationales europäisch-asiatisches Gemeinschaftsunternehmen die letzte Sommerolympiade und auch die Winterspiele 2018 mit Schuhen, Sportbekleidung und Sportgeräten ausgestattet hat und den Favoriten Adidas ausbooten konnte. War das etwa der internationale Verbund, den Martin damals gemeinsam mit Schweden, Russland und China begonnen hat?

Ja, Christoph hatte richtig gelesen und sie sei stolz auf ihren Mann. Letztlich entscheidend für den Zuschlag wäre die faire Produktion der Sportartikel in den beteiligten Ländern, aber auch der Einsatz naturbelassener Materialien, Farben und Zusatzstoffe gewesen. Dagegen konnten alle anderen nicht antreten, auch nicht der ewige Olympiaausstatter Adidas.

Christoph gestand Johanna, dass er damals nicht daran geglaubt hat, dass Martin mit seiner Überlebensstrategie der DDR-Schuhindustrie eine Chance hat. Umso mehr beeindruckt sei er heute. Auch dass die DDR, wie Russland und China, ohne allzu große Blessuren über die Finanz- und Wirtschaftskrise gekommen sei. Überhaupt Russland – 150 Millionen Menschen! Was bedeutete das für die Vereinigten Staaten von Europa und für Deutschland?

Sie waren am Hotel angekommen. Johanna spürte, dass Christoph noch lange reden würde – über Deutschland, über Russland, das neue Europa und die Welt.

Es war genug, sie wollte heute nichts mehr hören. Vielleicht würden sie sich irgendwann einmal wiedersehen und das Versäumte nachholen.

Sie verabredeten sich für 20 Uhr am Eiffelturm, jetzt möchte sie sich ein paar Minuten ausruhen.

Als Johanna und Berit auf der Festwiese am Eiffelturm ankamen, herrschte dort eine eigenartige Stimmung. Keine Musik, keine Durchsagen, auf der riesigen Leinwand keine Bilder. Hunderte Menschen, darunter viele Deutsche, liefen aufgeregt hin und her. Es war zehn Minuten vor acht, jeden Moment mussten die Abstimmungsergebnisse aus Deutschland übertragen werden.

Als Johanna den Rotkäppchensekt aus der Tasche nahm, spürte sie, dass ihre Hand zitterte. Wie werden sich die Menschen in Ost und West entscheiden? Halten sie den Zeitpunkt jetzt für gekommen, in Würde und gegenseitiger Achtung ein wiedervereintes Deutschland zu begründen oder reichen die Gemeinsamkeiten nach 70 Jahren der Trennung noch immer nicht aus?

Fünf Minuten vor acht, vier, drei, zwei, eins. Nichts.

Johanna wählte Martins Nummer – die Leitung war tot. Danach versuchte es Berit, aber auch sie hatte keinen Empfang. Ratlos blickten sie sich um.

Erleichterung, als sie endlich Christoph sahen. Sicher konnte er helfen.

Ja, wussten sie denn nichts? Die ungewöhnlich starke Sonneneruption von gestern Abend hatte vor einer halben Stunde alle Satellitensysteme lahm gelegt. Schlimmer als bei dem letzten Sonnensturm im Februar 2011 könnten diesmal auch die europäischen Stromnetze zusammengebrochen sein. Niemand weiß, ob es einen Tag, zehn Tage oder gar Wochen dauert, bis die Transformatoren wieder funktionieren.

Johanna und Berit waren überrascht, entsetzt, verstört. Was bedeutete das? Vielleicht würden sie heute nicht mehr erfahren, wie die Volksabstimmung ausgegangen ist. Hatte es überhaupt eine Abstimmung gegeben – ohne Strom und ohne Satelliten?

Ein lauter Knall durchbrach die Stille.

Bunte Feuerwerkskörper stiegen auf und malten einen Sternenregen an den Abendhimmel. Sektkorken knallten, die Menschen jubelten. Christoph zögerte einen Moment, dann umarmte er Johanna.

Ereignisse und Hintergründe

9. März, Berlin-Buch

Am 11. September 1989 öffnete Ungarn seine Grenze zu Österreich und ermöglichte damit DDR-Bürgern die Ausreise in den Westen.

12. März, Berlin, Schloss Schönhausen

Der Runde Tisch wurde am 7. Dezember 1989 auf Initiative der Bürgerbewegung einberufen. Bereits in der Konstituierenden Sitzung wurde vereinbart, sofort mit der Erarbeitung einer neuen Verfassung zu beginnen.

Am Runden Tisch saßen die Initiatoren der Bürgerbewegung und die in der DDR existierenden Parteien und Organisationen, einschließlich der SED/PDS. In der Zeit von Dezember 1989 bis zur Neuwahl der Volkskammer der DDR im März 1990 leistete er eine umfangreiche Arbeit. Er praktizierte eine bisher einmalige basisdemokratische Form der gesellschaftlichen Entscheidungen.

In seiner letzten Sitzung am 12. März 1990 lehnt der Runde Tisch die Übernahme des Grundgesetzes der Bundesrepublik für die DDR nach Artikel 23 des Grundgesetzes ab. Mit nur vier Gegenstimmen beschloss er, die vorliegenden Teile des Verfassungsentwurfs zu einem Gesamtentwurf zu vervollständigen und diesen anschließend in der Öffentlichkeit zu diskutieren. Der neugewählten Volkskammer empfahl er, am 17. Juni 1990 einen Volksentscheid über die Verfassung durchzuführen.

Nachzulesen bei:
Uwe Thaysen, DER RUNDE TISCH ODER: WO BLIEB DAS VOLK? Westdeutscher Verlag 1990
Klaus Hartung, taz vom 13.03.1990

15., 16., 17. März, Schwarzenfels

Den Aussagen zur Schuhindustrie der DDR und der Bundesrepublik Deutschland liegen Analysen zur Schuhbranche und eine Konzeption zur Gesundung der DDR-Schuhindustrie vom Juli 1990 zugrunde. Sie wurden im Auftrag des damaligen Kombinats Schuhe Weißenfels unter Leitung der Autorin erarbeitet. Die Konzeption wurde von Treuhandanstalt, Banken und dem westdeutschen Schuhverband interessiert aufgenommen, hatte aber angesichts der politischen Interessenlage keine Chance. Der Präsident der Treuhandanstalt, Rohwedder, schrieb am 1. August 1990 in einem persönlichen Brief, er habe „das Konzept … mit großem Interesse und wenig Zustimmung gelesen".

24. März, Berlin-Karlshorst/Berlin-Mitte

Die Bürgerbewegung der DDR, die den Anstoß für die sogenannte friedliche Revolution 1989 gab, hatte unscharfe und auch unterschiedliche Vorstellungen vom Ziel ihrer Bewegung. Die Mehrzahl der Protagonisten war sich einig, dass sie nicht den Anschluss an die Bundesrepublik, sondern eine andere DDR wollten.

> Nachzulesen zum Beispiel in:
> Hubertus Knabe (Hg.) Aufbruch in eine andere DDR, rororo 1989

Entgegen den Wahlprognosen stimmten bei der Volkskammerwahl am 18. März 1990 nur 21,9 % für die SPD und 2,9 % für Bündnis 90. Die CDU hingegen erhielt 40,8 %, die Deutsche Soziale Union 6,3 %, die Liberalen 5,3 %. Die PDS bekam 16,4 %.

Junge Wissenschaftler der Berliner Humboldt-Universität arbeiteten seit langem an einem alternativen Sozialismusprojekt

> Nachzulesen in: Dieter Segert, Das 41. Jahr – Eine andere Geschichte der DDR, Böhlau Verlag 2008

Zwischen 1984 und 1989 fanden in Freudenstadt/BRD bzw. Wendisch-Rietz/DDR sieben Treffen zwischen SPD (West) und SED (Ost) statt, an denen auch Wissenschaftler teilnahmen. Themen waren: Technischer Fortschritt und Arbeit, das Menschenbild in Sozialismus und Kapitalismus, Gesetzmäßigkeiten in der Geschichte und Bewusstseinswandlungen, Friedliche Koexistenz und Sicherheitspartnerschaft, Entwicklungsprobleme in der Dritten Welt, Fortschritt in der Welt von heute, Menschenrechte.

1987 wurde das gemeinsame Grundsatzpapier „Der Streit der Ideologien und die gemeinsame Sicherheit" verabschiedet, das national wie international Aufsehen erregte.

> Mehr dazu in Rolf Reißig: Dialog durch die Mauer – Die umstrittene Annäherung von SPD und SED, Campus Verlag 2002

Lothar de Maiziére, der 1990 als Ministerpräsident den Beitritt der DDR zur Bundesrepublik vollzog, erklärte noch am 19. November 1989 in einem Interview, er halte den Sozialismus für eine der schönsten Visionen menschlichen Denkens und teile nicht die Auffassung, dass die Forderung nach Demokratie zugleich die Forderung nach Abschaffung des Sozialismus beinhaltet. Auch sei die Einigung Deutschlands nicht das Thema der Stunde. Es handele sich dabei vielmehr um Überlegungen, die vielleicht unsere Kinder oder unsere Enkel anstellen können.

> Zitiert aus: Informationen zur Politischen Bildung, 250, Der Weg zur Einheit, Seite 44

Insgesamt 7,5 Millionen DM wurden von den Westparteien für den Wahlkampf in der DDR ausgegeben; 4,5 Millionen von CDU und CSU, je 1,5 Millionen von SPD und FDP.

> Aus: Informationen zur politischen Bildung, 250, Seite 45

24. April, Berlin-Karlshorst/Berlin-Mitte

Die Regierung unter Ministerpräsident Hans Modrow (PDS) hatte Anfang Februar 1990 eine Konzeption zu „Zielsetzung, Grundrichtung, Etappen und unmittelbare Maßnahmen der Wirtschaftsreform" vorgelegt, die vom Runden Tisch ausdrücklich unterstützt wurde. Ziel war eine sozial und ökologisch orientierte Marktwirtschaft. Kollektive Eigentumsformen, vor allem genossenschaftliches Eigentum, sollten erhalten und gefördert werden, die Schlüsselindustrie weiter im Besitz des Staates bleiben und kleinere Unternehmen reprivatisiert bzw. vom Management (MBO) oder den Beschäftigten (BBO) übernommen werden.

Am 1. März 1990 fasste die Modrow-Regierung den Beschluss „Zur Gründung der Anstalt zur treuhänderischen Verwaltung des Volkseigentums – Treuhandanstalt."
Aufgabe der Treuhandanstalt war, das Volkseigentum zu wahren und im Interesse der Allgemeinheit zu verwalten. Ihre Haupttätigkeit sollte die Entflechtung der Kombinate und die Umwandlung der Kombinatsbetriebe in Kapitalgesellschaften sein.
Nach der Volkskammerwahl am 18. März 1990 änderten sich unter der de Maizière-Regierung und dem Einfluss westdeutscher Politik Ziel und Aufgabe der Treuhandanstalt. Nicht mehr Wahrung des Volkseigentums, sondern seine Privatisierung war ihr Auftrag. Dies fand seinen Ausdruck im „Gesetz zur Privatisierung und Reorganisation des Volkseigenen Vermögens (Treuhandgesetz)" vom 17. Juni 1990.

> Vgl. Christa Luft – Treuhandreport, Aufbau-Verlag 1992

Die Aussagen zur Aufteilung des Volkseigentums in Anteilscheine in Tschechien beziehen sich auf spätere Erfahrungen in der ersten Hälfte der 90er Jahre. Auch an anderen Textstellen kann es in Ausnahmefällen solche Zeitverschiebungen geben.

Zu den schwedischen Erfahrungen in Wirtschaft und Sozialpolitik siehe:

Edeltraut Felfe, Das schwedische Modell – Ein Wohlfahrtsstaat als Zukunftsprojekt?

GNN Verlag 2008

Am 24. April 1990 beantragte die Fraktion Bündnis 90/Grüne in der Volkskammer der DDR, wie vom Runden Tisch am 12. März vorgeschlagen, den Verfassungsentwurf in der Bevölkerung zur Diskussion zu stellen und am 17. Juni eine Volksabstimmung durchzuführen. Die Volkskammer lehnte eine Debatte über den Antrag ab, verwies ihn in die Ausschüsse und legte ihn so auf Eis.

Am 9. Mai legte die de Maiziére-Regierung ein Gesetz zur Änderung und Ergänzung der Verfassung der DDR vor, in dem „in der Erwartung einer baldigen Herstellung der staatlichen Einheit Deutschlands … für die Übergangszeit die Verfassung der DDR … ergänzt" wurde. Damit war die Diskussion über eine neue Verfassung illusorisch geworden.

25. April, Ahrtal

Die SPD war 1990 in Bezug auf die deutsche Wiedervereinigung gespalten: Der Ehrenvorsitzende der SPD, Willy Brandt, der Parteivorsitzende Jochen Vogel und auch Altbundeskanzler Helmut Schmidt unterstützten die Politik Helmut Kohls. Der saarländische Ministerpräsident und Kanzlerkandidat Oskar Lafontaine warnte vor einer überstürzten Vereinigung. Er war für eine Konföderation als Zwischenschritt für die deutsche Einheit, die im Zuge eines gesamteuropäischen Einigungsprozesses erreicht werden sollte und lehnte die NATO-Mitgliedschaft der DDR ab.

Nachzulesen bei:

Egon Bahr, Zu meiner Zeit, Carl Blessing Verlag 1996

Peter Glotz, Von Heimat zu Heimat, Econ 2005

Am 25. April verübte eine psychisch kranke Frau aus Bad Neuenahr bei einer Wahlkampfveranstaltung in Köln-Mülheim ein Attentat auf Oskar Lafontaine. Ein politischer Hintergrund dieses Attentats wurde nie bestätigt. Der Widerstand Lafontains gegen die übereilte Wiedervereinigung und das zeitliche Zusammenfallen mit den zwei bzw. drei Tage später stattfindenden Verhandlungen der Bundesregierung und der Regierung der DDR über die Wirtschafts-, Währungs- und Sozialunion und der Beratung der Staats- und Regierungschefs der Europäischen Gemeinschaft (EG – später EU) über die deutsch-deutsche Wiedervereinigung hatte Spekulationen ausgelöst. Unter anderem durch den Ausspruch des damaligen US-Präsidenten, der, als Anfang 1990 bekannt wurde, dass der NATO-Kritiker Oskar Lafontaine Kanzlerkandidat der SPD wird, gesagt haben soll: „Alles, was ich über Herrn Lafontaine höre, macht mir Sorge."

Über die Bilderberger u. a. nachzulesen bei:

Gerhard Wisnewski, Drahtzieher der Macht, Die Bilderberger – Verschwörung der Spitzen von Wirtschaft, Politik und Wirtschaft, Knaur 2010

27. April, Berlin-Prenzlauer Berg/Berlin-Britz

Im Wahlprogramm zur Volkskammerwahl am 18. März 1990 warb die Ost-SPD mit folgenden Zielen:

Stellung zur deutschen Einheit: Föderativ geprägte Einheit im europäischen Rahmen; Einigung nach Artikel 146 des Grundgesetzes

Angestrebte Wirtschaftsform: Ökologisch geprägte soziale Marktwirtschaft, sozial abgesicherte Wirtschafts- und Währungsunion

Sicherheitspolitik: Langfristige Ablösung der Militärpakte durch europäische Sicherheitsordnung

Nachzulesen in: Der Spiegel 11/1990

Egon Bahr schilderte die Situation im Außenministerium der DDR unter SPD-Minister Markus Meckel so:

„Ich erspare mir, die Eindrücke auszubreiten, die ich in der Ministeretage empfing. Sie schwankten zwischen komisch, tragisch und kläglich, jedenfalls beklagenswert."
Aus: Zu meiner Zeit, Seite 585

1. und 2. Mai, Stockholm/Vaxholm
Hier beginnt die Utopie!
Die Gespräche in Stockholm sind erste Bausteine für eine Alternative zum tatsächlichen Verlauf der Geschichte. Sie haben nicht stattgefunden, wären aber möglich gewesen, denn in den meisten westeuropäischen Ländern regierten 1990 Sozialdemokratische bzw. Sozialistische Parteien und Willy Brandt hatte als Vorsitzender der Sozialistischen Internationale großen Einfluss.

Über die Beziehungen der DDR zu Schweden und die Tätigkeit des damaligen DDR-Botschafters, nachzulesen in: Erich Wetzl – Vom Bauernsohn zum Botschafter, Schriften zur internationalen Politik, Heft 20, Berlin 2008

Der Widerstand gegen die deutsche Wiedervereinigung war 1990 beträchtlich.
Hauptgegner im westlichen Bündnis waren Frankreich und Großbritannien, aber auch die USA verhielten sich zögerlich und machten die NATO-Mitgliedschaft ganz Deutschlands zur Bedingung. Bundeskanzler Kohl versicherte daraufhin dem amerikanischen Präsidenten, dass die Bundesrepublik NATO-Mitglied bleibt und er die DDR in die NATO überführen wird. Letztendlich gewann er auch Frankreich, indem er Mitterand eine frühere Einführung des Euro und Akzeptanz der französischen Bedingungen für die Währungsunion zusagte.

Prinzipielle Gegenwehr erwartete man von der Sowjetunion. Als Kanzler Kohl Mitte Februar nach Moskau flog, erklärte Präsident Gorbatschow zur Überraschung aller Beteiligten, dass die Deutschen selbst entscheiden müssten, welchen Weg sie gehen.

Der Hintergrund: Die Sowjetunion brauchte dringend wirtschaftliche Hilfe, die Versorgungslage im Land war katastrophal, die Außenhandelsbank gegenüber dem Westen zeitweise zahlungsunfähig, umfangreiche Goldbestände und Schürfrechte für Diamanten waren bereits verkauft worden.

Präsident Gorbatschow benötigte 20 Milliarden D-Mark und ließ das Bundeskanzler Kohl mitteilen. Ein Beauftragter des Präsidenten erklärte zu dieser Zeit gegenüber Außenminister Genscher, die NATO-Mitgliedschaft des geeinten Deutschlands „geht in Ordnung, wenn sich dieses der wirtschaftlichen Nöte der Sowjetunion annehmen wird."

Im Frühjahr 1990 bekommt die Sowjetunion von der Bundesrepublik einen Kredit in Höhe von 5 Milliarden DM und hoch subventioniert Lebensmittellieferungen (52 Tausend Tonnen Rindfleischkonserven, 50 Tausend Tonnen Schweinefleisch, 20 Tausend Tonnen Butter, 15 Tausend Tonnen Milchpulver).

Ende Mai fliegt Gorbatschow nach Washington und erklärt im Gespräch mit Präsident Bush überraschend, die Deutschen hätten das Recht, über die Mitgliedschaft in einem Bündnis selbst zu entscheiden.

Damit war die letzte Hürde für den Beitritt der DDR zur Bundesrepublik und für die NATO-Mitgliedschaft ganz Deutschlands beseitigt.

Nachzulesen in:

Klaus Wiegrefe, Alleingang gegen alle, Der Spiegel 39/2010

Horst Teltschik, 329 Tage – Innenansichten der Einigung, Siedler Verlag 1991

8. Mai, Berlin-Karlshorst/Haus der Demokratie

Über den Beschluss der NATO-Außenminister zur NATO-Mitgliedschaft eines wiedervereinten Deutschlands und über den Deal zwischen der Bundesrepublik und der Sowjetunion (darunter auch das Gespräch mit dem sowjetischen Außenminister Schewardnadse)

Nachzulesen bei dem damals Verantwortlichen für Außen- und Sicherheitspolitik im Bundeskanzleramt in seinem Buch „329 Tage".

Die hier angekündigte Wirtschaftshilfe Schwedens, zum Beispiel das Industrieförderprogramm und die staatlichen Zuschüsse in Höhe von 50 %, gab es tatsächlich. Nicht für die DDR, sondern für die Baltischen Länder Estland, Lettland und Litauen. Insgesamt wurden 30 Milliarden Kronen Steuergelder ausgegeben, wobei beträchtliche Teile davon die schwedischen Unternehmen einstrichen und sich so in Osteuropa einkauften.

Nachzulesen in:

Stieg Larsson, Verblendung, Random House 2005

Tatsächlich fanden am 10. Mai 1990 Demonstrationen in vielen Städten und Regionen der DDR statt. Dabei ging es vor allem um den Erhalt der Arbeitsplätze, um Tarifverhandlungen für höhere Einkommen und um den Schutz des Binnenmarktes.

Nachzulesen unter:

www.dhm.de/lem/htm/1990

Die in der Schmähschrift genannten Tatsachen waren 20 Jahre nach der deutschen Wiedervereinigung weitgehend Realität.

Über den wirtschaftlichen Niedergang Sachsens, speziell der Städte Chemnitz, Leipzig und Dresden berichtet der Welt-Journalist Uwe Müller in seinem Buch: Supergau Deutsche Einheit, Rowohlt Taschenbuch Verlag 2005

In den 20 Jahren nach der Wiedervereinigung sind rund zwei Millionen, meist junge, gut ausgebildete Menschen aus den neuen Bundesländern in die alten Bundesländer verzogen. Das sind mehr als in den 40 Jahren davor.

Die Kirchen, die vor der Wende eine entscheidende Rolle bei der Organisation des Widerstandes gegen die SED und den Staat DDR spielten, haben 1990 zur NATO-Mitgliedschaft und den sozialen Folgen des wirtschaftlichen Zusammenbruchs Ostdeutschlands infolge der deutschen Wiedervereinigung geschwiegen.

14. Mai, Bonn

Die Konferenz der Bilderberger 1990 fand vom 11.-13. Mai in der Nähe von New York im Harrison Conference Center Glen Cove statt.

Die Liste der deutschen Teilnehmer beweist, dass die deutsche Wiedervereinigung ein Thema der Konferenz war: Otto Wolff von Amerongen, Leiter des Ostaus-schusses der deutschen Wirtschaft, bis 1988 Präsident des deutschen Industrie- und Handelstages; Andreas Meyer-Landrut, Botschafter der Bundesrepublik in Moskau; Helmut Haussmann, Wirtschaftsminister; Horst Teltschik, Leiter Außen- und Sicherheitspolitik im Kanzleramt und persönlicher Berater von Helmut Kohl; Peter Glotz, Senator für Wissenschaft und Forschung Berlin (West), bis 1987 Bundesgeschäftsführer der SPD.

Die Figur der SPD-Politikerin Helen Haller lehnt sich bezüglich ihrer Teilnahme an der Bilderberger Konferenz 1990 an Peter Glotz an, der in der Bundestagssitzung am 21. Juni im Namen von 25 Abgeordneten der SPD-Fraktion gegen den Einigungsvertrag sprach und mit ihnen gemeinsam gegen den Vertrag stimmte.

Nachzulesen auch bei:

Peter Glotz, Von Heimat zu Heimat

15. Mai, Bonn

Tatsächlich hat die Kali und Salz AG Kassel, eine Tochter der BASF, mit Hilfe der Treuhandanstalt Anfang der 90er

Jahre wegen angeblich unzureichender Qualität die Kaliproduktion im Eichsfeld beendet und sich die bisherigen Absatzmärkte der DDR gesichert. Später wurde in Thüringen von westdeutscher Seite Kali abgebaut.

Nachzulesen bei:
Klaus Huhn, Raubzug Ost, edition ost 2009

Björn Engholm und Oskar Lafontaine hatten bei den Landtagswahlen in Schleswig-Holstein und Niedersachsen die absolute Mehrheit (beide über 54 %) für die SPD errungen. In Niedersachsen gewann die SPD am 13. Mai 1990 44,2 %; Gerhard Schröder wurde Ministerpräsident.

Diese Beratung im Parteivorstand der SPD hat nicht stattgefunden, es gab keinen Versuch, die überstürzte Wiedervereinigung aufzuhalten.
Der Text am Beginn von Helens Rede ist einer Erklärung des damaligen Vorsitzenden der PDS, Gregor Gysi, entlehnt.

Zahlen und Fakten zur DDR-Wirtschaft und auch die internationalen Vergleiche sind belegt.

Nachzulesen u. a. in:
Bericht der Deutschen Bundesbank Juli 1990
Siegfried Wenzel, Was war die DDR wert? Das Neue Berlin 2006
Ralph Hartmann, Reiche DDR? Arme BRD! Ossietzky 2/2003

Vom Bund der Steuerzahler wird für Ende 2011 eine Verschuldung pro Bundesbürger von 25.000 €, also etwa 50.000 DM, erwartet.
Damit ist die Pro-Kopf-Verschuldung der Bundesbürger heute zehn Mal höher als die der DDR-Bürger (5.298 DM) im Jahre 1990.
Das Bruttoinlandsprodukt je Kopf der Bevölkerung betrug nach Berechnungen der OECD im Jahr 1987: Bundesrepublik 16.300 ECU, Großbritannien 9.000 ECU,

DDR 7.500 bis 8.000 ECU, Spanien 6.000 ECU, Griechenland 3.900 ECU, Portugal 3.100 ECU.
Der Wirtschaftsindex der DDR ging zwischen Dezember
1989 (= 100 %) und Dezember 1990 in der Indust-
rie/gesamt auf 45,5 %, in der Textilindustrie auf 29 %, in
der Bauindustrie auf 23 % zurück.

Die Bremer Initiative wurde von dem Historiker Arno
Peters ins Leben gerufen, der auch die Berechnung der
Höhe der Ausgleichszahlung vorgenommen hatte. Unterschrieben wurde das Papier von sechs weiteren Professoren und fünf Senatoren der Stadt.
Die Ausgleichszahlung hätte rund 41.800 DM pro Kopf
der Bevölkerung der DDR betragen, während jeder Be-
wohner der Bundesrepublik mit 11.800 DM belastet worden wäre. Die Initiatoren gingen davon aus, dass durch
diese Ausgleichszahlungen Abwanderungen von DDR-
Bürgern in den Westen schlagartig gestoppt und letztlich
sogar Übersiedlungen in das „Wirtschaftswunderland
DDR" ausgelöst würden.
Nachzulesen in taz vom 14. Februar 1990

7. Oktober, Brief Johanna an Helen
Solche internationalen Reaktionen hat es nach der Prä-
sidentenwahl 2004 in der Ukraine gegeben. Europäische Union, USA und OSZE erkannten mit der Begründung, demokratische Standards seien missachtet
worden, das Abstimmungsergebnis nicht an. Der russische Präsident Putin sowie die Präsidenten Usbekis-
tans, Kasachstans und Armeniens hingegen erklärten
die Wahl für gültig.

Tatsächlich stimmten in der Volkskammersitzung am
21. Juni 302 der 385 Abgeordneten für den Vertrag zur
Wirtschafts-, Währungs- und Sozialunion. Nur die Abgeordneten von Bündnis 90/Grüne und PDS stimmten
dagegen.

Die Berliner Morgenpost berichtete am 23.02.2011 unter der Überschrift „In Deutschland werden die Schuhe knapp", dass es wegen des vergrößerten Schuhbedarfs in China zunehmend Lieferschwierigkeiten bei Schuhen aus Asien gibt.

Die Idee der Konföderation ist nicht neu. Bereits 1958 hatte die DDR konkrete Angebote für einen deutsch-deutschen Staatenbund gemacht.
Nach dem Fall der Mauer gab es Vorschläge für eine Konföderation zwischen der Bundesrepublik und der DDR sowohl von bundesdeutscher Seite (Helmut Kohl im Bundestag am 28. November 1989), als auch von der DDR (Hans Modrow – Deutschland einig Vaterland/Deutschlandplan, 1. Februar 1990).
Nach dem Besuch von Bundeskanzler Kohl im Januar 1990 in Moskau, in dessen Verlauf Präsident Gorbatschow überraschend die DDR frei gab, torpedierte die Bundesregierung diese Bemühungen und konzentrierte alle Kraft auf eine schnelle Wiedereinigung.
Eine deutsch-deutsche Konföderation wäre der wirtschaftlich und politisch vernünftige Weg zur deutschen Einheit im Prozess einer umfassenden europäischen Vereinigung gewesen.

Paris, im Juli 2019
Sonneneruptionen treten seit kurzem wieder verstärkt auf; im Februar 2011 wurden in China die Rundfunkübertragung und das Handynetz lahmgelegt. Solche Eruptionen, auch Sonnenstürme genannt, können Satellitensysteme funktionsunfähig machen, Telekommunikationsnetze stören, schlimmstenfalls sogar die Transformatoren der Stromleitungen zum Schmelzen bringen und so monatelange Stromausfälle verursachen.
Für die Zukunft erwarten Wissenschaftler eine Zunahme der Sonneneruptionen mit beträchtlichen Folgen; mit einem gewaltigen Sonnensturm wird 2013 gerechnet.

Erika Maier,

geboren 1936 in Dresden, lebt mit ihrer Familie in Berlin-Marzahn.

Bankkauffrau, Promotion und Habilitation zur Geld- und Preistheorie. Mit 32 Jahren eine der jüngsten Professorinnen der DDR, lehrte und forschte sie bis 1991 an der Hochschule für Ökonomie in Berlin. 1990 Leitung eines Forschungsprojekts über die Chancen der DDR-Schuhindustrie in der Marktwirtschaft.

Nach Abwicklung der Hochschule war sie freiberuflich tätig. Ab 1995 engagierte sie sich ehrenamtlich in der Berliner Kommunalpolitik mit dem Mandat der Linkspartei. 2006 wurde sie dafür mit dem Bundesverdienstkreuz ausgezeichnet.

2007 erschien im Dietz-Verlag Berlin ihr Buch

„einfach leben – hüben wie drüben" –
12 Ost-West-Doppelbiographien.